Petits suicides entre amis

DU MÊME AUTEUR
AUX ÉDITIONS DENOËL

Le Lièvre de Vatanen, 1989
Le Meunier hurlant, 1991
Le Fils du dieu de l'Orage, 1993
La Forêt des renards pendus, 1994
Prisonniers du Paradis, 1996
La Cavale du géomètre, 1998
La Douce Empoisonneuse, 2001

Arto Paasilinna

Petits suicides entre amis

ROMAN TRADUIT DU FINNOIS PAR ANNE COLIN DU TERRAIL

DENOËL
& D'AILLEURS

www.denoel.fr

Titre original :
Hurmaava joukkoitsemurha
Éditeur original :
WSOY, Helsinki

9, rue du Cherche-Midi, 75006 Paris
ISBN 2-207-25331-7
B 25331-0

PREMIÈRE PARTIE

> Le plus grave dans la vie c'est la mort, mais ce n'est quand même pas si grave.
>
> Maxime populaire.

1.

Les plus redoutables ennemis des Finlandais sont la mélancolie, la tristesse, l'apathie. Une insondable lassitude plane sur ce malheureux peuple et le courbe depuis des milliers d'années sous son joug, forçant son âme à la noirceur et à la gravité. Le poids du pessimisme est tel que beaucoup voient dans la mort le seul remède à leur angoisse. Le spleen est un adversaire plus impitoyable que l'Union soviétique.

Mais les Finlandais sont une nation de guerriers. Ils ne capitulent pas. Ils se rebellent, encore et toujours, contre la tyrannie.

À la Saint-Jean d'été, dans l'allégresse de la fête du solstice, le pays, unissant ses forces, livre une gigantesque lutte contre la morosité qui le ronge. Dès la veille, le peuple entier se range en ordre de bataille : non seulement les hommes en âge de prendre les armes, mais aussi les femmes, les enfants, les vieillards, tous montent au front. Pour faire pièce à l'obscurité, ils allument sur les rives des milliers de lacs finlandais d'immenses brasiers païens. Ils hissent au haut de leurs mâts de guerriers étendards bleu et blanc. Avant l'affrontement, les cinq millions d'assaillants se rassasient de saucisses graisseuses et de côtes de porc grillées au barbecue. Ils boivent sans lésiner pour se donner du courage et, au son de l'accordéon, se ruent à l'assaut de la neurasthénie, défiant sa puissance en un rude combat sans merci, jusqu'au bout de la nuit.

Dans le tumulte des corps à corps, les sexes opposés se mêlent, les femmes se font engrosser. De nombreux téméraires se noient dans les lacs et les bras de mer qu'ils tentent de franchir à bord de vedettes de débarquement. Par dizaines de milliers, les gens s'écroulent dans les aulnaies et les buissons d'orties. On ne compte plus les actes de bravoure et les sacrifices héroïques. La joie et le bonheur triomphent, le vague à l'âme est mis en déroute et la nation, ayant vaincu par la force le sinistre despote, goûte à la liberté pendant au moins un soir.

Le matin de la Saint-Jean se leva sur le lac aux Grives, dans la province du Häme. Une légère odeur de fumée flottait encore dans l'air, vestige du combat de la nuit : en l'honneur du solstice, on avait fait brûler des feux partout au bord de l'eau. Une hirondelle volait le bec ouvert au ras de l'onde, à la chasse aux insectes. L'atmosphère était calme et limpide, les gens dormaient. Seuls les oiseaux avaient encore la force de chanter.

Un homme était assis seul sur le perron de sa villa, une bouteille de bière pleine à la main. C'était le président-directeur général Onni Rellonen. Il approchait de la cinquantaine et arborait sur son visage la mine la plus lugubre du canton. Grièvement blessé, le cœur brisé, il n'appartenait pas aux vainqueurs de la nuit, et il n'y avait sur le terrain aucune infirmerie de campagne susceptible de lui administrer les premiers secours.

Rellonen était un homme mince, de taille moyenne, aux oreilles plutôt grandes, avec un long nez au bout rougeâtre. Il portait une chemisette à manches courtes et un pantalon de velours.

On pouvait imaginer, à le voir, qu'il y ait jadis eu en lui une force explosive cachée, mais il n'en restait rien. Il était fatigué, défait, abattu par la vie. Les rides de son visage et les cheveux clairsemés de son crâne témoignaient, pathétiques, de sa déroute face à la dureté et à la brièveté de l'existence.

Le président Onni Rellonen souffrait d'aigreurs d'estomac depuis des dizaines d'années et les replis de ses intestins hébergeaient un début de catarrhe. Ses articulations étaient en bon état, sa musculature aussi, à l'exception peut-être d'un léger relâchement. Son cœur, par contre, était tapissé de graisse et battait lourdement, ce n'était plus qu'une charge, un boulet, pas une source de vie. On pouvait à tout instant craindre qu'il ne s'arrête, paralysant le corps de son propriétaire, le privant de son fluide essentiel et le précipitant dans la mort. Ce serait la triste revanche d'un organe interne épuisé sur un homme qui lui vouait pourtant, depuis sa conception, une confiance absolue. S'il marquait une pause, ne serait-ce que l'espace d'une centaine de pulsations, pour reprendre son souffle, tout serait fini. Ses précédents milliards de battements ne signifieraient plus rien. C'est ça, la mort. Des milliers de Finlandais en font l'expérience chaque année. Et personne ne revient raconter l'effet que ça fait, au bout du compte.

Au printemps, Onni Rellonen avait entrepris de repeindre la façade en bois écaillée de sa villa, mais le travail était resté en plan. Le pot de peinture gisait au pied du mur, le pinceau séché collé au couvercle.

Onni Rellonen était un homme d'affaires, d'où le titre de président dont on le gratifiait parfois. Il avait derrière lui de nombreuses années de travail acharné, de premiers succès fulgurants, de l'avancement rapide dans le monde de la petite industrie, des subordonnés, de la comptabilité, de l'argent, des activités économiques. Il avait été entrepreneur de travaux publics et même, dans les années soixante, fabriquant de tôles minces. Mais une conjoncture défavorable et des concurrents cupides avaient acculé sa société, Tôles et Tuyaux S.A., au dépôt de bilan. Et cette faillite n'avait pas été la dernière. Des accusations de fraude avaient même été lancées. La dernière affaire qu'il avait montée était une laverie automatique. Elle n'avait pas non plus eu de succès : tous les ménages finlandais étaient aujourd'hui équipés d'une machine à laver, et ceux qui n'en avaient pas se moquaient bien, de toute façon, de faire leur lessive. Ses services n'intéressaient ni les grands hôtels ni les ferries sillonnant la Baltique, les commandes lui passaient sous le nez au profit des grandes blanchisseries industrielles. C'était dans le secret des cabinets que les gros marchés se négociaient. Au printemps, la faillite l'avait une nouvelle fois frappé. Depuis, Onni Rellonen souffrait d'une profonde dépression.

Ses enfants étaient adultes, son mariage battait de l'aile. Quand il se laissait aller à faire des projets d'avenir et exposait avec enthousiasme ses idées à sa femme, elle ne lui exprimait plus aucun soutien.

« Ah. »

C'était là son seul commentaire, désolant et vide de sens. Ni rebuffade ni encouragement. Tout semblait désespéré, la vie en général, surtout, et la vie économique en particulier.

Depuis l'hiver, le président Onni Rellonen nourrissait des envies de suicide. Ce n'était pas la première fois. Son goût de vivre avait déjà connu des hauts et des bas, et la dépression qui le minait avait à nouveau retourné contre lui-même sa saine agressivité. Il aurait bien mis fin à ses jours dès le printemps, au moment de la faillite de sa laverie, mais il n'en avait même pas eu la force.

En ce jour de Saint-Jean, la femme d'Onni Rellonen était en ville. Elle s'était refusée à se gâcher la fête en la passant à la campagne avec un homme dépressif. La soirée avait été solitaire, sans feu de joie, sans compagnie, sans avenir. Rien de bien propice à réchauffer le cœur.

Onni Rellonen posa sa bouteille de bière sur le perron et entra dans la villa ; il alla prendre son revolver dans le tiroir de la commode de la chambre à coucher, le chargea et le glissa dans la poche de son pantalon de velours.

« Allons », songea-t-il avec amertume mais détermination.

Pour la première fois depuis longtemps, il avait l'impression de faire quelque chose, de mettre un peu de mouvement dans sa vie. Il était temps de clore cette minable existence au ralenti – par un gros point final, un point d'exclamation détonant !

Le président Onni Rellonen s'éloigna à pied de chez lui, dans la riante campagne du Häme. Accompagné par le chant des oiseaux, il suivit le chemin de terre qui serpentait entre les villas, longea la propriété de son voisin, puis coupa à travers champs, contournant une étable, un hangar et une ferme. De l'autre côté d'un petit bois s'étendait un pré. Rellonen se rappelait qu'il y avait là, à la lisière de la forêt, une vieille grange abandonnée. Il pourrait s'y tuer, c'était un endroit tranquille, un cadre idéal pour mettre fin à ses jours.

Aurait-il dû laisser une lettre d'adieu sur la table de la villa ? Mais qu'aurait-il trouvé à écrire ? Adieu, chers enfants, tâchez de vous débrouiller, votre père a pris sa décision ?... Ne m'en veux pas, femme ?

Onni Rellonen essaya d'imaginer la réaction de son épouse à la lecture d'un tel adieu. Peut-être ne ferait-elle que ce commentaire :

« Ah. »

Le pré sentait bon le regain, le fermier avait coupé du foin la veille. Les paysans travaillent même la veille de la

Saint-Jean, les vaches n'attendent pas. Les abeilles bourdonnaient, des hirondelles gazouillaient sur le toit de l'ancienne grange. Sur le lac, on entendait crier des mouettes. Le cœur glacé, Onni Rellonen se dirigea vers la vieille construction de bois gris dont personne n'avait plus besoin à part lui, pour se tuer. Elle se trouva soudain bien trop vite devant lui, ses derniers instants s'annonçaient plus brefs que prévu.

Onni Rellonen ne pouvait se résoudre à franchir tout de suite la porte à double battant qui l'attendait, béante, telle la gueule noire des enfers. Cherchant sans le vouloir à prolonger sa vie, il décida de faire le tour du bâtiment, tel un animal blessé qui repère son dernier gîte. Il glissa un coup d'œil à l'intérieur par une fente des rondins vermoulus et frissonna. Mais sa décision était prise, il devait faire le tour de la grange et entrer, se jeter dans les bras de la mort, appuyer sur la gâchette. Une minuscule pression, une ultime opération et le solde, le tout dernier solde de la vie et de la mort, serait ramené à zéro. Terrifiant.

Mais la grange n'était pas vide ! Onni Rellonen, par la fente du mur, vit bouger quelque chose de gris, qui grognait. Un renne ? Un homme ? Son cœur fatigué tressaillit de joie. Comment se tuer dans un lieu occupé par un animal, ou dans le meilleur des cas par un être humain ? Impossible ! Le geste aurait manqué d'élégance.

C'était un homme qui se trouvait là, grand, vêtu d'un uniforme gris de l'armée, perché sur un tas de piquets, en train de nouer une corde de nylon bleu à une solive du plafond. Le filin fut vite solidement attaché.

Le militaire se tenait de profil par rapport au candidat au suicide qui l'observait entre les rondins. Ce dernier constata qu'il s'agissait d'un officier, les coutures de son pantalon étaient soutachées de jaune. Sa veste était ouverte, on voyait trois rosettes sur l'écusson du col. Un colonel.

Le président Rellonen ne comprit d'abord pas ce que l'homme pouvait faire dans cette vieille grange un matin de Saint-Jean. Pourquoi avait-il fixé une corde de nylon à une poutre ? Le but de l'exercice lui apparut cependant bientôt. L'officier entreprit de faire un nœud coulant à l'autre bout du filin. Celui-ci était glissant, comme tous les cordages synthétiques, et l'opération était délicate. Le colonel laissa échapper un grognement étouffé, ou peut-être un juron. Ses jambes tremblaient sur le tas de piquets, on voyait vibrer son pantalon. Il réussit enfin à nouer un semblant de boucle et se la passa autour du cou. Il était nu-tête. Un militaire en promenade sans casquette est toujours de mauvais augure. Le colonel était en train de se suicider, bon sang de bois… Dieu que le monde est petit, songea Onni Rellonen. Dire qu'il se trouvait en même temps deux Finlandais dans la même grange, et dans le même but cruel.

Le président Rellonen se rua à la porte et cria :

« Arrêtez, malheureux ! Mon colonel ! »

L'officier manqua mourir de peur. Il perdit l'équilibre, le nœud lui serra la gorge, il se débattit un instant au bout de la corde et aurait sûrement fini pendu si l'homme d'affaires n'était pas arrivé à temps. Il saisit le colonel dans ses bras et desserra la boucle, puis lui tapota le dos d'un geste apaisant. L'officier avait le visage bleu et baigné de sueur, le filin avait eu le temps de l'étrangler sauvagement. Onni Rellonen délivra le suicidaire de son gibet et le fit asseoir sur le sol de la grange. L'homme respirait avec difficulté, massant son cou strié d'un trait rouge. Il s'en était fallu de peu qu'il y passe.

Ils restèrent assis une minute en silence, puis le militaire se leva, tendit la main et se présenta :

« Kemppainen, colonel Hermanni Kemppainen.

– Onni Rellonen, enchanté. »

L'officier fit remarquer qu'il n'y avait guère de quoi se réjouir, vu les circonstances. Il espérait que son sauveur ne parlerait à personne de ce déplorable incident.

« Mais non, voyons, ce sont des choses qui arrivent », le rassura Rellonen. « J'étais d'ailleurs moi-même ici dans la même intention », ajouta-t-il en sortant son revolver. Le colonel fixa longuement l'arme chargée avant de comprendre. Il n'était plus seul au monde.

2.

Un minuscule aléa avait sauvé la vie de deux solides gaillards. Rater son suicide n'est pas forcément ce qu'il y a de pire dans l'existence. On ne peut pas toujours tout réussir.

Onni Rellonen et Hermanni Kemppainen avaient par hasard choisi la même grange pour mettre fin à leurs jours, et s'y étaient trouvés en même temps. Leur collision les avait empêchés de se détruire. Ils devaient maintenant renoncer à leur projet, ce qu'ils firent d'un commun accord. Ils allumèrent une cigarette, tirèrent à pleins poumons la première bouffée du restant de leur vie. Puis Rellonen proposa que l'on regagne sa villa, puisqu'il ne semblait pas y avoir grand-chose d'autre à faire pour l'instant.

L'homme d'affaires s'ouvrit au colonel de ses intentions, des événements qui l'avaient conduit à prendre cette tragique décision. L'officier l'écouta d'une oreille compatissante, puis raconta comment il en était lui-même arrivé là. Sa situation n'était guère brillante non plus.

Kemppainen avait été commandant de brigade dans l'Est de la Finlande, mais se trouvait depuis un an à la disposition de l'état-major général – en quarantaine, en quelque sorte – au poste d'adjoint de l'inspecteur de l'infanterie. Il n'avait plus ni travail, ni brigade. On le jugeait unanimement incompétent, sans aucune utilité. À la manière d'un diplomate rappelé de l'étranger, il conservait son grade et son salaire, rien de plus.

Mais un militaire ne se laisse pas démoraliser par un tel ostracisme au point de se pendre. Le problème était ailleurs : sa femme était décédée l'hiver dernier d'un cancer. Il en avait été brisé, et avait encore du mal à admettre la réalité. Plus rien ne tournait rond. La maison était vide, il n'avait pas d'enfants, ni même de chien. Sa solitude était si déchirante qu'il ne voulait pas y penser. Les nuits étaient ce qu'il y avait de pire, il ne dormait plus depuis des mois. Même l'alcool ne lui était d'aucun secours, boire ne ressusciterait pas son épouse. Sa chère épouse… ce n'était qu'après sa mort qu'il s'en était rendu compte.

La vie n'avait plus de sens. S'il y avait au moins eu un espoir de guerre ou de révolution, mais non, l'état du monde semblait plutôt s'améliorer depuis quelques années. C'était une bonne chose, en soi, si ce n'est que les militaires de carrière étaient réduits au chômage. Et les jeunes d'aujourd'hui n'avaient pas le cran de se rebeller contre l'ordre établi. En Finlande, ils menaient leur combat social en couvrant d'obscénités les murs des halls de gare. Nul besoin de colonels pour diriger ou pour mater de telles révoltes.

Ce monde se moquait bien des officiers, et encore plus des colonels éjectés de la spirale de l'avancement. Le prestige de l'uniforme s'était effondré. On regardait les objecteurs de conscience avec compréhension et sympathie, et les vieux routiers entraînés à la dure étaient publiquement méprisés. Si on avait le malheur d'ordonner à un conscrit insolent de ramper, on se faisait accuser de bizutage. Et pourtant : à la guerre, le soldat qui refuse de ramper se fait tuer par l'ennemi, et son corps est traîné sur un travois pour être jeté à la fosse commune. Mais les droits-de-l'hommistes ne veulent pas le savoir.

Le colonel Kemppainen se sentait frustré par son métier d'officier. Les soldats s'entraînent toute leur vie à la guerre : ils manœuvrent, organisent des simulacres de combat, s'exercent au tir. Ils apprennent l'art de tuer, le peaufinent, deviennent des exécuteurs de plus en plus dangereux.

« Si j'étais un savant menant des travaux de recherche, j'aurais au moins un doctorat en assassinologie. Mais nous n'avons jamais l'occasion de mettre notre science en pratique, en ces temps si profondément pacifiques. On pourrait aussi comparer ma situation à celle d'un peintre qui ne cesserait de se perfectionner, réaliserait esquisse sur esquisse, deviendrait un maître absolu, mais ne pourrait jamais montrer ses œuvres. Un officier est comme un artiste de génie à qui l'on interdirait d'exposer. »

Le colonel Kemppainen expliqua qu'il était parti de Helsinki en voiture, la veille, pour passer la Saint-Jean chez lui à Jyväskylä. En chemin, vers le soir, il avait été pris d'un tel cafard qu'il avait bifurqué sur une petite route du Häme, avait échoué dans cette vieille grange et y était resté toute la nuit, comme assommé, couché auprès d'un tas de piquets vermoulus. Quelque part au bord de l'eau résonnaient des échos de fête. Au petit matin, il était allé jusqu'au lac voisin et avait détaché un bout de corde du ponton d'une villa. Il était ensuite retourné dans la grange, gourd de fatigue.

Sur le sentier, il avait soudain senti un étrange éclatement à la tempe droite, comme si une veine s'était rompue dans sa tête. Ç'avait été une impression merveilleuse, libératrice. Quelle chance de pouvoir ainsi mourir de mort naturelle dans ce paysage ensoleillé, honorablement, en quelque sorte. Une hémorragie cérébrale est une cause de décès convenable même pour un colonel, surtout en période de paix. Pris de vertige comme il se doit, il s'était écroulé à quatre pattes sur le pré, espérant que les spasmes de l'agonie ne tarderaient pas.

Il s'était frotté la tempe, la veine avait taché la peau en cédant. Il avait regardé sa main. Nom d'un chien, ce n'était pas du sang, mais une pâte blanche et nauséabonde. Il lui avait fallu quelques instants pour comprendre qu'il n'avait pas été frappé d'apoplexie. La coupable était une mouette tournoyant dans le ciel.

Le colonel s'était relevé, déçu et vexé, avait lavé son visage dans l'eau d'un fossé et s'était retiré dans la grange, la mine sombre. Après s'être reposé un moment, il avait escaladé le tas de piquets pour se pendre. Mais l'entreprise avait échoué, Rellonen était venu l'interrompre.

Les deux hommes s'accordèrent à trouver que, pour l'heure, le suicide avait perdu de sa saveur. Leur soif de mourir s'était apaisée. Se tuer est un acte trop privé pour ne pas exiger une parfaite tranquillité. Il arrive certes, dans d'autres pays, que certains s'immolent par le feu en public, en signe de protestation, pour des motifs politiques ou religieux, mais le Finlandais préfère se passer de spectateurs lorsqu'il met fin à ses jours. Là-dessus, ils étaient du même avis.

Bavardant avec animation, ils arrivèrent à la villa de Rellonen. La porte était restée ouverte. L'on quitte parfois sa maison poussé par des sentiments si violents qu'on abandonne ses biens à la merci du premier voleur venu.

Onni offrit une bière et un sandwich à son invité, puis proposa de chauffer le sauna. Tandis qu'il allait chercher du bois dans le bûcher, le colonel Kemppainen se chargea de puiser de l'eau dans le lac et de la porter dans l'étuve.

À la mi-journée, le bain de vapeur fut prêt. Assis sur les gradins, les deux hommes se flagellèrent vigoureusement à coups de branches de bouleau, comme mus par quelque étrange détermination. Il leur fallait secouer leur ancienne vie de leur dos. Ils se purifiaient le corps, mais qu'en était-il de leur esprit ?

« Le plus excellent sauna de ma vie », soupira le colonel.

Sur la terrasse, ils poursuivirent leur discussion sur le thème du jour. Désormais à tu et à toi, ils se firent des confidences qu'aucun autre mortel n'avait jamais reçues. Tenter de se suicider rapproche les êtres, constatèrent-ils d'une seule voix. Ils se découvraient mutuellement une foule de qualités qu'ils ignoraient posséder, et avaient l'impression d'être depuis toujours les meilleurs amis du monde. Entre deux considérations, ils allèrent piquer un plongeon. L'eau était agréablement fraîche, se sentir en vie était merveilleux.

Vu du lac, à nager non loin de la rive avec un camarade d'infortune dans l'éclat miroitant du soleil de la Saint-Jean, le monde commençait à avoir l'air d'un endroit relativement agréable à vivre. Était-il vraiment indispensable de le quitter aussi vite ?

Plus tard dans la soirée, devant la cheminée de la villa, ils s'octroyèrent un cognac. Le colonel était allé chercher la bouteille dans sa voiture, de l'autre côté du pré. L'auto avait démarré sans problème, comme si son propriétaire ne l'avait jamais abandonnée là pour se tuer.

Kemppainen leva son verre :

« C'est une bonne chose, Onni, que tu te sois égaré dans cette grange au beau milieu de… tout ça.

– Oui… nous sommes en vie. Si j'étais arrivé plus tard ou que je sois allé dans une autre grange, nous serions tous les deux morts. Tu te balancerais au bout d'une corde, et moi j'aurais la tête en charpie. »

Le colonel regarda la tête du président Rellonen.

« Tu aurais fait un vilain cadavre », dit-il d'un ton pensif.

Rellonen lui fit remarquer que sa grande carcasse pendue n'aurait pas non plus été bien belle à voir.

Pour Kemppainen, ce qui s'était produit était un hasard fabuleux, mathématiquement parlant aussi rare que de gagner au loto. Ils se demandèrent comment il était seulement possible que deux hommes choisissent de se tuer dans la même grange et y échouent précisément au même instant. S'ils avaient décidé de se tuer quelque part en Ostrobotnie, rien n'aurait sans doute pu les sauver. Là-bas, les champs s'étendaient à perte de vue, parsemés de centaines, voire de milliers de granges. Il y en avait assez pour que cent hommes, au moins, puissent s'y pendre ou s'y tirer une balle dans la tête sans qu'aucun n'en dérange un autre.

Ils se demandèrent aussi ce qui poussait les gens à mettre fin à leurs jours hors de chez eux. Et pourquoi cherchait-on malgré tout un lieu abrité, comme cette vieille grange ? L'homme était-il inconsciemment programmé pour ne pas souiller sa demeure – car la mort n'est en général ni particulièrement belle, ni particulièrement propre. Mais il fallait trouver un endroit protégé afin que le corps, aussi laid soit-il, ne reste pas exposé à la pluie battante ou aux fientes d'oiseaux.

Le colonel se massa pensivement la tempe.

Puis il regarda son camarade droit dans les yeux et déclara que, pour sa part, il entendait reporter son suicide au moins au lendemain. Peut-être même attendrait-il la semaine suivante pour se supprimer, ou l'automne, dans le meilleur des cas. Et Onni, qu'en pensait-il, était-il encore aussi déterminé que ce matin ?

Le président Rellonen en était venu à la même conclusion. Maintenant que l'entreprise avait été retardée par le sort, on pouvait aussi bien la repousser un peu plus. Le pire de la dépression était passé, la suite méritait sans doute que l'on s'interroge encore.

« J'ai réfléchi, depuis ce matin, déclara prudemment Onni Rellonen, et je me demandais si nous ne pourrions pas faire quelque chose ensemble. »

Le colonel Kemppainen, ému, se laissa aller à avouer que c'était la première fois qu'il avait un véritable ami, quelqu'un à qui se confier. Il n'était plus aussi seul qu'il avait pu l'être la veille.

« Ce n'est pas que j'aie retrouvé le goût de vivre... je n'irais pas jusque-là. Mais on pourrait effectivement imaginer quelque chose. Nous sommes toujours en vie, après tout. »

Le président Onni Rellonen, ravi, s'enthousiasma. Soudain euphorique, il proposa d'un seul souffle qu'ils commencent une nouvelle existence, laissent le passé derrière eux et entreprennent quelque chose qui vaille la peine d'être vécu.

Le colonel se déclara prêt à y réfléchir. La vie, à dater d'aujourd'hui, était comme gratuite, reçue en cadeau, surnuméraire. On pouvait l'utiliser à sa fantaisie. Bonne idée.

Les deux camarades constatèrent en philosophes que chaque jour était sans exception le premier du temps qui restait à vivre à chacun, même si l'on était en général trop occupé pour y penser. Seuls ceux qui s'étaient aventurés jusqu'aux portes de la mort pouvaient comprendre ce que le début d'une nouvelle existence signifiait en pratique.

« De prodigieuses perspectives s'ouvrent désormais devant nous », conclut le colonel.

3.

Le colonel Hermanni Kemppainen resta en villégiature chez le président Onni Rellonen. Les deux hommes avaient beaucoup de choses à se dire. Ils passèrent leur vie en revue, mirent tout à plat. De cette thérapie naquit une amitié comme ils n'en avaient encore jamais connu. Ils retournèrent aussi au sauna et pêchèrent à la traîne. Le colonel ramait, le président tenait la ligne. Ils prirent trois brochets qu'ils firent cuire au four.

Après dîner, ils s'amusèrent à tirer avec le revolver de Rellonen – exercice auquel le colonel était particulièrement habile. Les deux hommes burent encore quelques bières. L'homme d'affaires eut l'idée d'aller chercher une vieille pendulette à l'intérieur de la villa. Il la posa sur sa tête et demanda à Kemppainen de la faire éclater d'un coup de feu. Le militaire hésita, la balle risquait de toucher Onni entre les deux yeux.

« Peu importe, vas-y. »

Le réveil détraqué vola en miettes, Rellonen en réchappa. Le jeu les fit rire, par son étrange côté mortifère.

Au coin du feu, l'homme d'affaires suggéra qu'il serait peut-être bon de réunir d'autres infortunés. Il croyait savoir qu'il se commettait chaque année en Finlande plus de mille cinq cents suicides, et il y avait dix fois plus de gens qui y songeaient. Essentiellement des hommes. Rellonen avait lu ces chiffres dans le journal. Les meurtres et les assassinats ne dépassaient pas la centaine.

« L'équivalent de deux bataillons se tue chaque année, et une brigade s'y prépare, calcula le colonel. Sommes-nous réellement si nombreux ? Une belle armée. »

Rellonen développa son idée :

« Je viens juste de penser que l'on pourrait rassembler toute cette troupe, tous ces candidats au suicide, je veux dire. Pour parler de nos problèmes communs et échanger nos points de vue. J'ai l'impression que beaucoup renonceraient à attenter à leurs jours s'ils pouvaient parler librement de leurs soucis à des collègues. Comme nous le faisons depuis deux jours. Nous avons discuté du matin au soir, et ça m'a fait un bien fou. »

Le colonel craignait que la conversation ne soit guère plaisante. Entre suicidaires, on en vient forcément à aborder des sujets plutôt accablants. Ce ne serait pas une réunion très gaie, ni très libératrice. Et puis quel intérêt. Les gens risquaient d'en sortir encore plus déprimés.

Rellonen ne se laissa pas dissuader. Pour lui, ce rassemblement aurait à coup sûr des vertus thérapeutiques. Savoir que d'autres allaient aussi mal et que l'on n'était pas le seul à avoir été abandonné par la chance pouvait redonner la force de vivre.

« C'est bien ce qui nous est arrivé. Si nous ne nous étions pas rencontrés, nous serions morts. Non ? »

Le colonel dut reconnaître qu'en ce qui les concernait, se découvrir un destin commun avait été utile, au moins pour un temps. Il envisageait cependant toujours de se pendre. Ses problèmes ne s'étaient pas évaporés en deux jours. Son projet se trouvait juste reporté. L'amitié d'Onni n'avait ni remplacé son épouse ni effacé ses autres soucis.

« Tu es bien pessimiste, Hermanni. »

Kemppainen avoua que les soldats voyaient souvent la vie en noir, surtout quand ils étaient suicidaires. Il pensait qu'il ne lui faudrait guère plus d'une semaine pour se balancer au bout d'une corde, une fois qu'il serait reparti de son côté.

Rellonen insista, son idée valait la peine d'être creusée. Ils pouvaient parfaitement réunir des candidats à l'autodestruction, et même en assez grand nombre. On tenterait ensemble de trouver des solutions et, si l'on n'y arrivait pas, personne n'aurait de toute façon rien à y perdre. L'homme d'affaires ajouta que l'on pourrait en tout cas, en groupe, élaborer des méthodes de suicide plus efficaces que celles en vigueur et peaufiner son style. Il serait facile, à plusieurs, d'inventer des moyens plus aisés de mettre fin à ses jours – la mort ne pouvait-elle pas être indolore, élégante et digne, voire belle et glorieuse ? Était-on obligé de s'en tenir aux procédés traditionnels ? Il est assez primitif, au fond, de se passer la corde au cou. La rupture des vertèbres cervicales allonge le gosier d'un demi-mètre, le visage vire au bleu, la langue sort, un tel cadavre n'est guère montrable, même à la famille.

Le colonel se caressa la gorge. En deux jours, la morsure du filin de nylon avait pris une couleur étonnamment sombre, telle une inconvenante tumeur.

« Tu as peut-être raison », concéda-t-il en relevant le col de sa veste d'uniforme.

Rellonen s'enthousiasma :

« Imagine, Hermanni ! Si nous étions plus nombreux, nous pourrions engager un thérapeute de groupe, consacrer nos derniers jours à profiter de la vie. Le temps passe toujours plus agréablement en compagnie que dans la solitude. Nous pourrions reprographier des lettres d'adieu et économiser de l'argent en confiant nos dernières volontés à un seul notaire... nous pourrions peut-être même obtenir un prix de gros pour les avis de décès. Nous aurions la possibilité de vivre largement, car il y aurait sûrement dans le groupe quelques personnes fortunées, les riches se tuent de nos jours plus souvent qu'on ne le croit. Et il serait facile d'avoir parmi nous des femmes, je sais qu'il y en a beaucoup, en Finlande, qui nourrissent des idées de suicide, et elles sont loin d'être toutes désagréables à regarder, au contraire, les dépressives ont souvent un charme mélancolique... »

Le colonel Kemppainen commençait à trouver le projet intéressant. Il comprenait les bénéfices que l'on pouvait tirer, en termes de rationalisation, d'un suicide de masse. On éviterait ainsi tout amateurisme dans l'accomplissement du geste fatal. En y réfléchissant d'un point de vue stratégique, il voyait les avantages amenés par le nombre. Un soldat, même excellent, ne pouvait remporter seul la bataille, mais en rassemblant en rangs serrés des troupes animées par un même idéal, on obtenait des résultats. L'histoire militaire regorgeait d'exemples de l'efficacité d'une action collective.

Le président Rellonen fut enchanté :

« En tant que colonel, tu saurais organiser le suicide de masse des Finlandais avec la compétence professionnelle nécessaire au succès de l'entreprise. Tu as appris à commander, dans ton métier. Tu pourrais prendre sous tes ordres un millier de suicidaires. Nous commencerions par essayer de faire entendre raison à ces malheureux, mais si nous n'y parvenions pas, tu mènerais nos troupes à la mort. »

L'homme d'affaires voyait déjà le colonel et son armée marchant vers leur destin. Il évoqua l'Ancien Testament, comparant Kemppainen à Moïse conduisant son peuple vers la Terre promise. Quelle prodigieuse épopée ! Mais au lieu de la Palestine, ils auraient pour but leur trépas, leur anéantissement de leurs propres mains, en un foudroyant point final à toute la création ! Rellonen imagina l'officier enjoignant à ses troupes de traverser la mer Rouge, comme jadis Moïse au peuple d'Israël. Lui-même entendait se contenter du rôle d'Aaron.

Kemppainen aussi se mit à faire des projets :

« On pourrait maquiller notre suicide collectif en une terrible catastrophe... un train déraille, cent morts ! »

L'homme d'affaires déclara qu'un grandiose accident illustrerait brillamment la puissance de l'action collective et montrerait que les Finlandais n'étaient pas seulement bons à se pendre maladroitement dans une grange vermoulue, mais également capables, s'ils s'en donnaient la peine, de mettre en œuvre une gigantesque hécatombe, un noble et tragique malheur. La mort n'était pas, au bout du compte, un événement quotidien. C'était le terrible aboutissement de la vie, et il n'était pas mauvais qu'elle soit empreinte d'une sombre majesté.

Le colonel se souvenait d'un suicide collectif commis une dizaine d'années plus tôt en Amérique latine. Rellonen aussi en avait entendu parler. L'affaire avait soulevé la pitié et le dégoût du monde entier. Un pasteur californien avait réuni autour de lui des centaines d'illuminés qui lui avaient fait don de tous leurs biens. À la tête de ses fidèles et de sa fortune, il avait fondé dans la jungle sud-américaine une sorte de colonie religieuse. Quand les autorités avaient eu vent de cette entreprise délirante, le gourou de la secte avait décidé de se suicider, mais pas seul, et avait entraîné tous ses disciples dans la mort. Des centaines d'adeptes avaient perdu la vie en même temps. Le spectacle avait été atroce : des corps pourrissants gonflés par la chaleur tropicale, des mouches à viande grouillant dans tout le camp… insoutenable.

Ni le président Rellonen ni le colonel Kemppainen n'éprouvaient d'attirance pour une telle tuerie. Si la prouesse était quantitativement remarquable, la mort avait été de mauvaise qualité et le résultat franchement immonde.

Les deux hommes étaient d'accord, il ne fallait conseiller la mort à personne et, si l'on en venait malgré tout au suicide, le geste devrait avoir de la classe.

À ce stade de la conversation, le président Onni Rellonen décida de téléphoner à Helsinki, au service SOS de l'Église luthérienne évangélique. Une femme à la voix douce l'engagea à lui faire part de ses problèmes en toute confidentialité. L'homme d'affaires lui demanda si le téléphone avait beaucoup chauffé ce soir-là.

« Je veux dire, avez-vous eu des appels de personnes au bord du suicide ? »

La bénévole chrétienne déclara qu'elle n'était pas autorisée à donner des informations sur des conversations privées. Elle trouvait la question déplacée et menaça de raccrocher.

Le colonel Kemppainen prit l'appareil. Il se présenta et raconta brièvement la rencontre survenue deux jours plus tôt dans une grange du Häme. Il ne cacha pas l'intention que son ami et lui-même avaient alors eue de mettre fin à leurs jours. Puis il exposa l'idée qui leur était venue de fonder un groupe de thérapie où ils pensaient convier d'autres personnes se trouvant dans la même situation. Dans cet esprit, il souhaitait savoir où il pourrait se procurer les adresses ou les numéros de téléphone de candidats au suicide.

La thérapeute de service exprima ses doutes. Le moment était mal choisi, d'après elle, pour parler de suicides de masse. Elle avait bien assez à faire cas par cas. Rien que ce soir, six personnes déjà avaient appelé à l'aide. Si ces messieurs s'intéressaient au problème, ils pouvaient essayer de contacter un hôpital psychiatrique, peut-être pourrait-on les renseigner. « Notre service SOS ne communique à personne les noms des suicidaires qui appellent, notre mission est strictement confidentielle.

– Encore une dont il n'y avait pas grand-chose à tirer », grommela le colonel, puis il téléphona à l'asile de Nikkilä. Il expliqua ce qui l'amenait, mais l'accueil fut aussi obtus. Le médecin de garde concéda certes que l'on soignait dans son établissement des patients ayant des tendances autodestructrices, mais refusa de révéler leur identité. Ils étaient en outre en de bonnes mains et recevaient déjà tous les traitements et thérapies nécessaires, au-delà même du raisonnable selon certains. L'hôpital de Nikkilä n'avait que faire, en matière de santé mentale, de l'aide de novices. Le psychiatre doutait d'ailleurs qu'un colonel des Forces de défense soit particulièrement bien placé pour empêcher des suicides. Selon lui, les militaires étaient formés et entraînés à d'autres fins.

Kemppainen prit la mouche et déclara au médecin de garde qu'il ne valait pas mieux que ses patients, puis raccrocha brutalement.

« Il ne nous reste plus qu'à passer une annonce dans le journal », décida le président Rellonen.

4.

Le colonel Kemppainen et le président Rellonen rédigèrent une annonce à l'intention d'un quotidien national. En termes succincts, on pouvait y lire :

> SONGEZ-VOUS AU SUICIDE ?
> *Pas de panique, vous n'êtes pas seul.*
> Nous sommes plusieurs à partager les mêmes idées, et même un début d'expérience. Écrivez-nous en exposant brièvement votre situation, peut-être pourrons-nous vous aider. Joignez vos nom et adresse, nous vous contacterons. Toutes les informations recueillies seront considérées comme strictement confidentielles et ne seront communiquées à aucun tiers. Pas sérieux s'abstenir. Veuillez adresser vos réponses Poste restante, Bureau central de Helsinki, nom de code « Essayons ensemble ».

Le colonel ne jugeait guère utile de préciser que l'annonce était sérieuse, mais le président Rellonen y tenait absolument. Il avait eu l'occasion, dans sa jeunesse, de passer des annonces à la rubrique « cherche correspondant(e)s », et de nombreuses femmes en quête d'aventure y avaient répondu, alors qu'il ne souhaitait à l'époque qu'une solide et sincère amitié.

Le colonel estimait qu'il n'y avait pas lieu de publier le texte dans les colonnes réservées aux messages personnels. Il considérait ces dernières comme un tissu d'âneries, un dépotoir pour romantiques et érotomanes. Le suicide était autrement grave. Il proposa de passer l'annonce parmi les avis de décès. Selon lui, les suicidaires s'intéressaient de toute évidence aux nécrologies. Le communiqué toucherait ainsi plus sûrement sa cible. Rellonen se chargea d'aller le porter à la rédaction du journal.

Kemppainen resta à la villa du lac aux Grives pendant que l'homme d'affaires se rendait à Helsinki pour mener à bien sa mission. Il fut convenu qu'il rapporterait par la même occasion des provisions de bouche et d'autres objets de première nécessité. Le colonel s'occuperait pendant ce temps d'informer l'état-major général qu'il prendrait des vacances. Pouvait-il passer au moins le début de son congé chez Rellonen ? Il n'avait rien de particulier à faire dans son appartement vide de Jyväskylä.

« Bien sûr, nous pouvons même rester ici tout l'été en tête-à-tête. »

Lorsqu'il déposa l'annonce dans les bureaux du quotidien, le président Rellonen se trouva contraint de payer cash. Le préposé, après avoir lu le texte, décréta qu'il ne pouvait prendre le risque d'envoyer une facture dont le règlement, selon lui, était loin d'être assuré. L'on pouvait supposer que l'acquittement de la dette incomberait à des héritiers, et rien ne garantissait qu'ils soient disposés à honorer leur dû.

Rellonen fit un saut chez lui pour chercher des draps. Sa femme lui demanda comment s'était passée la Saint-Jean. Il lui raconta que la soirée avait été déprimante, de même que la matinée suivante, mais qu'il était ensuite tombé par hasard, dans une vieille grange, sur un type très sympathique, originaire de Jyväskylä. Il avait même invité son nouvel ami à passer quelque temps à la villa.

« Eh bien ne comptez pas sur moi pour faire le ménage.

– C'est un certain Kemppainen.

– Ah. Je ne peux pas connaître tous les Kemppainen de la terre. »

Rellonen voulut savoir si des huissiers avaient rôdé dans les alentours en son absence. Sa femme lui annonça qu'un membre de la profession avait téléphoné quelques jours avant la Saint-Jean. À en croire ses menaces, la villa du lac aux Grives risquait d'être mise sous séquestre jusqu'à ce que l'enquête sur la faillite du printemps précédent soit terminée.

Sa visite chez lui avait déprimé le président Rellonen. Il reprit avec plaisir la route du Häme. En chemin, une crainte le saisit : et si le colonel s'était pendu entre-temps ? Que deviendrait-il si Kemppainen avait attenté à ses jours ? Il n'aurait sans doute plus qu'à se brûler la cervelle sur le champ.

Sur le sentier crissant de sable qui descendait vers le lac, Rellonen respira à pleins poumons les riches parfums de l'été, prêta l'oreille au gazouillis ininterrompu des oiseaux et, arrivé devant la villa, vit le colonel Kemppainen sortir du bûcher avec une brassée de bois pour le sauna. Soulagé, il s'écria :

« Salut, Hermanni ! Toujours vivant et en pleine forme ?

– Ma foi… j'ai fait quelques travaux de peinture, pour passer le temps, comme tu avais l'air d'avoir laissé ça en plan. »

Rellonen avoua qu'il n'avait guère été d'humeur à bricoler, ce printemps. Le colonel le comprenait.

Les deux hommes passèrent la semaine sur les rivages lacustres du Häme, à attendre le résultat de leur annonce. Ils menaient une vie tranquille et agréable, profitant de l'été, discutant de problèmes existentiels, observant la nature. Parfois, ils buvaient un peu de vin, s'asseyaient sur le ponton la canne à pêche à la main et regardaient le lac aux Grives. Le colonel Kemppainen trouvait bizarre la façon dont Rellonen gaspillait la boisson : dès qu'une bouteille avait été vidée aux deux tiers, le président la refermait soigneusement et, si le vent soufflait de la berge, la jetait dans les flots. Elle partait vers le large, pour finir sans doute par atteindre la rive opposée. Cette dernière était éloignée de quelques kilomètres, et l'expéditeur de cette spiritueuse missive ne pouvait pas savoir où elle échouerait.

« Presque tous les propriétaires de villa font ça, par ici. La coutume veut qu'on recycle le tiers de la bouteille. »

Le colonel ne comprenait toujours pas ce gâchis. L'alcool était cher en Finlande, comment pouvait-on le fiche à l'eau ?

Rellonen lui expliqua qu'il s'agissait d'une manière éprouvée d'entretenir de bonnes relations de voisinage. Quelqu'un l'avait lancée, un peu par accident, il y avait déjà longtemps. Une première cargaison éthylique avait vogué vers son ponton sept ans plus tôt, un cognac de Charente d'excellente qualité. Il était arrivé là un matin d'août, à point nommé pour soulager la gueule de bois qui le taraudait.

Dès que les magasins avaient ouvert, il avait payé sa dette aux eaux du lac. De temps à autre, et de plus en plus souvent depuis quelques années, de nouvelles bouteilles venaient toucher terre devant la villa. L'habitude s'était peu à peu répandue tout autour du lac aux Grives. On n'en parlait guère, c'était le secret bien gardé des estivants du lieu.

« L'été dernier, j'ai repêché trois bouteilles de xérès et, un peu avant que le lac soit pris dans les glaces, une de vodka et une d'aquavit. Elles étaient si pleines qu'elles flottaient à peine. C'est le genre de choses qui vous réchauffe le cœur. On se dit qu'il y a quelque part sur la rive d'en face une âme sœur, un généreux amateur de bon cognac ou un franc buveur de vodka qui a eu une pensée pour un camarade anonyme, par-delà les flots. »

Un soir au sauna, alors que le colonel Kemppainen regardait le corps couturé de cicatrices de son compagnon nu, il lui avoua qu'il s'interrogeait depuis un moment sur leur origine. Rellonen avait-il été blessé à la guerre, ou dans d'autres circonstances ?

L'homme d'affaires expliqua qu'il était trop jeune pour avoir fait la guerre. Elle avait éclaté alors qu'il n'était âgé que d'un an. Mais la vie en Finlande était un rude combat même en temps de paix. Il avait fait quatre fois faillite. D'où les cicatrices.

« À toi je peux l'avouer, chacune de mes banqueroutes m'a déprimé au point de me pousser au suicide. Ma tentative de la Saint-Jean n'était pas la première. Ni sans doute la dernière, qui sait. »

Rellonen raconta comment il avait déjà essayé trois autres fois de mettre fin à ses jours. Dans les années soixante, après sa première débâcle, il avait résolu de se dynamiter aux quatre vents. Il possédait une entreprise de terrassement, à l'époque, et avait exécuté ses derniers travaux à Lohja. Il n'avait pas manqué d'explosifs, mais plutôt de savoir-faire. Il s'était enfermé dans sa baraque de chantier avec une forte charge de TNT, à laquelle il avait raccordé deux amorces et deux mèches. Il avait mis le tout dans son pantalon.

Ainsi lesté, le candidat au suicide s'était assis à son bureau et avait mis le feu aux deux fils d'amorce et, par la même occasion, allumé une dernière cigarette.

L'opération n'avait réussi qu'à moitié. En se consumant, les cordeaux avaient grillé de grands trous dans son caleçon et lui avaient sévèrement brûlé les cuisses. Incapable de supporter plus longtemps la chaleur de la mèche en fusion, il s'était rué dehors en hurlant. La charge de TNT avait coulé sur ses talons par les jambes de son pantalon, se détachant de l'amorce. Cette dernière avait explosé, lui causant de vilaines blessures aux fesses et aux flancs. Il avait conservé la vie et bon nombre de cicatrices. Le second détonateur avait fait déflagrer l'explosif resté dans la baraque de chantier, qui avait volé à plus de soixante-dix mètres de là, complètement démantibulée.

Après sa deuxième faillite, en 1974, Rellonen avait tenté de se tuer avec un fusil de chasse fixé à un tronc d'arbre, sur les terres de son beau-père à Sonkajärvi. C'était un piège qui devait se déclencher automatiquement au passage du gibier, autrement dit de lui-même. Mais il tenait déjà une sacrée cuite quand il avait mis le dispositif en place, et il s'était presque raté.

Dans le sauna, l'homme d'affaires montra au colonel son dos torturé. On y voyait la trace du coup de feu fatal. Un plomb avait atteint la plèvre, mais Rellonen avait hélas survécu à son propre traquenard.

L'avant-dernière fois, il avait décidé de s'ouvrir les artères. Il n'avait cependant réussi à se cisailler qu'une veine du bras gauche avant de s'évanouir à la vue de son propre sang. La tentative lui avait laissé une assez belle balafre.

Ces échecs avaient incité Rellonen à se procurer un revolver, avec lequel il espérait enfin réussir à se supprimer. Mais comme Kemppainen le savait, l'entreprise n'avait pas non plus abouti.

Le colonel contempla les cicatrices. Rellonen avait à son avis fait preuve d'une rare détermination dans ses intentions suicidaires. Lui-même n'avait jamais auparavant tenté de mettre fin à ses jours. Son camarade, par contre, était un vétéran expérimenté à qui l'on devait le plus grand respect pour ses années de pratique.

5.

À la fin de la première semaine de juillet, le président Rellonen alla chercher à la poste centrale de Helsinki les éventuelles réponses à l'annonce publiée huit jours plus tôt dans le journal. Il fut stupéfait : le message avait eu un succès gigantesque, il y avait une pleine brassée de lettres. Sa sacoche n'était pas assez grande, il lui fallut en plus deux sacs en plastique, remplis à ras bord.

Rellonen porta son imposant butin dans sa voiture et regagna en hâte sa villa du Häme. Le nombre de réponses était effarant. Kemppainen et lui-même avaient-ils déclenché une avalanche dont la puissance les dépassait ? La cargaison de missives, dans le coffre, représentait une masse insensée de pulsions de mort, un effroyable fardeau avec lequel il n'y avait pas à plaisanter. L'homme d'affaires craignait de s'être fourré, en compagnie du colonel, dans un nid de guêpes dont ils ne se tireraient pas sans dommages.

À la villa, les deux hommes étalèrent les lettres sur le plancher du salon. Ils commencèrent par les compter. Il y avait en tout 612 envois, dont 514 lettres, 96 cartes postales et 2 petits paquets.

Ils ouvrirent ceux-ci en premier. L'un provenait d'un expéditeur anonyme et contenait une longue mèche de cheveux, apparemment coupée sur la tête d'une femme. L'oblitération indiquait qu'il avait été posté à Oulu. Le message capillaire était difficile à interpréter, mais ne semblait pas de bon augure. L'autre colis renfermait un manuscrit de plus de 500 feuillets, intitulé *Un siècle de suicides à Hailuoto.* L'auteur, Osmo Saarniaho, était instituteur à Pulkkila. Dans la lettre accompagnant l'envoi, il se plaignait de l'accueil méprisant réservé à son livre par les maisons d'édition : aucune n'avait souhaité le publier. Il se tournait maintenant vers l'annonceur, poste restante, dans l'espoir d'une coopération afin de mettre en forme en vue de sa publication cette œuvre indispensable, puis de l'imprimer à compte d'auteur et de la diffuser dans toutes les librairies du pays. Il estimait que l'ouvrage rapporterait au moins 100 000 marks de bénéfice net. Si son texte n'était pas donné au public, il se tuerait.

« Nous devons lui retourner son manuscrit, trancha le colonel. Nous ne pouvons pas nous lancer dans l'édition, même sous peine de mort. »

Les missives furent plus ou moins classées géographiquement d'après les cachets postaux. Elles venaient en majorité des départements d'Uusimaa et de Turku-et-Pori, ainsi que du Häme. Le Savo et la Carélie étaient également bien représentés, mais il n'y avait qu'une poignée de lettres en provenance de la région d'Oulu et de la Laponie. Pour Rellonen, il fallait y voir la preuve que le quotidien publié dans la capitale n'était sans doute pas aussi efficacement distribué dans le Nord que dans les grandes agglomérations. Il n'y avait pas non plus beaucoup de réponses d'Ostrobotnie, ce qui pouvait par contre indiquer que l'on s'y suicidait en général moins que dans le reste du pays. La région se distinguait une fois de plus, on y considérait sans doute que mourir de sa propre main revenait à trahir la communauté villageoise.

Les deux hommes lurent quelques cartes et ouvrirent un premier lot d'enveloppes. Les plis suintaient le désespoir. Les candidats au suicide avaient griffonné leurs messages d'une écriture irrégulière, sans souci des règles de grammaire et sous l'emprise d'une énergie incontrôlée, appelant les destinataires au secours : se pouvait-il qu'ils ne soient pas seuls dans leur détresse ? Contre toute évidence ? Des inconnus étaient-ils susceptibles de les aider ?

Les signataires des lettres avaient vu leur monde s'écrouler. Leur moral était à zéro, certains étaient si désespérés que même les yeux endurcis du colonel se mouillèrent. Ils s'étaient saisis de l'annonce salvatrice comme des noyés d'un dernier fétu de paille.

Tenter de répondre personnellement à chacun semblait impossible. Le simple effort d'ouvrir et de lire toutes les lettres paraissait surhumain.

Après avoir parcouru en diagonale une centaine de missives, le président Rellonen et le colonel Kemppainen étaient déjà si épuisés qu'ils n'avaient plus la force de continuer. Ils allèrent se baigner.

« Si nous décidions maintenant de nous noyer dans le lac, nous abandonnerions plus de six cents malheureux à leur sort. Ils risqueraient de se tuer. Moralement, nous serions responsables de leur mort, philosopha Rellonen au bout du ponton.

– Oui... ce n'est plus le moment de se suicider, maintenant que nous nous sommes mis sur le dos un bataillon entier de pauvres diables, renchérit le colonel.

– Un véritable escadron de kamikazes », conclut l'homme d'affaires.

Le lendemain matin, le président Rellonen et le colonel Kemppainen se rendirent à la papeterie la plus proche, à Sysmä, afin d'acheter des fournitures de bureau : six classeurs, un perforateur, une agrafeuse, un coupe-papier pour ouvrir les lettres, une petite machine à écrire électrique, 612 enveloppes et deux rames de papier. À la poste, ils commandèrent 612 timbres. Ils réexpédièrent en même temps à l'instituteur Osmo Saarniaho son *Siècle de suicides à Hailuoto,* accompagné d'un message l'invitant à renoncer à toute idée d'autodestruction et à s'adresser avec son manuscrit à l'Association finlandaise pour la santé mentale, ou à une autre institution de ce type, où l'on apprécierait peut-être mieux la valeur scientifique de l'ouvrage.

Rellonen passa acheter à manger, le colonel s'occupa de la boisson. Puis ils reprirent le chemin du lac aux Grives.

Il n'était plus temps de se prélasser au sauna ou à la pêche. Rellonen s'empara du coupe-papier afin d'ouvrir les enveloppes, Kemppainen endossa le rôle de greffier. Il notait au fur et à mesure le nom et l'adresse des expéditeurs et attribuait à chacun un numéro de référence. La besogne leur prit deux jours. Quand ce fut terminé, ils ne purent que constater qu'il leur fallait maintenant étudier de plus près le contenu des missives. Mettre de l'ordre était bel et bon, mais ce n'était qu'un début.

Les deux hommes étaient conscients que la tâche était urgente. Terriblement urgente. Ils avaient entre les mains la vie de six cents Finlandais. Il fallait absolument agir vite, mais, tout seuls, ils étaient trop lents.

« Nous avons besoin d'une secrétaire », soupira le président Rellonen tard dans la soirée, quand tous les plis eurent été ouverts et répertoriés.

« Je ne vois pas qui nous céderait une assistante en plein été », grogna le colonel Kemppainen.

Rellonen songea soudain qu'il pouvait y avoir parmi les suicidaires des secrétaires de métier. Ou du moins des personnes capables de les aider à résorber le trop-plein. Il fallait se pencher dans cette optique sur les missives reçues. Il était naturel de chercher de l'aide au plus près, et les deux hommes se saisirent donc de la pile de réponses en provenance du Häme. Le président en parcourut quinze, le colonel une vingtaine.

Quelques fermiers de Hauho, Sysmä et leurs environs faisaient part de leurs projets de suicide, mais l'agriculture ne prédisposait pas forcément au travail de bureau.

Il y avait mieux : trois enseignants du primaire, une vieille fille du côté de Forssa et, enfin, bonne pioche ! Il se trouvait à Humppila une véritable professionnelle, une certaine Kukka-Maaria Ovaskainen, secrétaire retraitée du service export de Kemira, et, à Toijala, la directrice adjointe d'un institut local de formation pour adultes, Helena Puusaari, 35 ans, qui enseignait également la correspondance commerciale. Les deux femmes étaient déçues par la vie et envisageaient sérieusement de mettre fin à leurs jours. Confiantes, elles donnaient en outre à toutes fins utiles leur adresse et leur numéro de téléphone.

Il était déjà tard mais, vu l'urgence de la situation, les deux hommes décidèrent de prendre contact avec elles. Ils appelèrent d'abord à Humppila, mais n'obtinrent pas de réponse.

« Peut-être a-t-elle déjà eu le temps de se tuer », supputa Rellonen.

À Toijala, la directrice adjointe Helena Puusaari n'était pas non plus chez elle, mais sa voix enregistrée invitait ses correspondants à laisser un message sur son répondeur. Le colonel Kemppainen se présenta, exposa brièvement ce qui l'amenait et s'excusa de téléphoner à une heure aussi inhabituelle, à près de minuit. Il annonça qu'il viendrait rendre visite à la directrice adjointe avec son collègue, pour une affaire importante.

Kemppainen et Rellonen décidèrent de partir aussitôt pour Toijala. Ils avaient siroté quelques boissons fortes, au fil de la soirée, et il semblait risqué de prendre la voiture. Ils se firent toutefois la remarque qu'ils ne risquaient finalement, à conduire en état d'ivresse, rien de pire que la mort. En route, donc ! Le colonel s'installa au volant, le président Rellonen lut encore une fois à voix haute la lettre que leur avait envoyée la directrice adjointe Helena Puusaari.

« Je suis arrivée à un tournant de ma vie. Ma santé mentale est menacée. Mon enfance a été heureuse et j'ai toujours été gaie et optimiste, mais ces dernières années passées à Toijala m'ont métamorphosée. J'ai perdu confiance en moi-même. Toutes sortes de ragots circulent sur mon compte dans cette petite ville. J'ai divorcé il y a déjà dix ans, ce qui n'a rien d'exceptionnel, même ici. Mais, après cette expérience, je n'ai pas voulu – ou pu – renouer de relations de couple, du moins durablement. Peut-être suis-je paranoïaque, mais j'ai l'impression depuis déjà plusieurs années que l'on me suit sans cesse et que l'on note tous mes faits et gestes. Je me sens prisonnière de cette communauté. Même mes activités pédagogiques, qui me passionnaient auparavant, me sont devenues pénibles. Je me suis transformée en véritable ermite. Je ne peux parler à personne et je soupçonne tout le monde, non sans raison d'ailleurs, à mon avis. On me considère comme une femme très sensuelle, et c'est peut-être vrai, d'une certaine manière. Je suis d'un naturel ouvert et je ne rejette l'amitié de personne. Mais j'ai été amenée à constater encore et encore que pas un être au monde, ou en tout cas pas un habitant de Toijala, ne se comportait envers moi avec la même sincérité. Je n'en peux tout simplement plus. Je voudrais juste dormir, à jamais. J'espère que mes confidences resteront strictement confidentielles car, si elles venaient à être connues, ma situation deviendrait encore plus difficile. Je n'ai plus d'autre solution que de mourir de ma propre main. »

Les hommes roulèrent en silence dans la nuit du Häme. Au bout d'un moment, il vint à l'esprit du président Rellonen qu'il serait poli de se faire pardonner une visite aussi tardive en apportant un cadeau, ou du moins des fleurs, à la directrice adjointe Puusaari. Le colonel était d'accord, mais il craignait qu'il soit difficile de trouver un bouquet à cette heure, tous les magasins étaient fermés. Rellonen réfléchit un instant, puis proposa de cueillir quelques fleurs sauvages sur le bord de la route, elles étaient justement épanouies dans leur plus bel éclat. Dans un petit bois propice, il demanda au colonel de s'arrêter. Il en profiterait aussi pour se soulager la vessie.

Le président Rellonen disparut dans la pénombre de la forêt. Le colonel resta à l'attendre près de la voiture, à fumer une cigarette. Cette fichue cueillette commençait à l'agacer. Il cria à l'homme d'affaires de revenir. Ce dernier, quelque part derrière les arbres, répondit d'une voix avinée qu'il avait déjà trouvé des fleurs. Ou en tout cas du feuillage vert.

Rellonen semblait progresser parallèlement à la route. Le colonel remonta en voiture et avança doucement. À cinq cents mètres environ, il vit l'homme d'affaires, debout sur le bas-côté, avec dans une main un bouquet d'épilobes et d'autres fleurs des bois arrachées avec leurs racines et, dans l'autre, une sorte de cage en fil de fer. Le colonel stoppa à la hauteur de son camarade et constata qu'il y avait à l'intérieur un animal crachant et sifflant. Un chien viverrin.

Rellonen était dans tous ses états, il raconta qu'il avait longtemps marché dans la forêt en cueillant des fleurs avant de tomber par hasard sur ce piège. Il avait eu la peur de sa vie quand la bête prise dedans s'était mise à glapir. C'était un viverrin, un tanuki en chair et en os. On pourrait l'offrir à la directrice adjointe Puusaari, si le colonel était d'accord.

Kemppainen ne trouvait pas qu'un carnassier sauvage fasse un très joli cadeau pour une inconnue suicidaire. Il pria Rellonen de rapporter l'animal et sa cage là où il les avait pris.

Déçu, l'homme d'affaires s'enfonça dans la forêt. Il revint bientôt en déclarant qu'il ne retrouvait pas l'endroit. Le colonel lui conseilla de déposer la cage dans n'importe quel autre lieu de son choix, mais Rellonen refusa. On ne pouvait pas être sûr que le trappeur qui avait posé le piège le découvrirait à son nouvel emplacement. L'animal resterait enfermé à souffrir et mourrait de faim et de soif.

Le colonel dut concéder que l'on ne pouvait pas abandonner la cage au petit bonheur. Rellonen ne voulait pas non plus libérer le chien viverrin, il risquait d'avoir la rage et représentait de toute façon une menace pour les couvées et le petit gibier. Il mit la cage dans le coffre de la voiture et vint s'asseoir à l'avant à côté du colonel avec son bouquet de fleurs.

Kemppainen était de mauvaise humeur, son camarade était ivre et cherchait les ennuis. Ils firent le reste du trajet en silence.

Vers trois heures du matin, le président Rellonen et le colonel Kemppainen sonnèrent à la porte de la directrice adjointe Puusaari, au deuxième et avant-dernier étage de son immeuble, dans le centre de Toijala. L'homme d'affaires avait avec lui le chien viverrin et des fleurs des bois défraîchies. La porte s'ouvrit et ils furent invités à entrer.

Helena Puusaari était grande et rousse et portait des lunettes. Elle avait un visage décidé, mais donnait l'impression d'être fatiguée. Sa démarche, bien qu'énergique, était d'une extrême féminité. Vêtue d'un tailleur noir et d'escarpins à talons aiguilles, elle était, en un mot, éblouissante, et l'idée qu'une aussi belle femme ait pu être acculée au suicide dans cette petite ville était odieuse.

La directrice adjointe pria ses invités de laisser l'animal en cage dans l'entrée. Elle leur avait préparé du café et quelques petits sandwichs, et leur offrit des liqueurs. La conversation se porta sur le sujet de la nuit. Mme Puusaari avait soupçonné le pire, craignant qu'il ne se cache derrière l'annonce une bande d'escrocs. Dans sa détresse, elle avait cependant décidé de prendre le risque. Maintenant qu'elle avait en face d'elle les responsables de cette initiative, le président Rellonen et le colonel Kemppainen, elle sentait que c'était la Providence qui les avait réunis, eux et leurs problèmes. La directrice adjointe ne s'étonna pas outre mesure de la présence du chien viverrin. Il était clair que l'on ne pouvait pas laisser l'animal dépérir dans les bois.

« Je connais les gens, et j'ai de l'expérience. Vous êtes de bonnes âmes, j'en suis convaincue », assura Mme Puusaari en disposant dans un vase les fleurs apportées par les deux amis.

Kemppainen expliqua qu'ils avaient reçu plus de six cents autres réponses à l'annonce qui avait retenu l'attention de Mme Puusaari. Leur traitement était une tâche insurmontable pour deux hommes seuls, d'autant qu'ils n'avaient ni l'un ni l'autre de compétences professionnelles en la matière. Le président Rellonen était propriétaire d'une laverie en faillite, et lui-même officier au chômage. Il espérait que leur hôtesse pourrait les aider à rédiger et expédier les réponses nécessaires.

La directrice adjointe accepta aussitôt. Ils vidèrent leurs verres de liqueur, récupérèrent le chien viverrin et montèrent en voiture. Sur le chemin du retour vers la villa du lac aux Grives, ils traversèrent le bourg de Lammi. L'aube approchait, un léger brouillard flottait au-dessus du sol. Rellonen dormait. Quand la voiture conduite par Kemppainen passa devant l'église, la directrice adjointe lui demanda de s'arrêter. Elle voulait faire quelques pas.

Une fois dehors, Helena Puusaari contourna l'église jusqu'au cimetière. Elle parcourut les allées noyées de brume, s'attarda longuement devant quelques vieilles pierres tombales et leva les yeux vers le ciel. Au bout d'un moment, elle revint à la voiture.

« J'ai une passion pour les cimetières, expliqua-t-elle au colonel. Ils sont si délicieusement apaisants. »

Ils arrivèrent à l'aube à la villa. Rellonen se réveilla et ouvrit le coffre de la voiture pour porter le chien viverrin à l'intérieur. Mais l'animal avait disparu, et le piège avec. L'homme d'affaires s'affola, la bête avait-elle été oubliée à Toijala ? Le colonel rassura son camarade, il avait déposé de sa main le chien viverrin et sa cage sur les marches de l'église de Lammi. On l'y trouverait sûrement au matin et des serviteurs de la paroisse décideraient ainsi selon toute vraisemblance de son sort. La vie du carnassier était donc entre les mains du Très-Haut, surtout si c'était le pasteur qui le découvrait en premier.

Quand Helena Puusaari vit l'incroyable quantité de lettres, elle s'exclama :

« Mes pauvres garçons, nous avons du pain sur la planche. Il va falloir se lever tôt pour se mettre au travail. »

On donna à la directrice adjointe la petite chambre sous les combles de la villa. Quand elle fut montée se coucher, les deux hommes se regardèrent :

« En voilà une femme énergique. »

6.

Les affaires sérieuses commencèrent dans la matinée. Le colonel Kemppainen, le président Rellonen et la directrice adjointe Puusaari décidèrent de prendre connaissance de toutes les lettres en en donnant lecture à haute voix. Le premier en lirait dix d'affilée, pendant que les deux autres prendraient des notes. Puis on changerait de lecteur pour une autre dizaine, et ainsi de suite. À ce rythme, le travail avancerait en souplesse sans être épuisant.

Il fallait environ cinq minutes par lettre. La lecture elle-même prenait une minute ou deux. Sur cette base, on discutait ensuite rapidement de chaque cas. En une heure, une douzaine de missives étaient ainsi examinées. Le travail se faisait par tranches de deux heures, entrecoupées de pauses d'une demi-heure. La lecture et l'analyse étaient trop pénibles pour que l'on puisse songer à accélérer le tempo.

À l'origine de chaque message se trouvait un être au désespoir, plongé dans la plus extrême détresse. Les lecteurs en savaient quelque chose.

Les femmes semblaient plus prêtes que les hommes à chercher un soulagement à leur angoisse, ne serait-ce qu'en répondant à une annonce. Le trio calcula qu'elles représentaient soixante-cinq pour cent de leurs correspondants. Le sexe de certains signataires restait cependant difficile à déterminer. Un nom tel qu'Oma Laurila, par exemple, pouvait être aussi bien féminin que masculin. Et un certain Raimo Tarkiainen se présentait comme une femme au foyer malgré son prénom d'homme. Ce n'était d'ailleurs pas son seul problème. Mais qui n'a pas ses soucis.

Tous ou presque souffraient de déséquilibre psychique. Certains paraissaient carrément bons à enfermer. Plusieurs semblaient psychotiques, et beaucoup paranoïaques. Une femme de ménage originaire de Lauritsala, par exemple, assurait qu'elle était au bord du suicide parce que le président de la République Mauno Koivisto la persécutait sans relâche. Ce harcèlement se manifestait sous de multiples formes : Koivisto, par des voies détournées, lui envoyait entre autres des détergents toxiques, et ce n'était qu'en faisant preuve de la plus extrême prudence qu'elle avait réussi à échapper à l'empoisonnement. Ces derniers temps, le président s'était montré de plus en plus envahissant et sa malheureuse victime n'était plus en paix ni le jour ni la nuit. Des chefs de cabinet et des gardes du corps de Koivisto s'étaient rendus en secret à Lauritsala, perturbant son existence de diverses façons. Pour finir, la pauvre femme en était arrivée à la conclusion patriotique que le seul moyen de sauver le pays était de se suicider. Le président serait alors obligé de relâcher son emprise. En se sacrifiant, elle espérait empêcher l'Union soviétique de profiter de la situation pour déclencher une guerre atomique contre la Finlande. Au train où allaient les choses, les hostilités pouvaient éclater à chaque instant.

Les auteurs des lettres se plaignaient de multiples névroses. Ils étaient aussi atteints de troubles caractériels et de psychopathies qui se manifestaient par des perturbations de la vie familiale ou amoureuse. Il se trouvait parmi les signataires quelques désespérés détenus en prison ou internés dans des asiles. Les difficultés professionnelles étaient innombrables. Les études piétinaient. La vieillesse, déprimante, était venue trop tôt. Un homme déclarait avoir commis avant-guerre un crime parfait qu'il ne parvenait toujours pas à oublier. Certains avaient sombré si profondément dans la religion qu'ils voulaient, en se suicidant, accélérer leur entrée au paradis et leur rencontre avec le Tout-Puissant.

Il y avait aussi beaucoup de personnes souffrant de troubles sexuels, des invertis, des travestis, des masochistes, des don juans angoissés et des nymphomanes incurables.

Nombreux étaient les alcooliques chroniques, les pharmacodépendants et les drogués. Un Helsinkien employé dans une société importatrice de composants électroniques déclarait en être venu à la conclusion que le suicide était le seul moyen efficace de maîtriser sa vie. Un autre expliquait qu'il était trop curieux et épris de mysticisme pour avoir la patience d'attendre le terme naturel de son existence et souhaitait se suicider pour découvrir au plus vite ce qui l'attendait après la mort.

Presque tous les auteurs des lettres avaient en commun un profond sentiment de solitude et d'abandon, bien connu également de leurs lecteurs.

Pendant les pauses, le trio s'installait souvent sur le ponton pour se détendre et bronzer au soleil. Rellonen préparait des sandwichs et le colonel du café. Sur le lac aux Grives, un plongeon lumme, inhabituel si au sud, faisait entendre son cri, pareil à la dernière plainte d'un suicidé.

Lors de l'une de ces périodes de repos, dans l'après-midi, Helena Puusaari aperçut une bouteille échouée sur le sable. Elle en fit tout un scandale, déclarant qu'elle avait horreur des alcooliques qui jetaient leurs restes n'importe où et polluaient la pure nature finlandaise avec leurs saletés. Il lui arrivait certes aussi de boire, mais il ne lui serait jamais venu à l'esprit de laisser traîner ainsi des flacons vides.

Le colonel alla ramasser l'objet sur la plage et l'apporta à la directrice adjointe. C'était un whisky écossais de qualité, un Cardhu pur malt de douze ans d'âge. Il en restait une bonne demi-douzaine de lampées. On les but. Les deux hommes, encouragés par ce petit remontant, révélèrent à leur invitée le secret du lac. Peut-être le nom évocateur qu'il portait depuis la nuit des temps avait-il eu une influence sur le comportement des habitants de ses rives.

Il fallut deux jours pour venir à bout de la masse des missives des suicidaires. Mais enfin le trio eut fini de lire toutes les lettres et cartes, de discuter de chacune et de prendre des notes sur la plupart.

Les témoignages étaient bouleversants ; la directrice adjointe Puusaari, le président Rellonen et le colonel Kemppainen étaient désormais convaincus que les vies de six cents personnes reposaient en un sens entre leurs mains. Qui sait si certains de leurs correspondants n'avaient pas déjà mis fin à leur existence ? Il s'était écoulé près d'une dizaine de jours depuis la parution de l'annonce. En une décade, un dépressif peut faire bien des choses.

La directrice adjointe téléphona à l'Institut de formation pour adultes de Hämeenlinna et demanda de l'aide, à titre professionnel : elle avait besoin de photocopier une circulaire en six cents exemplaires et d'inscrire le même nombre d'adresses sur des enveloppes. L'établissement pouvait-il lui prêter sa machine ? L'assistance requise fut accordée. Il ne restait plus qu'à rédiger la lettre que l'on reproduirait et enverrait aux candidats au suicide des quatre coins du pays.

Helena Puusaari était une épistolière plus aguerrie que Rellonen ou Kemppainen. Elle libella un texte d'une page, réconfortant les destinataires et les invitant à reporter leurs projets de suicide, du moins provisoirement. La lettre précisait que des milliers de Finlandais nourrissaient les mêmes intentions et que plus de six cents autres personnes avaient répondu à l'annonce. Mieux valait ne pas agir à la légère en matière d'autodestruction, une affaire aussi vitale exigeait que l'on prenne son temps.

Le colonel Kemppainen ajouta au message qu'une mort collectivement administrée serait en un sens plus professionnelle qu'un suicide solitaire, commis en amateur. Il vanta la force du nombre, dans ce domaine comme dans d'autres. Pour le président Rellonen, une action concertée présentait en outre des avantages économiques. Il insista aussi pour mentionner la possibilité d'organiser des excursions touristiques avant de passer de vie à trépas, et la perspective d'obtenir, en groupe, une réduction des frais supportés par les héritiers des suicidés. Le trio peaufina les détails de la lettre pendant plusieurs heures avant de la juger enfin bonne à polycopier.

« Je me demande si nous ne devrions pas par la même occasion réunir un symposium pour réfléchir aux situations qui conduisent au suicide, déclara Helena Puusaari. Nous ne pouvons pas laisser ces malheureux à la merci d'une unique lettre de réconfort. »

Le colonel Kemppainen voulait bien admettre que la directrice adjointe ait l'habitude, du fait de son métier, d'organiser sur toutes les questions un tant soit peu compliquées des colloques ou des symposiums. La même manie s'était insinuée jusque dans l'armée. Dans les Forces de défense, on créait maintenant à tour de bras toutes sortes de commissions et l'on tenait des réunions dont l'intérêt se limitait à offrir aux officiers un bon prétexte pour se soûler dans des lieux éloignés, à l'abri des regards de leurs épouses. Le président Rellonen savait également ce que signifiaient dans le monde des affaires les vains débats et tables rondes : on en profitait pour bien manger, boire encore mieux et se prélasser des journées entières à l'hôtel aux frais de l'entreprise, qui déduisait la note de ses impôts. En pratique, l'État finlandais entretenait l'alcoolisme des milieux économiques et engraissait les cadres moyens et supérieurs. On rapportait en général au siège, en butin de ces réunions, de pleines serviettes de documents intouchés que personne ne prenait la peine de lire. On gaspillait du temps et de l'argent, pendant que des collaboratrices sous-payées se tuaient à faire des heures supplémentaires pour éviter la faillite.

Le colonel fit remarquer d'un ton sarcastique que Rellonen, question banqueroute, savait de quoi il parlait.

La directrice adjointe Helena Puusaari s'emporta. Ce n'était pas le moment de plaisanter comme des imbéciles, la vie de six cents personnes était en jeu. Il était urgent d'aider ces malheureux. On devait en rassembler au moins une partie afin qu'ils puissent parler de leurs problèmes et se réconforter mutuellement. Il fallait réserver une salle de réunion et arrêter un programme qui permettrait d'aboutir à des résultats concrets.

Le colonel la calma :

« Ne monte pas sur tes grands chevaux, Helena. En fait, nous avons déjà évoqué cette idée avec Onni. Nous allons joindre une convocation à notre lettre de réconfort. Qu'en pensez-vous, Helsinki vous paraît-il convenir pour accueillir une grande réunion de suicidaires finlandais, ou un autre lieu serait-il préférable en cette saison ? »

Le président Rellonen était d'avis que l'on ne pouvait en tout cas pas organiser le symposium dans une petite ville. À supposer que l'on rassemble ne serait-ce qu'une centaine de suicidaires à Pieksämäki, par exemple, la nature de la réunion ne resterait pas longtemps secrète. La Finlande était le paradis des ragots et, dans le cas présent, mieux valait ne pas rechercher la publicité.

La directrice adjointe proposa, à Helsinki, le *Restaurant des Vieux Chanteurs,* qui disposait au sous-sol d'une salle de réunion parfaite. L'établissement avait une excellente réputation d'organisateur de réceptions privées, on y faisait traditionnellement des repas d'enterrement. Il était situé à proximité du cimetière de Hietaniemi et de l'église de Temppeliaukio, dans le quartier de Töölö.

« Ce côté funèbre convient à merveille à notre projet, décréta le colonel Kemppainen. Il ne nous reste plus qu'à rédiger l'invitation. Disons, si vous êtes d'accord, que la réunion des suicidaires se tiendra aux *Vieux Chanteurs* samedi en huit. Si nous parvenons à poster la circulaire demain, les intéressés auront le temps de s'organiser pour venir à Helsinki. »

Rellonen craignait que le calendrier ne soit trop serré, mais on balaya ses objections en lui faisant remarquer que plus on repoussait cet important symposium, plus les désespérés seraient nombreux à mettre fin à leurs jours avant d'avoir pu rencontrer leurs salvateurs compagnons d'infortune.

L'on se mit fébrilement à la tâche. Il fallait réserver la salle, photocopier la circulaire et la poster au plus vite. Chaque journée perdue était synonyme de morts, les trois bénévoles en étaient conscients.

7.

Le colonel Kemppainen fit les réservations nécessaires au *Restaurant des Vieux Chanteurs.* Le maître d'hôtel lui expliqua que le sous-sol était aménagé pour contenir environ deux cents personnes, dont une partie dans la grande salle et une quarantaine dans le petit salon adjacent. Kemppainen retint les lieux pour le samedi suivant à partir de midi. Il fit également son choix en matière de restauration. Le maître d'hôtel lui proposa un déjeuner à 78 marks. Si on y ajoutait un apéritif, par exemple du champagne, il fallait compter un supplément de 16 marks.

Le colonel adopta le menu recommandé :

Assortiment de harengs
Cocktail de fruits de mer
Velouté de chou-fleur

Saumon grillé
Mousse de morilles
Filet de bœuf mariné aux herbes

Sorbet aux airelles
Parfait au moka
Café

Le président Rellonen poussa de hauts cris. Le colonel avait-il perdu la raison ? S'il venait réellement au restaurant quelque deux cents suicidaires, et s'ils se goinfraient tous du déjeuner prévu par Kemppainen, la dépense serait astronomique. Rellonen pianota sur sa calculette : 18 800 marks ! En ce qui le concernait, il était loin d'avoir les moyens de jeter autant d'argent par les fenêtres. Et était-ce bien la peine, d'ailleurs, de nourrir à grands frais deux cents personnes qui, de toute façon, avaient l'intention de se tuer ? Pour beaucoup, ces mets raffinés seraient à coup sûr du gâchis, du café et des viennoiseries auraient bien suffi, à son avis, pour des gens qui allaient mourir. De telles largesses risquaient surtout de conduire le trio droit à la faillite, rien de plus.

« J'ai l'impression, Onni, que tu as une peur maladive des banqueroutes, déclara le colonel. Je ne pense pas que nous devions nous inquiéter de la note du restaurant. Les gens ont quand même de quoi payer leur repas, et si ce n'est pas le cas pour tout le monde, je réglerai la différence. »

Rellonen grommela qu'à sa connaissance, la solde d'un officier n'était pas de nature à régaler tous les fous du pays. Le colonel répliqua qu'il ne vivait pas uniquement de son salaire. Il avait une fortune personnelle ou, plus exactement, sa défunte épouse était une fille de famille, une riche héritière, et, depuis sa mort, il était pour le moins à l'aise.

La directrice adjointe Helena Puusaari passa à la suite :

« Je pourrais inviter comme conférencière une de mes anciennes condisciples, la psychologue Arja Reuhunen, elle s'occupe de mongoliens au centre hospitalier universitaire de Tampere, mais maîtrise aussi plus généralement le sujet. Elle pourrait faire un exposé sur la prévention du suicide. »

Elle ajouta que la psychologue était une oratrice connue et appréciée et qu'elle avait signé de nombreux articles scientifiques spécialisés. Mieux encore, Arja avait elle-même, pour autant qu'elle s'en souvienne, tenté de se suicider au début de ses études.

Ces préparatifs terminés, l'on finit de rédiger une brève lettre d'invitation pour le symposium de suicidologie qui se tiendrait à la mi-juillet, samedi à partir de midi, dans la salle des banquets du *Restaurant des Vieux Chanteurs* à Helsinki. Les organisateurs espéraient que les participants seraient nombreux et leur souhaitaient un joyeux été. À la relecture du message, on biffa les vœux estivaux. L'on écrivit à la place : « Gardez-vous de tout geste inconsidéré. À bientôt. »

Rellonen suggéra que l'on termine sur le ton de la plaisanterie par « Rendez-vous en enfer », mais l'idée ne fut pas retenue.

On tapa les lettres au propre. Puis le trio prit la direction de l'Institut de formation pour adultes de Hämeenlinna, où l'on fit des photocopies. Le plus long fut d'écrire les noms et adresses des destinataires sur les six cents enveloppes. La journée entière y passa. Les élèves de l'atelier d'arts plastiques de l'institut leur donnèrent un coup de main pour lécher les timbres et mettre les circulaires sous pli. L'envoi fut posté de Hämeenlinna le lendemain matin. Il ne restait plus qu'à attendre la grande réunion des suicidaires. Le groupe se dispersa : le président Rellonen avait à faire à Helsinki, le colonel rentra chez lui à Jyväskylä et la directrice adjointe retourna à Toijala.

Le samedi suivant, Kemppainen passa prendre Helena Puusaari à son domicile. Sur le chemin de Helsinki, la directrice adjointe visita les cimetières de Janakkala et de Tuusula. Tous deux lui parurent charmants.

Le président Rellonen attendait déjà ses amis au *Restaurant des Vieux Chanteurs.* Il était midi moins le quart. Le trio alla inspecter la salle des banquets et constata que le personnel avait fait le nécessaire, les tables étaient recouvertes de nappes blanches et décorées de fleurs. Le maître d'hôtel leur présenta le menu, qui était conforme à leurs attentes. On testa les micros. Tout était en ordre.

« Quelques journalistes ont téléphoné », fit savoir le maître d'hôtel.

Le colonel grommela que la réunion n'était pas publique. Il donna l'ordre au portier de ne laisser entrer ni rédacteurs ni photographes. Si l'un ou l'autre insistait, le cerbère était prié de l'envoyer chercher en personne afin qu'il règle le problème.

Les organisateurs étaient tendus. Les suicidaires viendraient-ils à cette importante réunion ? Le trio avait-il eu la folie des grandeurs en mettant en route une machine aussi puissante ? À quoi tout cela mènerait-il ?

Le colonel avait revêtu son grand uniforme. Mme Puusaari portait une robe de soie rouge. Le président Rellonen avait sorti son vieux complet à fines rayures, rescapé de la tourmente de quatre faillites. Ils formaient un trio à l'air solennel et grave, mais l'heure était grave elle aussi, il s'agissait de vie et de mort.

Le suspense prit fin à midi. Le vestibule du restaurant se remplit de gens, hommes et femmes. Une vraie cohue. Les mines étaient sévères, on parlait à voix basse. Rellonen compta les arrivants : cinquante, soixante-dix, cent… il perdit bientôt le fil. La foule descendit dans la salle des banquets, où le colonel Kemppainen et la directrice adjointe Puusaari serrèrent la main de chacun des invités. Assisté des serveurs, le maître d'hôtel les conduisit à leurs tables, qui se remplirent en une quinzaine de minutes. On ouvrit les portes à soufflets du petit salon, ce qui libéra quarante places supplémentaires. Quand elles furent également prises, il restait encore, debout en silence à la porte, une vingtaine de malheureux. Eux aussi en attente de suicide, les pauvres.

Dans un brouhaha de conversations étouffé, les convives s'installèrent. Le couvert était dressé, les menus attendaient sur les tables. Les gens les parcoururent, tous paraissaient dans l'expectative. À midi un quart, le colonel ordonna aux préposés à l'accueil de fermer les portes. La salle était comble. La réunion pouvait commencer.

Kemppainen s'empara du micro. Il se présenta, ainsi que ses compagnons, le président Onni Rellonen et la directrice adjointe Helena Puusaari. Un murmure approbateur parcourut le public. Le colonel résuma ensuite le curriculum des organisateurs et le programme du symposium. Le but était de parler à cœur ouvert de la vie et de la mort. Il y avait à l'ordre du jour un exposé d'une psychologue sur la prévention du suicide. Après cette intervention, le déjeuner préparé par le personnel de cuisine du restaurant serait servi. Le colonel ajouta qu'il offrirait le repas à ceux qui n'auraient pas les moyens d'en payer le prix, sans conteste assez élevé. Une collecte destinée à couvrir les frais serait faite à un moment ou à un autre. Après le déjeuner, un débat ouvert aurait lieu : tout participant au symposium qui le souhaitait pourrait s'exprimer brièvement sur le thème du jour, le suicide. Pour finir, l'on déciderait s'il y avait lieu de se réunir plus souvent et de nommer un comité chargé de défendre les intérêts des suicidaires, ou si la présente rencontre était suffisante.

« Bien que notre sujet soit intrinsèquement d'une extrême gravité, voire franchement déprimant, j'aimerais qu'il ne gâche pas cette belle journée. N'avons-nous pas nous aussi, malgré nos vies brisées, le droit de profiter au moins une fois de notre existence et de la compagnie de nos semblables ? J'espère que vous passerez un moment agréable et que notre destin prendra aujourd'hui un tour nouveau et plus souriant », déclara le colonel pour conclure. Ses chaleureuses paroles furent approuvées sans réserve et longuement applaudies.

Pendant ce discours, les serveurs s'étaient postés en rang aux portes de la salle avec des plateaux chargés de champagne. Les coupes de bienvenue furent rapidement distribuées. Tous se mirent debout, levèrent leur verre.

« Santé et longue vie », dit le colonel en portant sa coupe à ses lèvres. L'atmosphère se détendit, les tablées se mirent à bavarder avec enthousiasme, les convives se présentèrent, chacun fit son choix dans le menu.

La première partie du symposium se déroula conformément au programme. La conférencière, Arja Reuhunen, fit un remarquable exposé sur le suicide et sa prévention. Il avait été soigneusement préparé et dura plus d'une heure. La psychologue parla avec réalisme et objectivité des maladies mentales, des difficultés de la vie, de la recherche scientifique en matière d'autolyse et de bien d'autres aspects de la question. Son propos touchait personnellement la plupart des auditeurs qui, dans un silence absolu, s'imprégnaient de chacune de ses paroles.

La conférencière expliqua que la cause fondamentale du suicide résidait, selon elle, dans la désespérance événementielle, autrement dit dans des situations où l'on ne voyait plus rien, dans la vie, à quoi l'on puisse prendre plaisir et qui puisse vous apporter de nouvelles expériences agréables, ou du moins supportables. La psychologue revint également sur la nature particulière du suicide par rapport à d'autres problèmes psychologiques : il était encore et toujours tabou en Finlande, au point que l'on évitait d'en parler et que les désespérés étaient, autant que leurs proches, tragiquement stigmatisés comme des malades. Pour la famille, en particulier, le suicide constituait un enchaînement de circonstances extrêmement pénible, du fait précisément de ce tabou.

Tout de suite après l'exposé d'Arja Reuhunen, un homme entre deux âges se leva, agitant à bout de bras une cage en fil de fer et exigeant la parole. Il avait une expérience personnelle de la désespérance événementielle et du moyen d'y échapper, avec l'aide de la Providence.

Le colonel Kemppainen interrompit le témoignage de l'homme à la cage en lui rappelant que le débat ne serait ouvert qu'après le déjeuner. Il dut se résigner à attendre.

Le repas fut excellent. Quand il fut terminé, quelques convives quittèrent la salle, sans doute estimaient-ils avoir tiré assez de bénéfice du symposium. Le gros des participants resta pour la suite. On commanda des boissons, la conversation allait bon train.

Quelques journalistes et photographes s'étaient présentés à l'entrée du restaurant pour tenter d'en savoir plus sur cette étrange réunion. Il y avait donc bel et bien eu des fuites en direction de la presse. Le colonel expliqua qu'il s'agissait d'une manifestation privée consacrée aux problèmes des mongoliens adultes dans les collectivités rurales et aux solutions à y apporter à l'heure où le reste de la société tentait de s'adapter à un rythme accéléré à l'intégration de la Finlande dans la Communauté économique européenne. Les journalistes soupirèrent, découragés, et se retirèrent sans insister.

L'heure du débat avait sonné, le symposium prit une tournure nouvelle et bien plus animée.

8.

Les participants au symposium de suicidologie firent bon usage des services du restaurant en commandant de nombreuses tournées de bière, vin et pousse-café. Ils en avaient besoin pour se donner du courage. Le débat offrait à chacun la possibilité d'évoquer ses problèmes, qui plus est devant un micro. Mais beaucoup se sentaient intimidés à l'idée de parler à froid de leur propre mort.

Vu le nombre des participants, la durée des interventions fut limitée à cinq minutes par personne. C'était assez pour permettre aux suicidaires en détresse d'exposer leur situation, au moins dans les grandes lignes. La discussion s'engagea, plusieurs orateurs revinrent sur des problèmes précédemment évoqués, beaucoup semblaient partager les mêmes difficultés.

L'homme à la cage qui avait demandé la parole avant le déjeuner put lui aussi exprimer sa pensée. Il déclara être originaire de Tampere, et niveleur de métier. Il avait dépassé la trentaine et confessait avoir mené une vie de débauche. Il s'était longtemps complu dans les péchés les plus divers, mais avait toujours su, au fond de lui, que ce n'était ni bien ni juste. Il avait souffert sans le savoir de désespérance événementielle. Cet été, enfin, cette crise latente avait dégénéré en une profonde angoisse. Il avait retrouvé la foi et prié Dieu de lui envoyer un signe, un message spécial afin de lui faire savoir qu'il pouvait, lui le plus grand des pécheurs, trouver grâce à Ses yeux.

Mais aucun signal n'était venu. Le niveleur avait sombré dans la dépression et avait commencé à penser au suicide. Par une nuit d'été, il avait quitté Tampere en voiture pour rouler sans but dans la campagne et était arrivé par hasard à Lammi. Miné par un terrible désespoir, il s'était rendu au cimetière, dans l'idée de mettre fin à ses jours. C'est alors que le Très-Haut, au dernier instant, l'avait sauvé. Le signe espéré l'attendait sur les marches de l'église de Lammi !

Le niveleur leva la cage en fil de fer afin que tous la voient. Il l'avait trouvée posée devant l'église, porteuse d'un message divin. Un chien viverrin, tout frétillant, qui avait grogné à son approche avec un tel enthousiasme qu'il ne pouvait y avoir aucun doute sur l'authenticité de son origine. Tel le buisson ardent de l'Ancien Testament.

Quelqu'un osa demander au niveleur ce que Dieu avait bien pu vouloir dire en déposant sur les marches de l'église un chien viverrin pris dans un piège. Qu'y avait-il de divin dans cette bête ?

Le niveleur brandit la cage en direction du sceptique et proclama que les voies de Dieu étaient impénétrables.

Quand on lui demanda où se trouvait maintenant l'animal, le niveleur expliqua qu'il l'avait sacrifié afin de remercier le Très-Haut de l'avoir sauvé. Il avait répandu le sang de l'holocauste dans son garage, à Tampere. Il avait l'intention de le faire empailler en souvenir de son salut, et avait également décidé de faire graver un chien viverrin sur sa pierre tombale, à côté de son nom. Ce n'était pas urgent, il pensait vivre vieux et pouvoir être utile à son prochain en prêchant la parole de Dieu.

Une femme d'agriculteur venue d'une petite ferme de Carélie du Nord témoigna avec conviction de l'apport enrichissant de la réunion. Elle avait toujours dû vivre seule avec ses vaches, son mari était taciturne et insensible, et le bétail ne valait guère mieux. C'était déprimant. Aujourd'hui, pour la première fois, elle avait la possibilité d'échanger librement des idées, dans une atmosphère tolérante. Elle se sentait comme jadis, avant son mariage. Elle commençait même à se demander s'il était vraiment indispensable de se tuer.

« C'est sûr qu'ça soulage. Ça valait la peine de v'nir, même si l'voyage était point bon marché. C't'heureux qu'mon cousin m'loge gratis à Myyrmäki. »

Un homme d'une trentaine d'années se leva pour parler de ses problèmes. Il raconta avoir déjà fait deux séjours en hôpital psychiatrique pour dépression nerveuse et neurasthénie.

« Mais je ne suis pas fou. Je suis juste sans le sou. Si j'avais un appartement à moi, ne serait-ce qu'un petit studio, dans un quartier ouvrier ou ailleurs, je m'en sortirais très bien. C'est de loger en communauté qui m'use les nerfs. »

L'homme dit avoir calculé le prix de sa vie, 350 000 marks, c'était ce que coûtait un studio à Helsinki.

« Et je ne suis même pas ivrogne. »

Un autre intervenant se plaignit de l'échec de son mariage. Son ex-femme ne le laissait pas voir ses enfants, mais la pension devait toujours être versée rubis sur l'ongle.

Quelques femmes pleurèrent au micro et, chaque fois, la salle fit silence. Tous compatissaient. Dans l'ensemble, cependant, il n'y eut pas de torrents de larmes.

Plusieurs orateurs se prononcèrent en faveur de la fondation d'une association, notant qu'une personne isolée et anéantie n'a tout simplement pas la force de veiller seule à ses intérêts. Les perspectives se bouchent, on est comme paralysé. Même les tâches les plus quotidiennes paraissent insurmontables quand on ne peut espérer aucune aide, qu'on se trouve condamné à une terrifiante solitude.

Quelqu'un évoqua la perspective fatale d'un immense suicide collectif. L'idée recueillit un soutien étonnamment large. La plupart des participants au symposium se déclarèrent prêts à coopérer. Un suicide décidé d'un commun accord semblait offrir une solution rassurante et sûre.

L'on fit des propositions concrètes. Une retraitée de Vantaa suggéra que les personnes présentes affrètent un navire sur lequel on voguerait vers le large, de préférence jusqu'à l'Atlantique. Dans un lieu idéal en pleine mer, on coulerait le bateau et tous ses passagers. La dame était volontaire pour participer à une dernière croisière de ce style.

Du côté du petit salon, une bruyante tablée qui n'avait cessé de commander de nombreuses boissons eut une idée intéressante. Il s'agissait de réunir une grosse somme d'argent et d'acheter d'énormes quantités d'alcool. L'on boirait ensuite sans trêve jusqu'à ce que toute la compagnie y reste.

De l'avis de la majorité, cependant, la méthode était vulgaire. La mort devait être digne. Il ne convenait pas de passer de vie à trépas soûl comme un cochon.

L'envolée la plus lyrique vint d'un jeune énergumène originaire de Kotka. Il ne pouvait imaginer plus belle fin que de se jeter à l'eau depuis une montgolfière.

« Louons tous les ballons de Finlande et, par un vent favorable, décollons de Kotka ou de Hamina, ou de n'importe quelle autre ville de la côte, pour survoler la mer. Une fois au milieu du golfe de Finlande, nous crèverons l'enveloppe de nos aérostats et nous nous précipiterons dans les flots ! »

L'orateur dépeignit le fabuleux spectacle : dans le doux vent du soir, cinquante montgolfières s'élèvent au-dessus de la côte. Dans chaque nacelle se tient une demi-dizaine de kamikazes. La flottille prend de l'altitude, poussée par la brise vers le soleil couchant. La sombre terre finlandaise s'éloigne avec tous ses maux. La vision est féerique, l'atmosphère céleste. Au large, les suicidaires voguant vers la mort entonnent un dernier psaume qui monte jusqu'aux confins de l'univers tel le chœur des anges. Des nacelles des ballons, ils tirent des feux d'artifice, certains, dans leur enthousiasme, sautent à l'eau. Enfin, ayant épuisé son carburant, la funeste escadrille s'abîme majestueusement dans la houle infinie de la mer, en une victoire définitive sur les malheurs de ce bas monde…

La description fut saluée pour ses qualités poétiques. La méthode de suicide, par contre, ne pouvait être retenue, car elle impliquait d'entraîner dans la mort les innocents capitaines des montgolfières. Ce serait également la fin de l'aérostation finlandaise, qui méritait en soi d'être préservée.

La collecte prévue avait commencé dans la salle des banquets et le petit salon. Un seau à champagne servait de corbeille. Les participants y jetèrent de nombreux billets de banque, et peu eurent le front de ne donner que des pièces. En comptant le résultat, la directrice adjointe Helena Puusaari et le président Rellonen furent sidérés. La quête avait rapporté au total 124 320 marks. Le vase en argent contenait des liasses entières de billets, parfois même de mille, ainsi que des chèques, dont le plus gros se montait à cinquante mille marks. Le donateur était un dénommé Uula Lismanki, éleveur de rennes du district lapon de Kaldoaivi, à Utsjoki. Il justifia la générosité de son don :

« Faut des fonds, acrédié, pour ôter la vie à tout c'troupeau. Rien n'est donné, d'nos jours, dans c'pays, pas même la mort. »

Plusieurs autres chèques atteignaient dix mille marks, ce qui prouvait que tous les candidats au suicide n'étaient ni pauvres ni avares.

Au bout de cinq heures de symposium, le colonel suggéra une pause. Du café et des boissons seraient offerts avec l'argent de la quête. La proposition reçut un vif soutien.

Pendant que l'on se rafraîchissait, le colonel se retira dans une pièce du rez-de-chaussée avec la directrice adjointe Puusaari et le président Rellonen afin de réfléchir à la suite. En bas, dans la salle des banquets, il restait encore plus d'une centaine de suicidaires. L'ambiance était maintenant survoltée, et tournait au charivari. Les participants semblaient s'être mis à boire à corps perdu.

Mme Puusaari craignait que la situation ne leur échappe. Il pouvait arriver n'importe quoi.

Rellonen rapporta avoir entendu parler, à certaines tables, de commettre un suicide collectif dès la fin de la réunion, quelque part à proximité.

La tournure des événements commençait à inquiéter sérieusement le colonel. Fallait-il interdire le renouvellement des consommations ? La directrice adjointe fit remarquer qu'un arrêt prématuré du service risquait de provoquer la fureur des buveurs et que rien ne pourrait alors les retenir :

« Il y aura sûrement au moins quelques hommes pour se tuer, avec l'ambiance qu'il y a en bas. »

Rellonen eut une idée :

« Réglons la facture et éclipsons-nous. Remballons nos dossiers, disparaissons tant qu'il en est encore temps, et emportons l'argent de la collecte, c'est à nous qu'il revient, non, en tant qu'initiateurs du symposium ? »

Le colonel Kemppainen interdit de toucher à la cagnotte, elle avait été réunie afin de servir les intérêts des suicidaires et ne pouvait être considérée comme une rémunération pour l'organisation de la réunion. En ce qui le concernait, en tout cas, il se refusait à escroquer des mourants.

Le vacarme de la salle des banquets montait jusqu'au rez-de-chaussée. Quelqu'un, au micro, tenait un discours incendiaire, d'autres réclamaient le silence. Certains poussaient la chansonnette, ou psalmodiaient des cantiques entrecoupés de sanglots. À cor et à cri, on exigeait aussi que les organisateurs viennent rétablir l'ordre.

« Nous devons descendre, déclara la directrice adjointe Helena Puusaari. Nous ne pouvons pas laisser ces malheureux seuls face aux affres de la mort. »

Rellonen fit remarquer que les braillards d'en bas semblaient plus ivres que mourants.

Quand le trio entra dans la salle des banquets, les participants au symposium se turent. Une femme d'une quarantaine d'années à la voix stridente, originaire d'Espoo, prit le micro :

« Vous voilà enfin ! Nous avons pris une décision irrévocable : quoi que nous fassions, nous le ferons ensemble.

– Bravo ! bravo ! » lança-t-on de tous côtés.

La femme poursuivit :

« Nous avons tous souffert, et beaucoup d'entre nous n'ont plus aucun espoir. N'ai-je pas raison ? hurla-t-elle en jetant autour d'elle un regard assassin.

– Aucun espoir ! cria-t-on en chœur.

– Le moment du choix final est arrivé. Que ceux qui ont le moindre doute se lèvent et quittent la salle. Mais ceux qui restent mourront ensemble !

– Nous mourrons ensemble ! » s'égosillèrent les participants en extase.

Une vingtaine de personnes se levèrent de table sous la conduite de l'homme à la cage afin de quitter les lieux en catimini. Leur suicide n'était sans doute pas si urgent, ou peut-être préféraient-ils accomplir seul leur dernier geste. On les laissa partir. Puis on ferma les portes, et la réunion se poursuivit dans la fièvre.

L'oratrice déchaînée pointa le doigt vers le colonel Kemppainen.

« Pendant votre absence, nous avons décidé de vous choisir comme chef ! Colonel, vous avez le devoir de nous conduire vers notre but final ! »

Un homme âgé à lunettes et barbe blanche s'empara du micro. Il se présenta : Jarl Hautala, ingénieur retraité des ponts et chaussées, ancien responsable de l'entretien de la voirie du district Sud-Ouest du pays. La salle fit silence, le vieillard avait de l'autorité.

« Mon colonel. Nous avons effectivement eu un débat animé sur le thème de notre symposium, et nous avons conclu à l'unanimité que les personnes encore ici présentes souhaitaient rester soudées et, plus précisément, courir ensemble à la mort. Nous avons chacun nos raisons, comme nous l'avons entendu aujourd'hui. Notre résolution est que vous, colonel Kemppainen, preniez le commandement de notre groupe, avec pour adjoints Mme Puusaari et le président Rellonen. Nous vous chargeons d'organiser, en comité, la réalisation pratique de notre objectif commun. »

Le vieil ingénieur serra la main de Kemppainen, Puusaari et Rellonen. L'assistance se leva. La salle baignait dans une étrange atmosphère de recueillement. Un pacte irrévocable avait été scellé.

9.

Soixante des participants au symposium, un dixième de ceux qui avaient répondu à l'annonce, déclarèrent en fin de compte leur ferme intention de se tuer ensemble. Les trois organisateurs en avaient des frissons. La directrice adjointe Helena Puusaari tenta de modérer l'ardeur suicidaire de ces irréductibles, mais ses arguments restèrent sans effet. Le colonel Kemppainen n'avait plus d'autre choix que de clore la réunion engagée dans une voie sans issue.

L'assemblée se rebella. Elle réclamait des mesures. Tous étaient d'accord pour refuser de se disperser. Ils resteraient unis, quoi qu'il arrive – et tous savaient ce qui les attendait.

Kemppainen campa sur ses positions. Il déclara que l'on reprendrait contact avec les participants à une date ultérieure. Cela ne calma pas les contestataires. Ils exigeaient que le colonel s'engage à organiser une nouvelle rencontre dès le lendemain matin. Pris au dépourvu, Kemppainen promit de se trouver dimanche à onze heures sur la place du Sénat, au pied de la statue du tsar Alexandre II. L'on pourrait y discuter tranquillement et à jeun du destin du groupe.

Sur l'ordre du colonel, la séance fut levée, le restaurant évacué et les portes fermées. Le grand symposium de suicidologie, unique en son genre dans l'histoire de la Finlande, était enfin clos. Il était déjà 19 h 20.

Les organisateurs épuisés se retirèrent pour réfléchir aux événements de la journée à l'hôtel *Presidentti,* où le colonel et la directrice adjointe avaient décidé de passer la nuit. Ils emportèrent l'argent de la collecte.

Avant d'aller dormir, le trio grignota des sandwichs chauds arrosés de quelques drinks au bar de la discothèque de l'hôtel. Les danseurs se pressèrent pour inviter Helena Puusaari – sublime, avec sa robe rouge, dans la lumière clignotante des projecteurs. Le colonel, réprobateur, s'éclipsa dans sa chambre.

Le président Rellonen but un dernier verre avant de rentrer chez lui en taxi. Sa femme dormait déjà, elle geignit dans son sommeil quand il se glissa du côté du lit conjugal qui lui revenait de droit. Onni jeta sur son épouse un regard apitoyé. Il avait un jour aimé, et même follement, la malheureuse qui ronflait là, et sans doute elle aussi lui avait-elle été attachée au début. Il ne restait aujourd'hui plus rien de ce sentiment, ni d'aucun autre. Quand la faillite entre par la porte, l'amour vole par la fenêtre. Et si ce sont quatre faillites qui franchissent le seuil à la queue leu leu, il ne reste plus rien à balancer dehors. Rellonen huma prudemment l'air. Aucun doute.

Son épouse sentait la vieille femme aigrie. C'était une odeur qui ne partait pas au lavage.

Onni s'enroula dans ses couvertures, espérant que ce serait la dernière nuit de sa vie, ou du moins de son mariage, qu'il passerait dans ce lit. Il marmotta : « Seigneur, avant que je m'endorme, entre tes mains je remets mon âme… »

Dans la discothèque du *Presidentti*, l'un des cavaliers les plus assidus de Helena Puusaari lui révéla qu'il s'était trouvé le jour même parmi les serveurs du *Restaurant des Vieux Chanteurs*.

« Sacrée journée ! On a fait un chiffre d'affaires plusieurs fois supérieur à celui d'un enterrement ordinaire. »

Le serveur, fixant d'un regard brûlant la rousse directrice adjointe, lui confia que l'idée de se suicider l'avait plusieurs fois effleuré au cours du symposium. Il jura qu'il songeait à se supprimer depuis déjà plusieurs années. Pouvait-il espérer se joindre au groupe ? Il se présenta : Seppo Sorjonen. Puis il assura qu'il se tuerait volontiers, à condition de pouvoir le faire en tête-à-tête avec Helena Puusaari. Ne pouvaient-ils s'isoler dans un endroit tranquille afin d'en discuter ? Le colonel et le président Rellonen semblaient être déjà partis.

La directrice adjointe mit Sorjonen en garde, il ne fallait pas ébruiter la nouvelle du symposium de suicidologie. Elle lui rappela que ce dernier était secret et qu'il ne convenait donc pas d'en parler dans un night-club. Et d'ailleurs, il était déjà complètement ivre. Comment était-ce possible ? La réunion venait à peine de se terminer.

Le serveur avoua qu'il s'était, tout au long de la journée, un peu servi en douce dans les verres des clients. Et comme il n'avait pas eu le temps de manger, il se pouvait qu'il ait l'air un peu gris. Mais il n'en était rien. Il était simplement d'un naturel expansif, ce qui faisait que les gens qui ne le connaissaient pas le croyaient souvent plus soûl qu'il n'était. Afin de prouver sa sincérité, Sorjonen fit du même coup le récit de sa vie : il était originaire de Carélie du Nord, avait obtenu son baccalauréat et été deux fois fiancé, mais jamais marié. Il avait aussi étudié les sciences humaines à l'université pendant un an, avant de s'apercevoir que la vie était plus intéressante que les livres. Il avait fait des piges dans un grand quotidien et quelques autres journaux, puis changé plusieurs fois de métier au gré des circonstances, et travaillait ces temps-ci comme intérimaire ou, plus précisément, à l'heure actuelle, comme extra au *Restaurant des Vieux Chanteurs.*

Au nom de la vérité, Seppo Sorjonen dévoila à la directrice adjointe qu'il n'avait jamais réellement envisagé de se suicider. Il n'avait dit ça que pour pouvoir bavarder avec elle.

Helena Puusaari fit remarquer à l'extra qu'il venait d'avouer un mensonge, après quelques minutes seulement de conversation. Elle le pria de regagner sa propre table. Le suicide était une affaire trop grave pour que l'on en plaisante.

Seppo Sorjonen, loin de se laisser démonter, promit tout son soutien moral à Mme Puusaari, dont il savait qu'elle nourrissait des pensées suicidaires, comme le débat du *Restaurant des Vieux Chanteurs* l'avait montré. Il pensait savoir écouter les gens, elle pouvait lui ouvrir son cœur... ils pourraient poursuivre la soirée ailleurs, pour commencer.

Helena Puusaari répliqua que si Sorjonen voulait aider les candidats à l'autodestruction, il n'avait qu'à venir le lendemain matin vers onze heures sur la place du Sénat. Il y trouverait un bien plus grand nombre d'âmes en peine. Puis elle mit fin aux avances de son admirateur en se retirant pour la nuit.

Après avoir petit-déjeuné à l'hôtel, la directrice adjointe Puusaari et le colonel Kemppainen partirent à pied dans les rues de Helsinki, désertes en ce mois de juillet. La journée s'annonçait à nouveau belle, le ciel était sans nuage et le vent doux. Le colonel offrit son bras à Helena Puusaari. Ils traversèrent la gare centrale en direction du quartier de Kruununhaka, puis contournèrent la pointe de Katajanokka en longeant le bord de mer avant de revenir vers la place du Sénat, un peu avant onze heures. Le président Rellonen était déjà là, ainsi que d'autres participants au symposium de la veille.

À l'heure dite, plus d'une vingtaine de personnes se pressaient au pied de la statue d'Alexandre II. Il y avait là des hommes et des femmes, des jeunes et des vieux. La fièvre de la veille était retombée. Les suicidaires avaient le visage bouffi et la mine fatiguée. Certains avaient le teint noirâtre, comme s'ils avaient passé la nuit à distiller du goudron ou à jouer les pompiers. Le groupe fit cercle en silence autour de ses trois dirigeants. L'atmosphère était morose.

« Alors, comment allons-nous ? Quel beau dimanche matin, n'est-ce pas ? lança joyeusement le colonel afin d'engager la conversation.

– Nous n'avons pratiquement pas dormi de la nuit », répondit le premier un homme d'une cinquantaine d'années qui s'était présenté la veille sous le nom de Hannes Jokinen, peintre en bâtiment à Pori. Il était affligé, en plus de son cerveau attaqué par les solvants, d'un enfant hydrocéphale et d'une femme folle. Triste situation, à l'instar d'ailleurs du reste des personnes présentes.

Les suicidaires, malgré leur gueule de bois, entreprirent de faire avec animation le récit des événements de la nuit. Après que le *Restaurant des Vieux Chanteurs* avait été fermé et les clients chassés dehors, le dernier carré des désespérés était parti au hasard en direction du cimetière de Hietaniemi. Ils se faisaient fort de mettre immédiatement fin à leurs jours et cherchaient le meilleur moyen de se supprimer en masse. Ils avaient titubé jusque dans les allées de la nécropole, mais étaient tombés là-bas sur une demi-douzaine de types au crâne rasé qui faisaient du tapage, galopant parmi les tombes et essayant de renverser les stèles à coups de pied. Les suicidaires, outrés par ce charivari sacrilège, s'étaient rués avec fureur sur les jeunes profanateurs de sépulture. Les coups et la mêlée qui avaient suivi s'étaient soldés par la rapide défaite des skinheads, car les désespérés étaient animés d'une ardeur de kamikazes. Les impies avaient décampé, mais les vainqueurs avaient eux aussi dû fuir le cimetière pour échapper aux vigiles et à leurs chiens qui accouraient, alertés par le grabuge.

Le groupe s'était trouvé dispersé, mais les vingt plus tenaces avaient continué leur chemin le long de la mer, vers le nord. Mus par de sombres desseins, ils avaient suivi la rue Pacius jusqu'à l'hôpital Meilahti puis bifurqué vers l'île de Seurasaari. Au bord de l'eau, ils avaient allumé un triste feu de camp sur les vestiges d'un brasier de la Saint-Jean. Le regard perdu dans les flammes, ils avaient chanté des airs mélancoliques. Il était alors déjà minuit.

De Seurasaari, ils avaient pris par le quai Ramsay pour gagner Kuusisaari. Quelqu'un avait suggéré de continuer à pied jusqu'à Otaniemi et Dipoli, où il y avait une discothèque encore ouverte à cette heure. On pourrait y boire un verre pour se remettre les idées en place. Une autre voix s'était élevée pour faire remarquer que, de Dipoli, on ne serait plus très loin de la baie de Keilahti, où l'on pourrait forcer l'entrée du siège de la compagnie pétrolière Neste, prendre l'ascenseur jusqu'au dernier étage de la haute tour et sauter de la terrasse dans la mer. Le groupe était à ce moment dirigé par un jeune homme originaire de Kotka, le même qui avait proposé plus tôt de faire le grand voyage en montgolfière.

Au cœur de la nuit, le groupe avait fait preuve de la même inébranlable détermination que les staliniens finlandais des années soixante, quand ils s'étaient donné pour mission d'insuffler un nouvel élan à la révolution mondiale. Ces troupes-ci ne chantaient certes pas de refrains prolétaires, et n'avaient même pas de drapeau, mais leur action était tout autant vouée à faire du passé table rase.

Peut-être le projet de conquête de la tour de Neste aurait-il réussi si le groupe n'avait pas, en chemin, trouvé une meilleure aubaine. Au 33, route de Kuusisaari, la porte du garage d'une somptueuse résidence était restée entrouverte du côté de la rue. Les suicidaires avaient jeté un coup d'œil à l'intérieur et constaté que le local, spacieux, abritait une Jaguar décapotable blanche. Ils y avaient vu un signe de la Providence, un moyen de mettre facilement fin à leurs jours : s'ils parvenaient à faire démarrer la voiture, les gaz d'échappement du puissant moteur suffiraient à tuer tous les occupants du garage.

La décision avait immédiatement été prise. Toute la troupe, plus de vingt personnes, s'était entassée dans la remise. On avait fermé la double porte et bouché l'aération. Les hommes les plus jeunes, avec à leur tête l'exalté de Kotka qui avait évoqué dans la journée le suicide en montgolfière, avaient commencé à tripoter le système électrique du cabriolet afin d'essayer de le mettre en marche. C'était superflu, la clef se trouvait sur le contact.

La Jaguar avait démarré au quart de tour. Son moteur grondait sourdement, d'un bruit de mécanique de luxe.

L'aérostier avait alors proposé que l'on fasse avec l'auto, avant de se tuer, un tour d'honneur en ville. On y avait cependant renoncé, car la virée d'adieu aurait pu éveiller l'attention, et il n'y avait de toute façon pas de place pour tous les amateurs dans le coûteux petit cabriolet. Un vol de voiture semblait en outre assez peu recommandable comme dernier geste sur terre, surtout aux yeux des plus âgés et des femmes du groupe.

Le jeune excité s'était assis au volant de la Jaguar et avait branché le lecteur de cassettes. Une mélodie arabe s'était déversée dans le garage, semblant évoquer avec nostalgie la vie dans le désert. Une femme chantait d'une voix mélancolique et monotone. La musique s'accordait bien à la situation.

Le monoxyde de carbone avait commencé à s'accumuler. On avait éteint la lumière. De sourdes prières finlandaises s'étaient mêlées au ronronnement du moteur et à la plainte de la chanteuse arabe.

Aucun des suicidaires ne se rappelait plus très bien depuis combien de temps ils respiraient des gaz d'échappement quand la lourde porte s'était soudain brutalement ouverte et qu'un gardien en salopette s'était rué dans le garage avec son berger allemand. Le chien s'était mis à éternuer puis s'était sauvé. Le vigile avait allumé la lumière et beuglé d'un ton peu amène.

À ce moment, plusieurs désespérés gisaient déjà évanouis sur le sol de la remise. Ceux qui tenaient encore debout avaient pris leurs jambes à leur cou et s'étaient égaillés dans les forêts de Kuusisaari. Très vite, des ambulances et des voitures de police étaient arrivées. Les intoxiqués avaient été ranimés ou conduits à l'hôpital. La plupart des suicidaires avaient cependant réussi à s'enfuir. Ils étaient revenus en ville chacun de leur côté, seuls ou en petits groupes, par Tapiola et Munkkiniemi. Le reste de la nuit y était passé, et ils étaient maintenant là, comme convenu la veille.

La directrice adjointe Puusaari, le président Rellonen et le colonel Kemppainen avaient écouté avec effroi le délirant récit des aventures de la nuit. L'officier s'exclama :

« Malheureux ! Vous êtes fous à lier ! »

D'un ton sévère, il reprocha leur indiscipline aux suicidaires. Puis il leur demanda à qui appartenait le garage dans lequel ils s'étaient introduits.

Un jeune adjudant hors cadre originaire de Vaasa, Jarmo Korvanen, raconta qu'à la suite de l'affaire, il s'était retrouvé en cellule au poste de police, puis interrogé. Il avait appris que le garage dépendait de la résidence privée de l'ambassadeur du Yémen du Sud. Korvanen ajouta qu'il n'avait été libéré qu'une heure plus tôt, à la condition expresse de se présenter au commissariat demain lundi à neuf heures afin d'être entendu plus en détail.

Le visage du colonel s'assombrit encore. Il était déjà idiot d'aller se fourrer dans un garage inconnu pour respirer des gaz d'échappement, mais fallait-il vraiment que le groupe soit assez stupide pour tenter de se suicider dans la demeure d'un diplomate étranger et ternir ainsi la réputation de toute la troupe et de la nation entière. Le colonel, la tête dans les mains, gémit à voix haute.

L'ingénieur retraité des ponts et chaussées Jarl Hautala prit la parole. Il expliqua qu'il avait été emmené en observation au centre hospitalier universitaire Meilahti pour une intoxication au monoxyde de carbone. Il avait réussi à s'échapper de l'hôpital au moment du petit-déjeuner. On apercevait, sous son imperméable, une blouse de patient. Quant au manteau, bien trop grand pour lui, il l'avait chipé dans le vestiaire du hall de l'établissement.

« Nous avons hélas été dérangés à la dernière seconde, mon colonel. Je suis sûr que si nous avions pu inhaler du gaz ne serait-ce qu'une dizaine de minutes de plus, nous serions tous morts avec succès. Il ne sert à rien de nous accuser, nous avons juste été victimes d'un malheureux concours de circonstances. D'ailleurs nous ne nous sommes pas tous ratés. J'ai appris à l'hôpital que l'un d'entre nous, ce jeune homme de Kotka qui nous avait parlé des montgolfières, avait réussi là où nous avions échoué. Son corps avait aussi été transporté à Meilahti et, aux admissions, j'ai entendu des médecins discuter de son cas. »

Le défunt avait été trouvé mort au volant d'une voiture de sport, le pied sur l'accélérateur. Les couloirs de l'hôpital avaient également grouillé de policiers, et Hautala avait jugé plus sage de quitter l'établissement sans demander son reste, d'autant plus qu'il se sentait à nouveau relativement bien portant, au regard de la situation.

Pendant ce récit, Seppo Sorjonen avait rejoint le groupe au pied de la statue d'Alexandre II. Il respirait la joie de vivre et la bonne humeur, et son arrivée fit l'effet d'un souffle d'air bienfaisant. Le colonel lui lança un regard noir, mais rien ne semblait pouvoir entamer le sourire de l'extra.

10.

La statue d'Alexandre II, sur l'emblématique place du Sénat, avait été au cœur de bien des bouillonnements de l'histoire de la Finlande. Au fil des ans, le tsar de bronze avait vu défiler les meutes de cosaques des années d'oppression, la parade des sanguinaires vainqueurs blancs de la guerre civile, la marche des paysans du mouvement de Lapua, les immenses manifestations des rouges, après-guerre, et les fêtes du Jour de l'An de la ville de Helsinki, dans la froideur glacée des nuits d'hiver. Il avait assisté aux sinistres transferts de prisonniers vers la forteresse de Suomenlinna et, plus récemment, aux débordements des réjouissances du Premier Mai, mais jamais auparavant il ne s'était trouvé encerclé par des suicidaires.

Le souverain statufié songea que sous son règne, dans le bon vieux temps, les cosaques avaient été là pour massacrer la populace quand elle se plaignait de ses maux ou refusait d'obéir. Aujourd'hui, elle allait jusqu'à se tuer elle-même.

Autour de la statue pensive se tenaient une vingtaine de suicidaires migraineux, définitivement privés de l'un des leurs. La blême cohorte exigea de Kemppainen qu'il prenne des mesures concrètes.

« Nous devons quitter la ville sur le champ », décréta le colonel. Il chargea le président Rellonen de louer un autocar et de s'arranger pour qu'il soit disponible dans une heure. L'homme d'affaires fila remplir sa mission tandis que l'officier et la directrice adjointe emmenaient leurs tristes troupes, par la place du Marché, déjeuner sur l'Esplanade au café *Kappeli*.

« Mangez solidement, vous vous sentirez mieux », conseilla Helena Puusaari aux désespérés blafards.

Seppo Sorjonen suivit le mouvement. Quand Kemppainen lui demanda ce qu'il faisait parmi les suicidaires, avec son entrain forcé, l'extra déclara qu'il voulait juste se rendre utile. Il expliqua qu'il avait vécu pendant deux ans avec une psychologue et en avait beaucoup appris, au cours de cette période, sur les profondeurs de l'âme humaine. Il pensait pouvoir prodiguer un certain réconfort aux malheureuses troupes du colonel.

La directrice adjointe Helena Puusaari était d'avis qu'une lueur de gaieté ne pouvait pas faire de mal dans ce si sombre groupe. En ce qui la concernait, Sorjonen était le bienvenu, à condition de se tenir tranquille. Le colonel ne put que se laisser fléchir.

Moins d'une heure plus tard, Rellonen vint annoncer que l'autocar les attendait sur la place. Ils pouvaient partir. Ceux qui avaient réservé des chambres d'hôtel allèrent payer leur note et prendre leurs bagages. Les Helsinkiens passèrent chercher leurs affaires chez eux. Il se trouva aussi quelques personnes qui, de leur propre aveu, ne possédaient rien qui vaille la peine d'être récupéré. L'une d'entre elles était l'extra Seppo Sorjonen.

À la sortie de la capitale, on fit halte à la piscine de Tikkurila. Le colonel annonça que ceux qui le souhaitaient avaient trois quarts d'heure pour piquer une tête et aller au sauna, l'autocar les attendrait. Les rescapés de la tentative d'intoxication aux gaz d'échappement furent ravis de cette occasion de se rafraîchir. Les trois dirigeants restèrent dans le bus. Kemppainen laissa échapper d'un ton las :

« Vraiment, quelle légion j'ai sous mes ordres... dommage que je ne me sois pas pendu, à la Saint-Jean. »

Le président Rellonen trouvait que la situation avait aussi de bons côtés :

« Allons, Hermanni. Ils sont plutôt sympathiques, et ils partagent nos objectifs. Nous non plus, nous n'avons pas réussi du premier coup. Et nous disposons maintenant de plus de 120 000 marks, il n'y a pas de quoi s'en faire. »

La directrice adjointe Helena Puusaari voulut savoir où l'on allait. Le conducteur de l'autocar avait déjà posé une ou deux fois la même question. Le colonel déclara que l'on prendrait d'abord la nationale 3 vers le nord. Il n'avait pas, pour l'instant, d'adresse plus précise à donner au chauffeur.

Les suicidaires revinrent de l'établissement de bains. Ils sentaient bon et frais et paraissaient métamorphosés. L'un d'entre eux plaisantait déjà, jusqu'à ce que l'on se souvienne des événements de la nuit. L'on repartit.

Pendant une paire d'heures, l'autocar roula au hasard vers le nord, par Järvenpää, Kerava, Hyvinkää et Riihimäki. À Hämeenlinna, les voyageurs firent halte.

Tandis qu'il fumait une cigarette au pied du bus, le colonel fut rejoint par le chauffeur, qui s'enquit une nouvelle fois du but de l'expédition. Kemppainen grommela qu'il n'en savait rien lui-même. L'important, selon lui, n'était pas la destination mais le mouvement. Le conducteur dut s'en contenter.

De Hämeenlinna, la course sans but se poursuivit vers le nord. Helena Puusaari demanda à passer chez elle, puisqu'on allait dans cette direction. L'on avait bien le temps, non ? Elle avait quelques affaires personnelles qu'elle tenait à emporter.

À Toijala, on laissa la directrice adjointe au pied de son immeuble. Pendant qu'elle rassemblait ses effets, le colonel Kemppainen emmena le reste de la troupe déjeuner à l'auberge voisine. Il y avait au menu du miroton à l'aneth et des côtes de porc mais, avec un groupe de plus de vingt personnes, il ne restait plus assez de bœuf pour tous les amateurs. Qu'à cela ne tienne, on mangerait du cochon. La plupart des voyageurs burent avec leur repas de l'eau ou du lait caillé, le colonel commanda une bière. On emporta une part de nourriture pour la directrice adjointe.

L'on reprit à nouveau la route, cette fois vers le sud-ouest, en direction d'Urjala. Certains voyageurs protestèrent contre ce changement d'orientation, mais Kemppainen déclara qu'il en avait assez de rouler en ligne droite. Et la destination en valait une autre. Quelqu'un suggéra que l'on file d'une seule traite jusqu'en Norvège et au cap Nord. Avec ce bel été, il serait agréable de se détendre un peu en faisant du tourisme. Il en avait d'ailleurs été question. C'était l'occasion ou jamais de prendre du bon temps ! Assez pleuré sur son triste sort et broyé du noir.

L'éleveur de rennes Uula Lismanki soutint chaudement l'idée d'une incursion à la pointe septentrionale de l'Europe. Il vanta la beauté du cap Nord, qu'il avait visité au cours de l'été 1972 avec une délégation du Conseil same internordique. Le préfet du département suédois de Norrbotten, Ragnar Lassinantti, avait aussi été de la partie. Un type sympathique, pour un ponte étranger. Dans la nuit, Lassinantti avait défié Uula à la lutte, ils avaient combattu deux heures dans le hall de l'hôtel. Le préfet avait gagné.

L'éleveur de rennes souligna que le cap Nord était l'un des promontoires les plus connus du monde, aussi célèbre que le cap Horn, à la pointe sud du continent américain.

L'on débattit sérieusement du projet d'une expédition au cap Nord, qui recueillit de nombreux suffrages, surtout quand quelqu'un suggéra que l'on pourrait, une fois sur place, continuer droit dans la mer à bord de l'autocar.

À en croire Uula Lismanki, les suicidaires pourraient facilement mettre fin à leurs jours, car le rivage était bordé de hautes falaises et la route longeait l'escarpement de près. Il suffirait de rouler à tombeau ouvert et de fracasser la glissière de sécurité pour plonger dans le vide !

Uula lui-même ne pensait pas rester à bord pour cette ultime étape. À vrai dire, il n'avait jamais envisagé de se suicider, il se trouvait du voyage un peu par hasard.

Les autres voulurent savoir pourquoi, dans ces conditions, il demeurait en leur compagnie. L'atmosphère du groupe n'était-elle pas déprimante ? Et comment était-il tout simplement possible de participer à un symposium sur le suicide sans en être un fervent partisan ? Le désir de vivre d'Uula Lismanki éveillait quelque aigreur parmi ses compagnons. Ces derniers ne voyaient pas non plus d'un très bon œil l'optimisme de Seppo Sorjonen, qu'ils considéraient comme de la légèreté.

L'éleveur expliqua que son voisin, Ovla Aahtungi, un vieux contrebandier et voleur de rennes connu pour son sens douteux de l'humour, avait répondu en son nom à l'annonce du journal.

Peut-être Ovla avait-il voulu se venger d'une vieille plaisanterie du même genre. Des années plus tôt, Uula avait trouvé drôle d'inscrire la grand-mère d'Aahtungi comme candidate à l'élection internordique de Miss Laponie qui se tenait à Trondheim, en Norvège. L'aïeule avait même pris des dispositions pour faire le voyage, mais elle avait malheureusement attrapé la morve peu avant son départ et avait dû renoncer à participer au concours.

Quand Uula avait reçu par la poste l'invitation du colonel à la réunion, il s'était dit qu'après tout, il pouvait aussi bien y aller. Son dernier voyage à Helsinki remontait à 1959. Trois décennies s'étaient écoulées depuis, et cela faisait des années qu'il cherchait un bon prétexte pour se rendre dans la capitale. Il était maintenant tout trouvé. L'éleveur de rennes s'était muni d'un peu d'argent, quelques centaines de mille, et avait pris l'avion d'Ivalo à Helsinki.

« Quand j'me suis mis à écouter vos histoires, aux *Vieux Chanteurs,* j'me suis dit bon sang d'bois, v'là une sacrée bande, j'vais rester voir un peu comment ça tourne. Et bonjour le branle-bas, j'ai pas été déçu. »

Pour sa propre mort, cependant, Uula tenait encore à réfléchir. Il se déclara prêt, malgré tout, à songer sérieusement au projet commun. Se tuer serait peut-être une belle idée, tout bien considéré, le monde n'était pas un lieu si extraordinaire.

L'éleveur de rennes revint aux paysages du cap Nord. Ils se prêtaient à merveille au suicide, selon lui. Si l'on précipitait l'autocar à cent kilomètres heure du bord de la falaise dans les flots de l'océan Arctique, il terminerait son vol plané à cinq cents mètres au moins de la grève, tellement l'à-pic était haut. Uula ne garantissait aux passagers aucune chance de survie. L'information fut jugée prometteuse.

À Urjala, le chauffeur de l'autocar fit halte à une station-service et remplit son réservoir de deux cents litres de gazole. Puis il se dirigea vers la cafétéria de la station, donna apparemment un coup de téléphone, but un café et passa à la caisse. De retour dans le bus, il empoigna le micro et annonça tout de go qu'en ce qui le concernait, il était hors de question qu'il conduise une telle clique en Norvège.

« Vous êtes des irresponsables. J'ai pris ma décision, je retourne à Helsinki. J'en ai parlé au transporteur, il m'a ordonné de rentrer par le plus court chemin. On ne peut obliger personne, dans ce pays, à véhiculer des cinglés. »

Le chauffeur refusa d'en démordre, malgré les injonctions furibondes du colonel. Il ne ferait pas un mètre de plus vers le nord. Tout espoir de plongeon dans la mer était vain. D'ailleurs il avait une famille et un pavillon en cours de construction. Le coulage des fondations était prévu pour le lendemain. Une expédition au cap Nord était exclue.

Dans ces circonstances, il ne restait plus qu'à négocier une destination plus acceptable. Il fut décidé de tourner le nez de l'autocar vers l'est, en direction du lac aux Grives. L'on parvint, à grand-peine, à convaincre le chauffeur de rallier la villa de Rellonen. Avant d'accepter, il s'enquit encore en détail de la hauteur des berges du lac et de la distance qui les séparait de la route. Son véhicule avait coûté cher, et il en était responsable.

11.

À Urjala, on fit provision de vivres pour quelques jours, ainsi que de gobelets et d'assiettes jetables et de draps en papier. La directrice adjointe Helena Puusaari acheta également des casseroles et des poêles à frire de grandes dimensions, car la cuisine de la villa du lac aux Grives n'était pas équipée pour nourrir autant de monde.

Les suicidaires fatigués somnolaient dans l'autocar piloté par son chauffeur bougon. L'extra Seppo Sorjonen, par contre, était frais et dispos. Il invita ses compagnons de voyage à admirer le splendide paysage du Häme, baigné par le soleil de l'après-midi. Il leur fit remarquer la beauté de la nature : les champs de céréales qui s'étendaient en bordure de la route, les crêtes couronnées de pinèdes, les sombres forêts de sapins, les lacs et les étangs qui surgissaient ici et là, miroitant d'un bleu profond, prêts à accueillir les baigneurs dans leurs eaux. Pour Sorjonen, il était impardonnable de songer au suicide dans un aussi magnifique pays.

Mais le charme de la campagne n'éveillait aucun goût de vivre chez les voyageurs abattus. Sorjonen fut prié de fermer sa gueule.

On atteignit le lac aux Grives à la tombée du soir. Les suicidaires se dispersèrent au bord de l'eau et sous les arbres, à la découverte des lieux. Quelqu'un trouva sur la plage une bouteille à demi pleine de vodka.

Les femmes emménagèrent à l'intérieur de la villa, les hommes à l'extérieur. Uula Lismanki se chargea d'organiser le campement : aidé de quelques autres, il alla chercher du bois dans le bûcher afin d'allumer un feu. Dans la forêt proche, on coupa sur les conseils de l'éleveur de rennes de quoi construire un abri de branchages. L'installation s'avéra très confortable, Uula était un professionnel en la matière. Il se plaignit certes qu'on lui interdise d'abattre et de brûler le grand pin mort sur pied du jardin, mais il comprenait que l'on ne puisse pas, dans ce lieu de villégiature méridional, passer la nuit à la belle étoile dans les mêmes conditions que dans les vastes étendues inhabitées du Nord. Il suspendit à un trépied une grosse bouilloire à café et creusa dans un talus un four qu'il recouvrit d'une dalle d'ardoise arrachée à l'allée montant vers la villa. On posa dessus une casserole de dix litres dans laquelle les femmes préparèrent une soupe au cervelas. L'on mit aussi deux caisses de bière à rafraîchir dans le puits.

Les dernières vingt-quatre heures avaient été bien remplies, et le groupe fatigué se retira pour dormir aussitôt après le repas. Le colonel Kemppainen repartit avec l'intraitable chauffeur de car afin de récupérer sa voiture restée à Helsinki. Il enjoignit au groupe de demeurer au lac aux Grives jusqu'à son retour, sous la houlette d'Onni Rellonen et de Helena Puusaari. Il emporta l'argent de la collecte dans l'intention de le placer sur un compte bancaire, après avoir laissé à l'homme d'affaires et à la directrice adjointe une somme suffisante pour nourrir tout le monde.

Avant son départ, Kemppainen interdit aussi à quiconque de tenter de se suicider en son absence, ou de prendre individuellement la direction du cap Nord. Il en avait plus qu'assez de l'insubordination de ses troupes.

« Si des policiers se présentent pour enquêter sur l'histoire de Kuusisaari, niez toute participation aux faits. Je tâcherai de me renseigner, à Helsinki, sur l'état du dossier », déclara le colonel avant de monter seul dans l'autocar. Ce dernier s'éloigna en marche arrière sur le chemin de terre de la villa.

Hermanni Kemppainen passa trois jours à Helsinki. Il avait de nombreuses affaires à régler : ouvrir un compte et placer à court terme l'argent recueilli, s'occuper de l'entretien de sa voiture, passer chez Mme Rellonen – où il prit quelques effets réclamés par son camarade et annonça à son épouse qu'elle pouvait disposer de l'automobile du couple. L'huissier était en vacances, de ce côté il n'y avait rien de nouveau. Puis le colonel se rendit à l'état-major général afin de saluer ses quelques collègues qui n'étaient pas en vacances. Kemppainen y apprit qu'un certain Lauri Heikurainen, un lieutenant-colonel qu'il avait connu sur les bancs de l'école militaire, était mort à la Saint-Jean. Un suicide, de toute évidence : Lauri était un incurable ivrogne, et il s'était « noyé » dans le lac Pälkäne. L'armée finlandaise avait perdu là son meilleur nageur.

« Voilà comment les rangs des bons vieux officiers s'éclaircissent sans l'ombre d'une guerre », conclut-on sans états d'âme à la cafétéria de l'état-major général.

Grâce à ses relations, le colonel Kemppainen se procura à l'intendance du bataillon de défense aérienne de Hyrylä une tente de section équipée d'un poêle à bois, qu'il chargea dans le coffre de sa voiture.

En plus de ces arrangements, il se renseigna sur les suites de l'affaire de Kuusisaari. Il passa, mine de rien, jeter un coup d'œil au garage du diplomate sud-yéménite. La porte était fermée, de même que la grille de fer de la résidence. Le colonel téléphona à l'ambassade et, se présentant comme un expert de la branche assurance vie de la compagnie Pohjola, posa quelques questions sur l'incident du week-end précédent. Que s'était-il produit exactement, au cours de la nuit, dans le garage de Son Excellence ? On lui expliqua qu'une horde de forcenés s'était introduite dans la remise dans l'intention de voler la voiture de sport de la fille de l'ambassadeur. Heureusement, les intrus étaient une bande d'incapables. Ces ahuris avaient réussi à faire démarrer le cabriolet, mais étaient restés enfermés dans le garage. L'un d'eux était même décédé, les autres avaient réussi à s'enfuir ou avaient été conduits à l'hôpital afin de se remettre de leur gazage. Kemppainen déclara que la compagnie d'assurance n'avait pas besoin de plus d'informations sur les événements de la nuit, et présenta ses excuses pour les désagréments causés par ses concitoyens.

Les journaux ne parlaient pas de l'affaire. Il ne restait plus au colonel qu'à téléphoner à la police, en se faisant passer cette fois pour l'attaché de presse de l'ambassade du Yémen du Sud. Il adopta pour s'exprimer un mauvais anglais mâtiné d'accent arabe, qui lui venait facilement. Le commissaire chargé de l'enquête considérait le dossier comme plus ou moins bouclé.

« Comme vous le savez, un malheureux jeune homme a trouvé la mort dans le garage de votre ambassadeur… Jari Kalevi Kosunen, né en 1959 à Kotka… pas d'antécédents judiciaires, chômeur… d'après les résultats de l'autopsie, il est décédé d'une intoxication au monoxyde de carbone. Nous avons entendu quelques-unes des personnes présentes sur les lieux. Certaines ont été placées en observation à l'hôpital et d'autres dans nos locaux. »

Le commissaire ajouta qu'il n'y avait plus, ni dans les services médicaux ni en cellule, un seul des individus impliqués dans l'incident. Il ne précisa pas si les intéressés avaient décampé avec ou sans autorisation, mais le colonel Kemppainen n'avait pas besoin de poser la question pour connaître la réponse. L'adjudant hors cadre Jarmo Korvanen et l'ingénieur retraité des ponts et chaussées Jarl Hautala s'étaient en tout cas soustraits dès le lendemain matin à des interrogatoires plus poussés.

Le colonel remercia le commissaire pour son enquête rondement menée et lui souhaita dans son sabir anglo-arabe un agréable été. Soulagé, il reprit la route du Häme au volant de sa voiture.

En son absence, les suicidaires du lac aux Grives avaient profité de leur séjour. Le campement du jardin avait été parachevé et agrémenté d'un charmant pavillon de verdure. On avait acheté à la ferme la plus proche une carcasse de bœuf entière que l'on avait fait griller devant la cabane. La veille, tout le monde s'était mis aux travaux de peinture de la villa, et la maison de Rellonen resplendissait comme neuve. On avait débité et empilé du bois de chauffage dans le bûcher et jeté dans le lac les fonds de bouteille accumulés au cours des soirées de thérapie de groupe.

Ce n'était pas tout. Le soir, les désespérés s'étaient relayés pour téléphoner à leurs camarades d'infortune qui menaçaient de se tuer aux quatre coins du pays. Sorjonen surtout s'était montré très actif. Ce n'était pas les adresses qui manquaient, les classeurs en débordaient. Les suicidaires, tout joyeux, annoncèrent au colonel que le groupe trouverait facilement des renforts pour compter jusqu'à trente personnes dès que l'on pourrait prendre la route et rassembler les candidats. Au symposium des *Vieux Chanteurs,* les gens s'étaient hélas trouvés dispersés, mais le mouvement était à nouveau sur les rails. La Finlande regorgeait apparemment de suicidaires irréductibles.

Kemppainen craignait qu'il ne soit pas possible d'aller chercher dans tout le pays le reste des infortunés. Il avait certes récupéré sa voiture, mais elle ne pouvait contenir que quelques personnes, et d'ailleurs il ne souhaitait pas augmenter les effectifs au-delà de leur nombre actuel. Son troupeau était déjà bien assez difficile à garder à son goût.

La directrice adjointe Helena Puusaari lui reprocha sa dureté. L'on pouvait bien, selon elle, envisager d'admettre quelques nouveaux membres. Beaucoup des brebis égarées en cours de route risquaient de mettre fin à leurs jours en se retrouvant seules face à leurs problèmes.

L'équipe avait gardé la meilleure nouvelle pour la fin. Elle disposait d'un moyen de transport ! Ou du moins de la promesse d'en obtenir un.

Kemppainen poussa un gémissement. La collecte avait certes permis de réunir une grosse somme d'argent, mais elle ne suffirait pas à acheter un autocar. Ses amis avaient-ils une fois de plus perdu la tête ?

On tranquillisa le colonel. Pendant son absence, Sorjonen avait examiné les dossiers afin de voir s'il ne se trouvait pas parmi les six cents malheureux enregistrés quelqu'un qui pourrait utilement contribuer à l'acquisition d'un autocar, ou pourquoi pas d'un bateau. L'effort avait porté ses fruits : un vapeur était disponible à Savonlinna ! Le *Cormoran,* c'était son nom, avait été construit en 1912 et avait longtemps assuré le transport de passagers sur le lac Saimaa, entre Kuopio et Lappeenranta. Son propriétaire avait perdu foi dans le métier d'armateur et voulait se suicider. Mais si l'on voulait utiliser son bateau, il était prêt à le céder gratis, à condition que les futurs mariniers le remettent en état. Il y avait du travail, le vapeur était en cale sèche depuis des années et sa coque était rongée de rouille. C'est à peine s'il était capable de flotter. Le risque n'effrayait pas les suicidaires. Ce serait même l'idéal si le bateau coulait, au plus tard à la morte-saison, emportant tout l'équipage dans les profondeurs.

Le colonel refusa catégoriquement de s'encombrer d'une épave et conseilla à ses troupes d'oublier tout le projet.

Les désespérés lui soumirent alors une autre proposition, encore plus alléchante. Ils avaient contacté, à Pori, un autocariste tenté par le suicide, Rauno Korpela, propriétaire et exploitant de la Flèche du Tourisme SARL, qui avait répondu à l'annonce du colonel et de ses compagnons. Il avait été empêché de se joindre à la réunion des *Vieux Chanteurs* car il devait, ce même week-end, aller prendre livraison à l'usine de carrosserie de Lieto d'un nouveau véhicule pour son entreprise. Korpela avait été enchanté d'apprendre ce que ses interlocuteurs lui voulaient. Il se tâtait justement depuis un moment pour savoir s'il devait se tuer ou roder sa dernière acquisition. Le coup de fil des apologistes du suicide tombait à pic.

Le transporteur s'était engagé à rallier le lac aux Grives avec son nouvel autocar dès que le colonel Kemppainen, commandant du groupe, serait de retour de Helsinki. Il attendait son feu vert. Il n'avait rien à perdre et était prêt à tout.

L'officier n'avait plus d'autre choix que de téléphoner à Korpela. L'autocariste éclata d'un gros rire et promit de traverser illico plein gaz la Finlande de Pori au Häme.

« Garez-vous, ça va débouler à tombeau ouvert », claironna-t-il, et il partit.

12.

Vers cinq heures du matin, le campement de la villa du lac aux Grives fut tiré du sommeil par l'apparition d'un gigantesque autocar de luxe. Le transporteur Rauno Korpela était arrivé. En marche arrière, il gara son vingt tonnes entre l'abri et le pavillon de verdure dressés dans le jardin et fit hurler son klaxon.

L'on vit descendre du bus, d'un bond agile, un homme d'une soixantaine d'années vêtu d'un costume bleu pareil à celui d'un aviateur et coiffé d'une casquette à visière vernie. Les côtés du pullman flambant neuf s'ornaient du logo du propriétaire, peint en couleurs métallisées : La Flèche du Tourisme de Korpela. Le transporteur héla les hommes couchés sous l'abri :

« Terminus, tout le monde descend ! C'est bien ici, le camp des kamikazes ? »

Les suicidaires se rassemblèrent pour saluer la nouvelle recrue et admirer son superbe autocar.

Korpela serra la main du colonel, puis celle de tous les autres. Il regarda les désespérés d'un air approbateur et les invita à visiter son véhicule, priant les femmes d'y monter en premier.

« C'est ce qu'on peut se payer de mieux dans toute la Scandinavie, ça m'a coûté deux millions de marks », se vanta l'autocariste. Il expliqua que le bus n'avait encore jamais servi, il n'avait roulé que de l'usine de carrosserie de Lieto à Pori et de là, cette nuit, jusqu'au lac aux Grives. Le pullman pouvait accueillir quarante passagers et était équipé d'un solide châssis à trois essieux.

À l'arrière vrombissait un moteur à refroidissement intermédiaire de près de quatre cents chevaux. L'espace intérieur était en partie surélevé – l'habitacle du chauffeur se trouvait en bas, le compartiment voyageurs en haut. Il y avait aussi, à l'étage inférieur, une kitchenette avec four à micro-ondes et réfrigérateur, des toilettes chimiques et un vestiaire. En haut, un salon de réunion de dix places était aménagé à l'arrière. L'autocar était muni de systèmes de sono et de vidéo. Il était climatisé et ses sièges étaient plus larges qu'en première classe dans un avion de ligne. Un véritable bijou.

On alluma du feu dans le jardin et l'on suspendit la grosse bouilloire à café à son trépied. Les femmes s'occupèrent de servir le petit-déjeuner sur la terrasse de la villa. Mettant les petits plats dans les grands, elles portèrent sur la table fromages et jambons, œufs à la coque, petits pains cuits dans le four construit par Uula Lismanki, jus de fruit et café. La directrice adjointe Helena Puusaari invita le transporteur Rauno Korpela à se restaurer.

L'autocariste était gai et chaleureux, et les quelques centaines de kilomètres qu'il avait parcourus au cours de la nuit ne semblaient pas l'avoir fatigué. Il fit l'éloge de son véhicule, si bien équipé que l'on pouvait, selon lui, tenir le volant pendant une semaine entière sans avoir besoin de café, et encore moins de sommeil.

Le colonel alla chercher à l'intérieur de la villa le classeur où était rangée, parmi d'autres, la réponse de Korpela à l'annonce publiée dans le journal. C'était une simple carte de visite de la Flèche du Tourisme SARL, au dos de laquelle le transporteur avait écrit : « Je suis très intéressé par le suicide, mais je n'ai pas le temps d'en dire plus. Prenez contact et nous en reparlerons. »

Kemppainen referma le dossier et entreprit d'exposer à Korpela les projets de ses troupes. Il expliqua avoir utilisé pour organiser le symposium de Helsinki les plus de six cents lettres et adresses de Finlandais qu'il détenait. Après avoir relaté à l'autocariste le contenu de la réunion et les événements survenus depuis, le colonel lui demanda s'il avait bien compris l'objectif du groupe. Il ne s'agissait pas ici de tourisme de luxe, mais de la détresse de gens confrontés à des questions de vie ou de mort, que l'on cherchait à soulager en commun. Kemppainen demanda pour finir à Korpela s'il souhaitait parler de ses problèmes personnels.

Le transporteur assura qu'il avait été parfaitement informé, déjà au téléphone, des desseins des suicidaires, et qu'il n'y avait pas le moindre malentendu sur le but poursuivi, qui était de mourir ensemble d'une belle mort.

« Je suis à cent pour cent avec vous. »

Korpela révéla qu'il était veuf, mais ce n'était pas là son problème – au contraire. Il avait ses raisons de vouloir se tuer, et elles étaient plus que suffisantes. Il ne tenait cependant pas, pour l'instant, à s'étendre dessus et à s'épancher en public. Il ne souhaitait qu'une chose, se mettre bénévolement, lui et surtout son autocar, à la disposition de la collectivité. Il était prêt à aller jusqu'au bout du monde s'il le fallait. On lui avait parlé au téléphone, à titre préliminaire, d'une possible expédition suicidaire au cap Nord. L'idée lui paraissait excellente. Il ajouta qu'il avait une âme de voyageur et n'était pas homme à se suicider près de chez lui. Il se sentait certes capable de se tuer tout seul, mais l'idée d'une collaboration dans ce domaine lui plaisait.

L'autocariste déclara qu'il pouvait, du jour au lendemain, mettre la clef de son entreprise sous la porte. Il n'avait pas d'héritiers, juste de lointains cousins avec qui il ne s'était jamais très bien entendu. Le métier lui-même, qui consistait à promener des excursionnistes aux quatre coins de la Finlande, lui était devenu au fil des ans de plus en plus pesant. Il en avait plus qu'assez des hockeyeurs braillards et pleins de bière qui salopaient l'intérieur bien tenu de ses bus et prenaient le chauffeur comme tête de turc. Les anciens combattants en route pour Leningrad ne valaient guère mieux, à ruiner le tissu des sièges en vomissant dessus. Et quand le véhicule se remplissait de paroissiens rassemblés par des ligues chrétiennes, ce n'était pas la joie non plus : les punaises de sacristie se plaignaient sans arrêt, il faisait toujours ou trop froid ou trop chaud dans l'autocar. Il y avait toutes les cinq minutes des petits vieux prostatiques qui demandaient à descendre. Quand on s'arrêtait prendre le café, il fallait attendre des heures les dernières rombières et les hisser dans le bus à la sueur de son front. Et pour sa peine, on devait écouter toute la sainte journée, à s'en faire exploser la tête, des cantiques saturés de fausses notes.

Korpela avait décidé qu'il ne laisserait en tout cas pas son nouvel autocar, un Delta Jumbo Star, se faire cabosser à coups de pied, transformer en porcherie puant le vomi, ou boucher les aérations par des psautiers oubliés.

« Et je ne veux plus jamais être obligé de suivre un horaire. Alors, qu'en dites-vous, est-ce qu'un bonhomme de mon acabit vous convient ? »

Le colonel Kemppainen serra la main du transporteur et lui souhaita la bienvenue parmi les suicidaires. Le groupe salua l'admission de son nouveau membre de hourras si retentissants que les canards qui nageaient sur le lac aux Grives, troublant à peine sa calme surface matinale, plongèrent effrayés dans la vase du fond, où ils restèrent de longues minutes sans oser remonter.

Après le petit-déjeuner, on fit un tour d'essai. Il était près de sept heures. L'autocar et ses passagers foncèrent à folle allure à travers le Häme : Turenki, Hattula, Hauho,

Pälkäne, Luopioinen et Lammi, où l'on s'arrêta pour manger. Dix heures sonnaient et, comme la succursale locale d'*Alko* ouvrait opportunément ses portes, l'on acheta une vingtaine de bouteilles de champagne avant de retourner sur les chapeaux de roue au lac aux Grives boire à la santé du fleuron de la Flèche du Tourisme de Korpela.

Tandis que la fête battait son plein, l'on vit s'arrêter devant la villa une voiture noire d'où sortirent deux hommes à l'air sévère et compassé. Ils écarquillèrent les yeux face à la joyeuse foule qui se pressait sur la terrasse et dans le jardin. Avec un toussotement impérieux, ils demandèrent le propriétaire.

Devant le président Rellonen, les austères arrivants se présentèrent : l'un était le commissaire rural du district, l'autre un juriste de Helsinki. Ce dernier déclara qu'il représentait l'administrateur judiciaire chargé de liquider les biens de l'entrepreneur failli. Rellonen tenta de proposer du champagne aux visiteurs, mais ces derniers n'étaient pas d'humeur à trinquer. Ils étaient là pour une tout autre affaire, bien plus grave.

L'homme de loi produisit une liasse de documents et annonça qu'en vertu du jugement rendu le 21 mars de cette année par le tribunal de première instance de Helsinki dans ladite affaire de faillite, l'interdiction d'aliéner ou de détruire la maison sise au bord du présent lac aux Grives et, compte tenu des circonstances, sa mise sous séquestre immédiate avaient été prononcées ; le président Rellonen devait par conséquent lui remettre les clefs de sa villa et quitter les lieux, de même que toutes les autres personnes présentes, avant ce jour minuit.

Le commissaire ajouta qu'en cas de rébellion, il viendrait, ès qualités, aider au déménagement. Si nécessaire, les brigadiers sous ses ordres pourraient aussi accélérer le mouvement.

Rellonen s'indigna, affirmant être quand même encore propriétaire de son chalet et maître chez lui. Il menaça de se plaindre des agissements du juriste et du commissaire au médiateur du parlement, voire au président de la République. Sa protestation resta lettre morte.

Les résidants obtinrent le droit de vider le réfrigérateur et de remonter du puits la caisse de bière qui y rafraîchissait. Il fut également reconnu que les ustensiles de cuisine achetés à Urjala appartenaient aux invités de Rellonen. L'homme d'affaires fut en outre autorisé à prendre dans la villa son pantalon et sa chemise et, dans le sauna, son rasoir, son savon et sa serviette. Tous les autres biens meubles furent placés sous scellés à l'intérieur de la maison. Rellonen dut remettre les clefs aux intrus, qui exigèrent en plus qu'il signe le procès-verbal de saisie.

La formalité fut expédiée dans la plus grande sobriété. Quand ce fut terminé, le commissaire et le juriste repartirent dans leur voiture.

L'homme de loi, d'un ton outré, déclara à son compagnon :

« Quelle réception somptueuse… pas étonnant que ce type soit en déconfiture. À ce train-là, même la Banque de Finlande ferait faillite, alors une laverie… »

Le commissaire renchérit. Pour lui, le monde des affaires était pourri jusqu'à l'os. Le champagne coulait à flot, alors que l'entreprise était prétendument en cessation de paiements. Il avait compté au moins vingt invités à la villa, tous soûls comme des ânes. On faisait banqueroute, mais ça n'empêchait visiblement pas de prendre du bon temps.

« Merde, quand même. Et c'est le contribuable qui paie.

– Il y a de quoi enrager, de voir ces parasites jeter à l'eau des bouteilles de champagne à moitié pleines ! Un bouchon dans le goulot et hop ! au milieu du lac. Une vraie honte, mais c'est heureusement terminé. »

Le commissaire ajouta encore :

« Et ce colonel, qui croassait plus haut que n'importe qui ! Quelle indignité, pour un fonctionnaire des Forces de défense. Mais la charogne attire les corbeaux. C'est bien connu. »

L'homme de loi avoua qu'il lui arrivait parfois de boire du champagne, avec plaisir, même, et en général à ses propres frais. Mais une beuverie d'aussi grande ampleur sur les ruines d'une entreprise, c'était inouï. Il y avait de quoi vomir, si l'on pensait à toute la misère matérielle et morale qui régnait dans le pays. Des centaines de gens se suicidaient, aux prises avec d'insurmontables difficultés, et, pendant ce temps, de misérables magouilleurs s'arrogeaient le droit de mener joyeuse vie sans souci du lendemain.

13.

Une fois le commissaire et le liquidateur de faillite partis, le président Rellonen monta sur la table de la terrasse afin de mieux se faire entendre. Il prononça une véhémente diatribe, s'en prenant aux représentants de la loi qui venaient de leur rendre visite, et se plaignit d'avoir justement dû se battre, tout au long de sa carrière, contre de tels pillards bureaucratiques. Rien d'étonnant à ce qu'il ait été plusieurs fois poussé au suicide. L'auditoire opina du bonnet.

« Mais ne laissons pas ce déplorable incident gâcher une journée si bien commencée », conclut l'homme d'affaires en levant son gobelet en carton où pétillait du champagne frais. « Buvons à la santé des plus exquis suicides ! »

Les désespérés sablèrent le champagne toute la journée. Quand les premières réserves furent épuisées, Korpela et Lismanki prirent l'autocar pour aller se réapprovisionner à Lammi.

« On a bien failli finir dans l'fossé », se vanta Uula au retour.

Le colonel Kemppainen mit ses troupes en garde contre l'abus d'alcool. On y risquait sa santé, les reins et le foie ne supportaient pas l'excès de boisson. Les suicidaires firent remarquer au prêcheur qu'une éventuelle cirrhose était le cadet de leur souci, vu qu'ils avaient de toute façon un pied dans la tombe. Kemppainen ne trouva rien à répliquer.

Tard le soir, les désespérés chargèrent dans les soutes de l'autocar la tente de section de l'armée, ainsi que le reste de leurs bagages, et montèrent à bord. L'ambiance était à ce point surchauffée, et la rancœur contre les liquidateurs exacerbée, qu'ils mirent le feu, en partant, au pavillon de verdure et à l'abri de branchages édifiés dans le jardin. Tous furent en effet d'accord avec Uula Lismanki pour considérer que les constructions en question ne faisaient pas partie de la masse des biens de la laverie en faillite du président Onni Rellonen. La flambée illumina de reflets féeriques la surface sans ride du lac aux Grives, sur lequel le soleil se couchait à point nommé.

Le transporteur Rauno Korpela, passablement ivre, s'installa au volant de son véhicule et prit la route. L'on convint de foncer sus à l'orient, du moins pour commencer et aussi longtemps que le chauffeur tiendrait éveillé. Le colonel Kemppainen s'installa avec la directrice adjointe Helena Puusaari dans sa propre voiture et suivit le car qui zigzaguait avec une décontraction suspecte sur l'étroit chemin de terre desservant la villa. Une fois sur la nationale, cependant, le pullman accéléra et les kilomètres se mirent à défiler.

Le convoi bifurqua bientôt sur des routes secondaires, car Korpela avait un faible pour les itinéraires peu fréquentés – surtout quand, comme maintenant, il avait bu du champagne toute la journée. Forêts et petits villages offraient un cadre de randonnée idyllique par cette belle nuit d'été.

Les suicidaires poursuivirent leur voyage pendant une heure ou deux dans la direction générale de Vääksy et Heinola ; ensuite, plus personne ne fit attention aux lieux qu'on traversait.

L'extra Seppo Sorjonen, se laissant aller à son lyrisme naturel, s'improvisa chef de chœur. Sous sa houlette, les suicidaires entonnèrent avec un enthousiasme tout particulier une rengaine évoquant la fugacité de l'existence :

« La vie avec tous ses tracas et ses misères, croyez-moi rien n'est plus éphémère… »

Korpela roulait à vive allure et le colonel Kemppainen avait du mal à se maintenir dans le sillage de l'autocar. Il craignait une rafle ou un accident, mais la directrice adjointe le rassura. Inutile de s'en faire. Peu importait qu'ils quittent la route, c'était de toute façon vers la mort qu'ils allaient. Helena Puusaari avait emporté une bouteille de champagne entamée. Elle posa tendrement la tête sur l'épaule du colonel et se mit à chanter d'une voix douce et un peu voilée un air d'opérette de la *Comtesse Maritza* de Kálmán. Le délicat parfum de son eau de toilette emplissait la voiture et sa glorieuse féminité tournait la tête du colonel. Il commençait à trouver que le suicide avait finalement du bon.

L'on devait avoir franchi les limites de la province quand le transporteur Rauno Korpela s'endormit au volant. Il n'y avait là rien de surprenant, il était debout depuis maintenant quarante-huit heures : il était d'abord venu de Pori au lac aux Grives, puis avait sillonné le Häme en tout sens avec ses nouveaux passagers, avant de rouler dans la nuit jusque dans le Savo, si c'était bien là qu'on se trouvait. Mais le chauffeur connaissait suffisamment son métier pour ne pas s'assoupir imprudemment. Dans un demi-sommeil, il dirigea l'autocar vers le bas-côté et éteignit le moteur. Ensuite seulement, il s'éteignit lui-même.

Des ronflements s'élevèrent de la cabine du conducteur. Les voyageurs portèrent Korpela à l'arrière du véhicule, sur la banquette du salon de réunion. L'adjudant hors cadre Jarmo Korvanen, qui possédait son permis poids lourds, parvint à remettre l'autocar en route. Non sans heurt, il réussit à parcourir encore un kilomètre, au bout duquel il trouva un lieu propice où s'arrêter, dans une sablière abandonnée. Il y gara le pullman, mais il n'était pas question de bivouaquer au fond de cette sinistre excavation. Les suicidaires partirent à pied dans la pénombre, et tombèrent bientôt sur un grand champ dans lequel ils décidèrent d'établir leur camp. Uula Lismanki prit les choses en main et la tente de section fut vite dressée. On étala sur le sol des litières de feuillage, puis, avant de dormir, on but ce qui restait de champagne. Uula alluma un feu à la lueur duquel on bavarda encore un moment. Dans l'ensemble, tous étaient satisfaits de l'expédition. Le début du voyage avait été grisant. S'il se poursuivait de la même manière, personne n'aurait de motif de se plaindre. Quand la dernière bouteille eut été vidée, les randonneurs allèrent se coucher, pêle-mêle, hommes et femmes en bonne entente.

Un râle des genêts criait dans la nuit d'été, de petites grenouilles sautillaient dans le regain et, quelque part au loin, on entendait le vrombissement sourd d'un avion de chasse en patrouille. Il ne restait plus du feu de camp que des braises. Un petit renardeau qui passait par là vint les renifler. Il lapa avec habileté une goutte de champagne oubliée au fond d'un gobelet en carton et croqua un jeune crapaud en guise d'amuse-gueule. Sous la tente, on entendait la respiration des voyageurs assoupis, quelqu'un toussa, un autre parlait dans son sommeil. Le colonel Kemppainen, de sa voiture, regardait les champs : la brume nocturne couvrait de son aile protectrice la grande tente grise et les malheureux qui y dormaient. L'officier songea qu'il avait certainement sous les yeux le camp le plus pathétique et les troupes les plus désespérées du pays.

« Dormez en paix », murmura-t-il. Le souhait s'adressait aussi à la directrice adjointe Helena Puusaari, car l'énergique rouquine avait également fini par sombrer dans les bras de Morphée et respirait d'un souffle régulier sur le siège avant de la voiture. Le colonel la porta dans l'autocar, où elle serait plus confortablement installée.

Elle pesait lourd, mais le fardeau était doux. L'idée qu'il tenait contre lui une grande et belle femme avec qui il pourrait vivre heureux le restant de ses jours, et pourquoi pas dans les liens du mariage, pour l'éternité, lui traversa vaguement l'esprit. Mais elle mourrait bientôt, puisque tel était le but du voyage, et il se retrouverait à nouveau veuf, à moins qu'il ne se tue avec elle. C'était d'ailleurs ce qui avait été dit et décidé. Cruelle perspective, en un sens.

Le colonel déposa la directrice adjointe à l'arrière de l'autocar et la recouvrit d'un plaid. Le transporteur Korpela ronflait tranquillement sur une autre banquette.

Kemppainen regagna d'un pas chancelant le champ embrumé, manqua trébucher dans quelques fossés mais trouva finalement la tente au milieu du regain, rampa à l'intérieur et tomba endormi.

Les suicidaires n'avaient pas pris la peine de poster de sentinelles. Personne, dans ce camp, ne craignait la mort.

La nuit était profonde, les oiseaux dormaient sur leurs branches. On n'entendait, au loin, que la monotone berceuse d'un engoulevent.

14.

Encore engourdi de sommeil, l'agriculteur Urho Jääskeläinen poussa la porte de son étable. Il était à peine six heures du matin, mais les travaux de la ferme l'appelaient. Il fallait nourrir les vaches, les traire et porter la paille souillée dans la fumière, puis mener les bêtes au pré.

L'homme, âgé de 30 ans, était un natif du Savo profondément attaché à sa terre. Il habitait le hameau isolé de Röntteikkösalmi, où il avait hérité de ses parents une exploitation plutôt prospère, avec vingt hectares de cultures, surtout de l'herbe et autres plantes fourragères, mais aussi d'importantes surfaces de betterave à sucre. Urho possédait douze vaches. Il aurait pu en avoir plus, l'étable était neuve et la ferme produisait plus de fourrage qu'elle n'en consommait, mais les quotas laitiers étaient impitoyables. Il fallait se contenter de ce troupeau. D'autant plus que l'on manquait de main-d'œuvre. Les journaux ne parlaient que de chômage, mais quand on cherchait à embaucher un ouvrier agricole, les demandeurs d'emploi disparaissaient dans les oubliettes des fichiers. C'est tout juste si on parvenait à trouver un remplaçant, l'été, pour aller passer une petite semaine à Ténériffe. Et ce maigre répit n'était même pas possible tous les ans.

Urho lava les pis des vaches et ajusta les gobelets de la trayeuse. Le lait commença de couler dans le tank. En réalité, cette tâche aurait dû revenir à sa femme, Kati, mais elle n'était bonne à rien pour les travaux de la ferme. Toutes les filles de Röntteikkösalmi en âge de se marier avaient quitté le village sitôt leur scolarité terminée, et Urho n'avait pas trouvé de campagnarde à épouser. Il avait bien failli rester vieux garçon, jusqu'à ce que la chance lui sourie, si l'on peut dire, à la foire agricole de Pieksämäki, quelques années plus tôt. Par ordinateur, il avait trouvé une Helsinkienne du quartier ouvrier de Kallio, Kati, disposée à se marier. Elle était passionnée d'équitation et d'agriculture biologique et voulait vivre à la campagne. Elle avait été aide-cuisinière dans une cafétéria de la rue Penger.

Kati ne s'était jamais habituée aux travaux agricoles. Traire lui donnait la nausée. Elle avait peur des vaches. Impossible d'élever un seul cochon, ils sentaient trop mauvais. Du mois de mai à la fin de l'automne, la jeune femme avait le nez qui coulait, elle était allergique à tout, poils d'animaux, colza des champs… Elle avait si peur de la pneumoconiose qu'elle refusait de faire les foins. Pour ne rien arranger, les bottes en caoutchouc lui donnaient de l'eczéma. Kati avait par contre réussi à pondre un marmot sans faire ni une ni deux, une mouflette geignarde couverte de croûtes de lait. Et, grâce à son ancien métier, elle était bonne cuisinière : elle servait presque tous les jours à Urho des saucisses et de la purée ou des boulettes de viande accompagnées de frites. Parfois, le dimanche, elle lui faisait même la surprise d'une délectable escalope de bœuf !

Urho Jääskeläinen n'était pas ce matin-là de la meilleure humeur du monde. Kati était restée à faire la grasse matinée, selon son habitude. Elle disait souvent que même à la cafétéria on ne l'obligeait pas à se lever à l'aube pour travailler. Et là-bas, la plus petite heure supplémentaire donnait droit à une prime. Mais Urho la payait-il pour s'extraire du lit au milieu de la nuit et lui préparer le petit-déjeuner ? Tintin !

Le conseiller agricole du district avait suggéré à Urho Jääskeläinen d'équiper sa ferme d'un terminal d'ordinateur, mais l'idée ne l'enchantait guère. Il avait répliqué qu'il avait perdu confiance dans l'informatique quelques années plus tôt, à la foire agricole de Pieksämäki.

Le travail à l'étable terminé, Urho fit sortir les bêtes et prit avec elles le chemin conduisant à travers champs vers les pâturages. Kati dormait encore, les rideaux de la chambre étaient fermés.

Dégoûté, l'agriculteur poussait ses douze têtes de bétail sur le sentier boueux. L'herbe humide de rosée répandait son riche parfum, sans pour autant lui remonter le moral. La triste conscience de l'amertume de sa vie lui rongeait le cœur. Urho avait parfois songé à se suicider. Ou à tuer d'abord Kati et la petite, avant de se loger une balle dans le crâne. Peut-être pourrait-il en arriver là, s'il commençait par boire comme un trou pendant une semaine entière.

Urho Jääskeläinen était si profondément perdu dans ses sombres pensées qu'il manqua se cogner avec son troupeau à une grande tente de l'armée plantée en plein champ. Il la regarda éberlué : d'où venait-elle ? Des manœuvres étaient-elles en cours à Juva ? De quel droit les militaires venaient-ils piétiner ses cultures et camper dans du fourrage vert en pleine croissance !

Urho ouvrit brutalement la porte de toile de la tente et hurla debout là-dedans d'une voix de stentor. Il avait fait son service dans la garnison de Vekarajärvi et grimpé les échelons jusqu'au grade de sergent.

Sa surprise fut encore plus totale quand, au lieu de soldats engourdis, ce fut un officier furieux et mal réveillé qui émergea de la tente. Urho sursauta de frayeur en voyant surgir un véritable colonel en chair et en os, sanglé dans son uniforme, avec son baudrier et ses trois rosettes d'or au col. Il se mit machinalement au garde à vous et se présenta :

« Mes respects mon colonel ! Sergent Jääskeläinen, effectifs un plus douze… »

Il s'interrompit, confus. Il était depuis longtemps dans le civil, nom d'un chien, et propriétaire de ce champ et de toute l'exploitation – pourquoi diantre aller saluer un galonnard inconnu égaré en pleine nature ? Le visage empourpré, Urho Jääskeläinen recula à l'abri de ses vaches. Crénom ! dire qu'il les avait elles aussi décomptées.

Le colonel Kemppainen lui tendit la main et demanda le nom du village où il avait bivouaqué avec ses troupes.

Urho annonça à l'officier qu'il se trouvait à Rönteikkösalmi, à la ferme des Jääskeläinen. Drôles de particuliers, qui ne savaient même pas où ils étaient.

Pendant ce temps, les autres occupants de la tente s'étaient réveillés et rassemblés autour de Kemppainen et de l'agriculteur. Des civils, constata ce dernier. Des hommes et des femmes, à l'air plutôt bizarre. Urho compta qu'il y avait là au moins vingt personnes. Ces gens de la ville avaient vraiment du temps à perdre, pour voyager et saccager les champs du bon peuple en plein été.

Le colonel demanda quelle était la bourgade ou la ville la plus proche. Heinola, peut-être, ou Lahti ?

Urho Jääskeläinen lui apprit qu'on était dans la commune de Juva. Heinola était loin, Lahti encore plus. L'agglomération la plus proche était Mikkeli, mais Savonlinna et Varkaus se trouvaient presque à égale distance. Tout comme Pieksämäki.

« Tiens donc... c'est curieux... j'aurais cru que nous serions encore à l'ouest de Mikkeli. On a diablement bien roulé. Enfin peu importe, là ou ailleurs. Et vous dites que nous campons dans votre champ ?

– Oui-da. Et pis sans permission et au beau milieu d'mon fourrage en pleine pousse.

– Nous vous dédommagerons pour la perte de votre récolte », promit humblement le colonel.

L'agriculteur grommela que ce n'était pas avec de l'argent qu'il redresserait ses plants piétinés. Ce n'était pas si simple. Et si la compagnie mettait la main à la pâte ? Ce n'était pas le travail qui manquait, à la ferme.

« J'veux pas d'vos sous ! Mais si vous pouviez démarier les betteraves… tous autant qu'vous êtes à m'avoir ravagé ma parcelle. »

Les suicidaires se déclarèrent volontiers prêts à donner un coup de main à l'agriculteur, s'il en avait besoin. Les travaux des champs pouvaient constituer une thérapie efficace. Mais il fallait avant tout prendre le petit-déjeuner et faire un brin de toilette. Y avait-il un lac à proximité, qu'on puisse se baigner ?

« Ah ça, c'est point l'eau qui manque, dans l'Savo », déclara joyeusement Urho, qui avait commencé à calculer le bénéfice que représenterait pour ses cultures de betteraves sucrières l'appoint de cette main-d'œuvre inattendue. Il y avait là plus de vingt touristes désœuvrés, dont quelques-uns étaient certes assez âgés, mais chacun selon ses forces… petit à petit et à son rythme.

Les désespérés allèrent se baigner dans le petit lac de Röntteikkölampi. Puis ils pique-niquèrent dans le champ devant la tente. Helena Puusaari et le transporteur Rauno Korpela se joignirent à eux. La directrice adjointe avait la mine toute chiffonnée et cherchait à éviter le regard du colonel. Elle fut, autant que l'autocariste, surprise d'apprendre qu'ils étaient arrivés jusqu'à Juva.

Korpela voulut savoir s'ils avaient traversé Mikkeli. Personne ne se rappelait avoir vu les lumières de la ville dans l'obscurité, pas même Kemppainen. Peut-être avait-on atteint Juva par les petites routes, via Ristiina et Anttola. Dieu seul savait.

Quand les autres furent partis dans les champs de betteraves, Helena Puusaari demanda au colonel ce qui s'était passé au cours de la nuit. Elle fut soulagée d'apprendre qu'il l'avait portée dans l'autocar et bordée sur la banquette.

« Je ne me souviens de rien… je n'aurais pas dû boire autant. Me suis-je mal tenue ? »

Le colonel assura à Helena Puusaari que son comportement avait été parfaitement décent. Il lui offrit son bras et la conduisit pour une baignade matinale sur la rive fleurie de nénuphars du petit lac.

Les suicidaires passèrent trois jours à Röntteikkösalmi. Dans la journée, ils éclaircissaient les rangs de betteraves et se régalaient de purée de pommes de terre et de saucisses Stroganoff mitonnées par Kati Jääskeläinen. Le soir, ils faisaient cercle autour du feu de camp et bavardaient entre eux, à des fins thérapeutiques.

Ils appréciaient cette saine vie rustique et seraient bien restés plus longtemps à la ferme, mais Urho n'avait pas d'autres travaux de binage à leur proposer.

Au moment du départ, l'agriculteur, qui avait appris le but du voyage des suicidaires et s'était lié d'amitié avec eux, déclara avec regret :

« J'irais ben aussi m'tuer dans l'Nord… mais nous aut'paysans, on a ben trop à faire, en été. J'ai point l'temps d'voyager. Mais pourquoi qu'vous prendriez pas la patronne ? La Kati, elle a qu'ça à faire… ça m'dérangerait point, qu'elle fasse un peu d'tourisme. »

Le colonel refusa la proposition d'Urho Jääskeläinen. Son épouse, selon lui, ne semblait guère suicidaire et serait donc forcément comme une pièce rapportée dans cette expédition nordique. Il ne pouvait pas non plus lui garantir de voyage de retour.

« Ben tant pis, alors… c'était histoire de dire, hein », fit le fermier déçu.

Le groupe monta dans l'autocar et Korpela prit la direction de Savonlinna. L'on pourrait y embarquer le propriétaire et armateur du *Cormoran,* si le suicide l'intéressait toujours. Tant qu'on y serait, on pourrait passer à quelques autres adresses repérées dans les dossiers. Il y avait encore pléthore de place dans le bus.

La directrice adjointe Helena Puusaari suggéra qu'une fois à Savonlinna, on passe chez un fleuriste afin de faire envoyer une couronne funéraire à Kotka, sur la tombe de feu Jari Kosunen. L'enterrement du premier mort du groupe avait-il déjà eu lieu ?

On entreprit de tirer la chose au clair. Heureusement, l'autocar était équipé d'un radiotéléphone. Rellonen donna quelques coups de fil à Kotka et apprit que Jari Kosunen serait inhumé le mardi suivant, autrement dit le surlendemain. La cérémonie se déroulerait dans l'intimité au nouveau cimetière de la ville. La mère du jeune homme avait fait une dépression nerveuse en apprenant le décès de son fils et était en cure dans un hôpital psychiatrique. Elle ne pourrait peut-être même pas être présente aux funérailles. Ces informations furent données à Rellonen par le recenseur de la paroisse luthérienne évangélique de Kotka. Jari serait enterré aux frais de la commune, car il n'avait pas d'autres proches que sa mère, qui était indigente. Le jeune homme avait vécu avec elle dans un deux-pièces de location, en lisière de l'agglomération. Le peu qu'il avait gagné, dans des petits boulots sans lendemain, était passé dans la construction de maquettes d'avions et de cerfs-volants, expliqua encore le fonctionnaire. Jari était connu, en ville, comme un fou des airs.

Le colonel proposa que le groupe de désespérés se rende à Kotka pour l'enterrement de Jari. Ce n'était que justice, à l'occasion de son dernier voyage, d'honorer la mémoire d'un camarade d'infortune, d'un pionnier qui leur avait frayé la voie.

D'après les dossiers, deux autres suicidaires au moins habitaient en chemin, dans la vallée du Kymijoki. On passerait les saluer par la même occasion. Ils pourraient s'ils le souhaitaient se joindre au voyage vers le cap Nord.

15.

Dans une maison des abords de Savonlinna, la professeur d'enseignement ménager Elsa Taavitsainen prenait une raclée. C'était son mari Paavo, un électricien jaloux et paranoïaque, qui la lui administrait. Elsa était couverte de bleus et sa tête s'ornait d'une bosse douloureuse. Recroquevillée par terre dans l'entrée, elle pleurait toutes les larmes de son corps. La famille comptait deux adolescents, un garçon et une fille. Cette dernière était assise sur le lit de sa chambre, les muscles raidis, et sursautait chaque fois que sa mère criait sous les coups. Son frère pouffait nerveusement dans le salon. Il buvait en cachette à la boîte de bière entamée de son père.

Les violences faisaient partie de la routine hebdomadaire de la famille. Elsa, reléguée au rang de souffre-douleur, en était systématiquement la victime. Elle ne savait rien faire correctement. Elle était souillon, tête en l'air, dévergondée, dépensière, malpropre et mauvaise cuisinière, et pourtant professeur d'enseignement ménager. Elsa était laide. Elle sentait mauvais. Elle était paresseuse.

Elle ne savait pas élever ses gosses. Elle était frigide. Elle pourrissait la vie de son mari et de ses enfants. Elle était tout simplement impossible.

Quand Elsa tentait de se justifier, son mari entrait dans une rage folle et cognait de plus belle. Mais il n'admettait pas non plus qu'elle semble se contenter de son sort d'esclave domestique. Quoi qu'elle fasse, les punitions pleuvaient.

Elsa n'avait que 35 ans, mais elle avait déjà l'air d'une vieille femme. Elle était épuisée, abattue, totalement désespérée. L'avenir la terrifiait. Elle ne dormait plus, même quand elle n'avait pas été frappée.

Peu après la Saint-Jean, Elsa avait remarqué dans la presse, parmi les avis de décès, un message qui l'avait touchée. « Songez-vous au suicide ? », demandait le journal. Elsa, plus que personne, pouvait affirmer que oui. Rassemblant ses dernières forces, elle avait répondu à l'annonce et avait bientôt reçu une lettre l'invitant à un symposium à Helsinki. Elle avait pris le risque de faire le voyage, en prétendant aller pour le week-end à un séminaire de professeurs d'enseignement ménager organisé dans la capitale.

La réunion des *Vieux Chanteurs* avait apporté à Elsa Taavitsainen un réconfort et un sentiment de convivialité qu'elle n'imaginait plus pouvoir ressentir. Elle avait écouté l'exposé sur le suicide et sa prévention, avait eu le loisir de déjeuner en toute tranquillité et avait pu parler de ses problèmes avec des interlocuteurs attentifs. Elle s'était découvert des compagnons d'infortune.

Après le symposium, Elsa Taavitsainen s'était jointe au noyau dur des suicidaires prêts à en finir. Elle les avait suivis au cimetière et à Seurasaari. Dans la nuit, ils avaient déambulé dans des îles habitées par des gens riches, du côté d'Espoo. Certains s'étaient enfermés dans un garage et avaient bouclé les portes. Elsa n'avait pas osé entrer avec eux dans cette remise appartenant à des inconnus.

Un vigile en colère était arrivé avec un chien-loup. Terrifiée, Elsa avait couru en direction du centre, et vite croisé en chemin des ambulances et des voitures de police. Elle ne savait pas ce qui s'était passé. Le lendemain matin, elle était retournée chez elle. Depuis, personne n'avait pris contact avec elle. Son mari, soupçonneux, avait découvert qu'aucun séminaire de professeurs d'enseignement ménager ne s'était tenu à Helsinki aux dates de son voyage. Sa terrifiante jalousie s'était déchaînée en une monstrueuse tempête. Les dernières bribes de dignité d'Elsa avaient été piétinées.

La malheureuse gisait sur le plancher du vestibule de sa maison, brutalisée et avilie. Elle n'espérait plus rien de la vie, si ce n'est qu'elle se termine et qu'elle trouve enfin la paix. Elle voulait mourir.

C'est alors qu'un bruit de moteur se fit entendre dans la rue. Puis la sonnette de la porte tinta. Le mari d'Elsa aboya depuis le séjour :

« Va laver ta gueule de truie, sale pute, avant d'ouvrir cette porte ! »

Elsa n'en avait plus la force, elle se souleva juste assez pour tirer le loquet.

Sur le seuil se tenait le colonel Hermanni Kemppainen. Il aida la pauvre femme battue à se relever. Le visage d'Elsa baignait dans le sang, ses vêtements étaient en désordre. Son collant était déchiré et il lui manquait une chaussure.

« Colonel Kemppainen ! Aidez-moi… »

Elsa Taavitsainen s'effondra dans les bras de son sauveur, sanglotant sans retenue.

Le colonel la soutint jusqu'à l'autocar, où la directrice adjointe Helena Puusaari la prit sous son aile. Des hommes descendirent du bus, Korpela, Sorjonen, Lismanki, Korvanen. Le mari d'Elsa sortit dans le jardin, écumant de rage, et tenta de frapper le colonel. On le maîtrisa rapidement. Il accusa les libérateurs d'Elsa de violation de domicile. Le fils et la fille du couple suivaient les événements depuis le perron, l'air indifférent, comme s'ils n'étaient pas concernés.

Elsa était folle de terreur. Elle se cacha à l'arrière du bus, derrière les dossiers des sièges. Helena Puusaari vint s'asseoir à côté d'elle, lui parlant d'un ton apaisant.

Le colonel Kemppainen était en train de s'expliquer avec l'électricien Paavo Taavitsainen, qui se tortillait sous le poids de l'adjudant hors cadre Korvanen, assis sur sa poitrine.

Le raffut finit par attirer les voisins. Ils décrétèrent qu'il fallait mettre Taavitsainen au trou. Cette fois c'en était trop. Quelqu'un alla téléphoner au commissariat.

Le colonel demanda aux hommes du voisinage de maintenir Taavitsainen jusqu'à l'arrivée de la police. Ils le lui promirent et le remercièrent pour son intervention.

Helena Puusaari demanda à Elsa si elle voulait aller chercher ses effets personnels. La malheureuse n'osait pas, mais, sous la protection de la directrice adjointe et du colonel, elle trouva finalement le courage d'entrer dans sa maison. Elle prit ses papiers, son sac à main, quelques vêtements, son passeport et de l'argent. Elle ne possédait rien d'autre. Ses souvenirs personnels avaient tous été réduits en miettes au fil des années de querelles. Elsa n'embrassa pas ses enfants en partant, et ils ne lui accordèrent pas un regard. Une voiture de police vint s'arrêter dans le jardin.

La triste famille Taavitsainen se décomposa. La police embarqua le mari, la Flèche du Tourisme de Korpela emporta l'épouse. L'un était promis à la prison, l'autre à la mort. Il ne restait que deux adolescents, un garçon privé de tous sentiments et une fille paralysée de terreur.

Korpela prit la direction du centre de Savonlinna. Elsa Taavitsainen, épuisée, s'endormit sur la banquette arrière de l'autocar.

La directrice adjointe Puusaari demanda à passer chez un pharmacien et un fleuriste. À l'officine, elle se fit servir sur sa propre ordonnance des tranquillisants pour Elsa. Dans la boutique suivante, elle commanda une couronne funéraire et demanda que l'on écrive sur le ruban de soie : « Au pionnier qui nous a montré la voie. » Puis on téléphona à Mikko Heikkinen, l'armateur du *Cormoran,* afin de convenir d'un rendez-vous au chantier naval.

16.

Au volant de l'autocar, Korpela franchit le pont est de la ville. Il trouva facilement le chantier de démolition. Le vieux vapeur rouillé reposait sur un ber en madriers. Les suicidaires, après avoir examiné le malheureux rafiot, conclurent qu'il ne pourrait jamais plus naviguer, tellement sa coque était en mauvais état. Heureusement, l'idée d'une dernière croisière à bord du bateau avait été abandonnée. Il les aurait menés à leur perte dès son lancement. Une mort aussi rapide n'était plus d'actualité.

Une camionnette branlante arriva au chantier de la direction de la ville. C'était Mikko Heikkinen, 45 ans, professeur de productique au lycée technique de Savonlinna. Il rangea son tas de boue aux côtés de l'autocar de luxe de Korpela et vint saluer le groupe éparpillé autour de son navire. Il était vêtu d'un bleu de chauffe graisseux et coiffé d'une casquette dont la visière s'ornait en grosses lettres de l'inscription : Chantiers Navals Wärtsilä. L'homme avait le visage hâlé par le soleil et buriné par le vent du large. Il avait l'air d'avoir trop bu la veille et sentait l'alcool frelaté. Ses mains tremblaient un peu quand il souhaita la bienvenue au colonel.

Kemppainen lui présenta les suicidaires, et expliqua que c'étaient eux qui lui avaient téléphoné du lac aux Grives afin de s'enquérir de son bateau. Ils étaient maintenant en route pour le cap Nord, mais profitaient d'abord un peu de l'été finlandais. Ils avaient aussi quelques affaires à régler.

Heikkinen leur présenta son navire tristement dressé sur son ber : 26 mètres de long sur 6 de large, pour 145 tonneaux de jauge brute. Il pouvait embarquer 150 voyageurs, ou du moins l'avait pu. La chaudière avait une puissance de 68 chevaux. Avant la Première Guerre mondiale, le vapeur avait transporté des passagers sur le lac Saimaa et jusqu'à Saint-Pétersbourg. Heikkinen l'avait acheté aux enchères en 1973. Il l'avait eu pour une bouchée de pain et avait cru à l'époque avoir fait une bonne affaire. Au fil des ans, cependant, l'acquisition s'était révélée fatale.

Heikkinen posa une échelle contre le bastingage du *Cormoran* et grimpa sur le pont. Le colonel et quelques autres hommes le suivirent. L'armateur leur fit visiter les salons du bateau. Ils étaient lamentablement décrépits, le vernis des lambris s'était écaillé depuis longtemps et les cloisons étaient par endroits si vermoulues que c'est à peine si elles tenaient encore debout. Elles n'incitaient pas à s'y appuyer. Heikkinen avait par contre trouvé le temps de remettre la timonerie en état. La roue en laiton poli étincelait. Le tuyau acoustique reliant la passerelle à la chaufferie était lui aussi soigneusement astiqué. La cloche du bateau tinta d'un son clair quand l'armateur tira sur sa corde. Les travaux du pont supérieur en étaient restés là. Il ne servait à rien de crier dans le conduit. Personne en bas n'avait jamais répondu, soupira Heikkinen le cœur lourd.

La compagnie descendit l'échelle de fonte de la chambre de chauffe. Des pièces de la vieille chaudière gisaient éparpillées sur le sol. Heikkinen alluma une baladeuse et raconta qu'il s'acharnait depuis plus de dix ans sur cette machine. Il avait coulé de nouveaux coussinets en bronze blanc, avait nettoyé tous les éléments et en avait usiné de nouveaux. Une fois, en 1982, il avait réassemblé la chaudière et tenté de la mettre en route. La pression avait peu à peu monté, le tiroir s'était paresseusement mis en mouvement, de la vapeur s'était échappée par la cheminée sur le pont supérieur. Mais quelque chose avait coincé. La machine, après quelques ultimes hoquets, s'était soudain bloquée. Il s'en était fallu de peu que le bateau entier prenne feu. Heikkinen avait démonté l'engin et commencé à chercher l'origine de la panne. Il en avait trouvé plus d'une. La chaudière était toujours en pièces détachées dans la cale.

L'armateur Mikko Heikkinen alla farfouiller dans la sentine de son rafiot rouillé, où une mare d'eau de condensation s'était accumulée au fil des ans. Quelques bouteilles de bière y flottaient. Heikkinen les sortit du noir liquide huileux, puis invita le colonel et les autres suicidaires à remonter sur la passerelle.

L'armateur fit passer les bouteilles à la ronde. Lui-même but avidement d'un trait au goulot : sa pomme d'Adam exécuta un rapide mouvement de yo-yo, la bière tiède et mousseuse s'engouffra dans son estomac, il ferma un instant les paupières. Puis il rota et avoua que son épave l'avait rendu alcoolique.

« Ce projet a fait de moi une véritable loque. Je serai bientôt aussi branlant que ce fichu sabot. »

Mikko Heikkinen poursuivit sa poignante histoire. Quand il avait acheté le bateau, dix-sept ans plus tôt, il avait été un jeune et fougueux passionné de navigation. Il rêvait de remettre le vieux vapeur en état, et avait même eu l'intention de transporter des passagers sur le lac Saimaa. Dans ses rêves les plus fous, il se voyait à la barre du *Cormoran,* remontant la Neva jusqu'à Leningrad et ancrant son magnifique navire à côté du légendaire croiseur *Aurore.*

Les premiers étés, Heikkinen avait gaiement manié le marteau dans l'obscurité de la cale, voyant à peine le soleil. Il avait riveté, soudé, gratté la rouille des vieilles plaques de tôle, à n'en plus finir. Mais le bateau était trop grand et ses forces trop faibles. L'entreprise était désespérée, la corrosion rongeait le vieux vapeur plus vite qu'il ne pouvait le réparer seul.

Le chantier engloutissait tout son salaire. Il délaissait son travail de professeur de la section de mécanique du lycée professionnel. Heikkinen avoua qu'il avait perdu tout sens des réalités. Il s'était mis à boire. Il avait transformé sa maison en atelier. Il traînait partout des plans et des tampons de bourre couverts de cambouis. Sa famille s'était peu à peu désintéressée de l'armateur fou. Pour finir, sa femme avait demandé le divorce et emmené les enfants. Il avait dû vendre le pavillon. Ses proches avaient commencé à l'éviter. Au travail, les moqueries pleuvaient dru, tous voulaient connaître la date de lancement du bateau. À Noël, on lui offrait du champagne pour le baptême du navire. C'était devenu un rituel annuel, Heikkinen avait déjà eu la honte d'en recevoir quinze bouteilles. Il les avait bues, seul et amer, dans la cale sombre et humide de son vapeur. Ulcéré, il avait fracassé les bouteilles vides contre la coque rouillée.

L'armateur était devenu la risée de la ville. Des blagues cruelles circulaient sur son compte, on parlait de lui comme du capitaine en cale sèche de la compagnie des vapeurs du Saimaa. Pour ses 40 ans, on lui avait offert un compas de marine, qu'il avait revendu à un brocanteur pour se payer à boire.

L'épave ne lui rapportait que des dettes. Il fallait acheter des outils et de nouvelles pièces, acquitter la taxe d'occupation du chantier naval et les factures d'électricité. Heikkinen était sur la paille. Son poste de professeur de productique était menacé, le lycée cherchait quelqu'un pour le remplacer. L'armateur se rendait bien compte que son bateau l'avait rendu fou. Au printemps, il avait tenté de le mettre à l'eau, après avoir décidé que le plus sage était de couler avec l'épave au pied de la forteresse d'Olavinlinna. Mais il n'y avait rien eu à faire. Le *Cormoran* était soudé à son ber par la rouille et n'avait pas consenti à bouger d'un pouce, même quand il avait tenté de l'y forcer à l'aide de vérins hydrauliques. Ce bateau était sa malédiction.

Mikko Heikkinen termina sa bière et se recroquevilla, cachant son visage dans ses mains couvertes de cambouis, sans pouvoir retenir ses larmes. Les pleurs ruisselèrent sur son sombre visage creusé de rides et, de là, sur son bleu de chauffe élimé.

« Je n'en peux plus, sanglota le malheureux. Emmenez-moi. Peu importe où vous allez, mais emmenez-moi avec vous », supplia-t-il.

Le colonel Kemppainen mit la main sur l'épaule de l'armateur éprouvé et l'invita à monter dans l'autocar.

17.

Les suicidaires passèrent la nuit à Savonlinna. En pleine saison touristique, au cœur de l'été, il n'y avait nulle part suffisamment de chambres d'hôtel pour un groupe aussi nombreux. Il fallut donc se rabattre sur le terrain de camping. Comme à son habitude, Uula dirigea le montage de la grande tente. Les hommes s'y installèrent, mais l'on trouva à louer trois bungalows pour les femmes.

Le groupe réserva aussi pour la soirée le sauna du camping. Les suicidaires s'y lavèrent, et veillèrent tout particulièrement à ce que le capitaine en cale sèche Mikko Heikkinen racle la rouille et le cambouis ranci incrustés dans ses pores depuis dix-sept ans.

Ils se baignèrent pour finir dans la passe d'Olavinlinna, puis firent griller des saucisses autour d'un feu. L'ombre dense de la forteresse se reflétait dans le courant tumultueux. Quelqu'un évoqua l'histoire de la damoiselle du château emmurée vivante dans l'épaisse enceinte au lieu du traître dont elle était éprise. Les randonneurs supputèrent qu'il y avait sûrement eu, au cours des siècles, des dizaines de gens pour se suicider en sautant dans l'eau noire du haut des tours de l'austère place de guerre.

Il aurait été agréable de séjourner plus longtemps à Savonlinna, mais le devoir les appelait. Ils devaient se rendre à l'enterrement de Jari Kosunen à Kotka. Et les nouveaux membres du groupe, la professeur d'enseignement ménager Elsa Taavitsainen et le capitaine en cale sèche Mikko Heikkinen, étaient pressés de prendre la route. Ils en avaient assez de cette ville et de ses habitants.

L'on repartit donc. Le pullman de la Flèche du Tourisme de Korpela gagna Kotka par Parikkala, Imatra, Lappeenranta et Kouvola. À Parikkala, on embarqua un forgeron de village de 74 ans broyé par la société postindustrielle et décidé à en finir, Taisto Laamanen.

Le groupe visita en chemin les rapides d'Imatra, et surtout le pont-barrage qui retenait leurs eaux. Il était justement midi, l'heure à laquelle la centrale électrique ouvrait ses vannes. Il y avait là de nombreux autres touristes. Les flots déchaînés se ruèrent dans le canyon rocheux avec une impétuosité communicative. Jarl Hautala apprit à ses compagnons que des centaines d'aristocrates pétersbourgeois s'étaient noyés là. Les rapides avaient été, au XIXe siècle, le lieu de suicide le plus couru de toute l'Europe du Nord.

Le mortel attrait des tumultueux tourbillons d'écume avait de quoi séduire les membres du groupe. Le colonel interdit à quiconque de se jeter dans les flots :

« Patience ! Et pas d'idioties en public ! », ordonna-t-il à ceux de son troupeau qui se penchaient au-dessus du parapet.

À l'extrémité est du pont se dressait une saisissante statue, un bronze du sculpteur Taisto Martiskainen représentant une jeune noyée flottant au fil de l'eau, cheveux défaits. Le brillant artiste s'était lui-même noyé, plus tard, dans un lac du centre du pays.

L'on passa prendre aux usines Enso-Gutzeit, à Joutseno, le mécanicien Ensio Häkkinen, 35 ans, ancien délégué principal et féroce stalinien. Il avait perdu le goût de vivre, pour diverses raisons dont les bouleversements survenus en Europe de l'Est et dans les pays baltes n'étaient pas les moindres. L'Union soviétique avait toujours été son idéal, mais la flamme qui brûlait en lui était morte. Il avait le sentiment que l'URSS l'avait trahi, lui, son partisan prêt à tous les sacrifices, et le reniement n'était pas anodin. Le monde entier était sens dessus dessous depuis l'effondrement du communisme, et pas seulement le monde, mais la conception qu'en avait Häkkinen.

Il avait aussi été prévu, à Lappeenranta, de prendre pour passagère la pâtissière Emmi Lankinen, 30 ans, mais le groupe dut renoncer à son projet – elle avait eu le temps de se suicider. Emmi avait été inhumée le dimanche précédent dans le cimetière de la ville. La terrible nouvelle leur fut annoncée par son mari effondré. Il avait trouvé sa femme, morte, dans la balancelle du jardin. Elle y était assise, barbituriques avalés, paupières closes. La voix de l'homme se brisa à ce souvenir.

Emmi souffrait d'une profonde dépression depuis déjà plusieurs années, elle avait même été soignée deux fois en hôpital psychiatrique pour sa neurasthénie. Après la Saint-Jean, elle avait été plus gaie pendant un certain temps, elle avait même été à un symposium à Helsinki, mais l'effet stimulant du voyage n'avait pas duré bien longtemps.

Le mari d'Emmi ne parvenait pas à comprendre ce qui s'était passé. Il éprouvait un profond chagrin et se sentait coupable de la mort de sa femme. Si seulement il avait su qu'elle songeait au suicide… peut-être aurait-il pu faire quelque chose. Mais voilà, il semblait toujours y avoir tellement d'autres urgences, ils n'avaient jamais trouvé le temps, ou le courage, d'en parler.

Il tint à accompagner le groupe au vieux cimetière de Lappeenranta où reposait son épouse. La directrice adjointe Helena Puusaari déposa sur la tombe d'Emmi Lankinen la couronne funéraire destinée à Jari Kosunen.

« Au pionnier qui nous a montré la voie », prononça le colonel de son austère voix d'officier, lisant la dédicace du ruban de soie.

Le groupe observa une minute de silence devant la sépulture. Puis le colonel reconduisit le veuf d'Emmi chez lui dans sa voiture.

Les suicidaires repartirent. L'ambiance, dans l'autocar, était à la consternation. Ils étaient arrivés trop tard au chevet d'Emmi. Le président Rellonen se souvenait d'elle, une robuste brune, assise aux *Vieux Chanteurs* à une table du petit salon, qui n'était cependant pas intervenue au cours du débat. Il lut dans son classeur la lettre de la défunte, mais elle ne jetait aucune lumière sur son destin. Emmi avait juste indiqué qu'elle était au bord du suicide, rien de plus. L'écriture était heurtée, comme expulsée de force.

La directrice adjointe fit remarquer d'un ton sévère au colonel Kemppainen qu'il n'était plus temps de lambiner. Le groupe devait encore faire la tournée de nombreuses localités, aux quatre coins du pays, afin de rassembler tous les suicidaires manquants et éviter d'autres décès. Elle avait étudié les dossiers, il restait une dizaine de personnes en danger. Le colonel dut concéder que la mort d'Emmi Lankinen donnait plus d'urgence encore à leur mission.

Helena Puusaari emporta les classeurs dans le salon de réunion, à l'arrière de l'autocar, afin d'établir la liste des derniers désespérés. Avant que l'on n'arrive à Kotka, elle avait établi un projet d'itinéraire. Helsinki, le Häme, Turku, Pori, le Savo et la Carélie avait été ratissés, mais il fallait encore parcourir l'Ostrobotnie, le Centre, le Kainuu, Kuusamo et la Laponie. Il restait assez de place dans l'autocar, d'après la directrice adjointe, au moins pour les cas les plus graves.

Le colonel nourrissait en lui-même quelques doutes. Il s'agissait maintenant de rassembler les malades les plus atteints à bord d'un autocar de luxe et de veiller ainsi à ce qu'ils ne se tuent pas de leur propre chef. Mais l'on était en route vers le nord, le délai de grâce ne serait pas long. Enfin, l'essentiel était d'être dans le même bateau, ou dans le même bus.

Les suicidaires arrivèrent à Kotka en début d'après-midi, deux heures avant l'enterrement de Jari Kosunen. Korpela gara l'autocar devant le restaurant *Le Lynx,* où le groupe s'attabla. Le colonel et la directrice adjointe continuèrent en voiture jusqu'à l'appartement de Kosunen. Comme on pouvait s'y attendre, il n'y avait personne – la mère était à l'hôpital et le fils à la morgue. Après un crochet chez un fleuriste, ils rejoignirent l'autocar, dans lequel le groupe se rendit au cimetière. La couronne destinée à Jari ayant été déposée sur la tombe d'Emmi, Helena Puusaari avait acheté à la place une grande gerbe de fleurs. Les suicidaires étaient un peu confus de s'inviter ainsi sans prévenir, d'autant plus qu'aucun d'eux n'avait de tenue de deuil.

L'inhumation de Jari Kosunen s'annonçait simple et pauvre. On n'avait requis, pour transporter sa dépouille de la morgue au cimetière, que l'escorte minimum : un pasteur, un bedeau, deux fossoyeurs. Le cercueil était du modèle le moins cher car la cérémonie se faisait aux frais de la commune, qui n'entendait pas gaspiller l'argent du contribuable dans l'organisation de funérailles somptueuses. La ville de Kotka avait d'autres soucis financiers que les obsèques d'un fou des airs. Le bedeau et le reste des personnes présentes à titre professionnel étaient des employés sous-payés, peu sensibles à la solennité du moment. L'un des porteurs bâillait, l'autre se grattait le dos en poussant vers la fosse le chariot supportant le cercueil. On avait aussi économisé sur le pasteur : l'office avait été confié au suffragant le plus jeune et le plus idiot de la paroisse luthérienne évangélique de Kotka, qui avait obtenu de justesse son diplôme de théologie et n'avait aucun espoir de s'élever dans la hiérarchie.

Une assistante sociale et une infirmière psychiatrique soutinrent la mère de Jari jusqu'à la tombe. Sa fragile silhouette faisait pitié, la malheureuse avait été rendue folle par la perte brutale de son fils.

Mais quand le splendide autocar de la Flèche du Tourisme de Korpela vint se garer le long du muret du cimetière pour déverser plus de vingt nouveaux assistants, les obsèques prirent soudain plus de lustre et de dignité. Les suicidaires se disposèrent en rangs par deux et, sous le commandement du colonel, marchèrent vers la tombe. Le cercueil du défunt attendait d'être mis en terre. La mère de Jari sanglotait devant la fosse béante, l'assistante sociale tentait de lui fourrer un mouchoir dans la main.

Le pasteur se préparait à prononcer sa bénédiction quand il vit approcher le cortège mené par le colonel et la directrice adjointe, les bras chargés d'une gigantesque gerbe de fleurs. L'homme d'église se précipita à leur rencontre, salua le colonel et s'enquit de l'identité des arrivants. Kemppainen expliqua qu'ils étaient des amis du défunt. L'extra Seppo Sorjonen ajouta qu'ils constituaient une délégation de l'Aéro-club internordique, qui avait reçu pour mission de rendre un dernier hommage à Jari Kosunen, membre éminent du club. Le pasteur se souvenait en effet avoir entendu dire que le défunt était passionné d'aéronautique. Mais il ignorait qu'il avait apporté à cette science une contribution telle qu'on la salue par une aussi solennelle ambassade funèbre.

Les troupes du colonel s'assemblèrent en cercle autour de la tombe. La cérémonie pouvait commencer.

Le pasteur maudit sa négligence, il ne s'était absolument pas préparé à prononcer une véritable oraison. Il avait cru que le défunt était un banal ouvrier local, et qui plus est un malheureux fou des airs. Mais il semblait maintenant avoir eu de mystérieuses relations avec l'étranger. Il n'était pas donné à tout le monde de rassembler à ses funérailles des dizaines d'endeuillés conduits par un officier de haut rang, colonel dans le cas présent. Le ministre du culte se rappelait aussi certaines rumeurs selon lesquelles le défunt serait mort en d'étranges circonstances dans une ambassade arabe, ce qui n'était pas un lieu où n'importe quel quidam avait l'occasion de finir ses jours. Il allait falloir improviser, la situation exigeait un discours plus long et plus fleuri que prévu.

Mais rares sont les hommes d'église qui restent le bec cloué, et le suffragant ne faisait pas exception. Il s'éclaircit la gorge et entreprit d'exposer d'une voix forte les mérites de Jari Kosunen. Il évoqua la vie du défunt, dans laquelle il trouva matière à d'abondantes louanges. Dès son enfance, Kosunen avait manifesté une rare grandeur d'âme, dont ses proches auraient pu tirer leçon. Son passage sur cette terre avait été à bien des égards exemplaire : dénué de préjugés, aspirant à l'élévation, sa modestie, son dévouement et son imagination avaient durablement marqué ses contemporains. Son existence, demeurée trop brève à l'aune humaine, avait été semée de revers et d'embûches mais, avec une extraordinaire obstination, il avait écarté de sa route des obstacles quasi infranchissables et s'était brillamment illustré dans les milieux internationaux de l'aéronautique. Ni la misère matérielle ni rien d'autre n'avait pu briser la fougue de cette âme ardente qui avait surmonté avec détermination toutes les épreuves.

L'oraison fut longue et émouvante. La mère de Jari Kosunen, à son écoute, leva vers le ciel son visage baigné de larmes. La frêle vieille femme se redressa, la poitrine gonflée par un noble chagrin. Même l'infirmière psychiatrique se prit à sangloter, pour la première fois depuis des années.

Le pasteur suffragant bénit le sublime défunt dans la paix éternelle. Au son d'un cantique, le cercueil fut descendu dans la tombe. Après le bouquet de fleurs de la mère de Jari, le colonel Kemppainen et la directrice adjointe Helena Puusaari déposèrent l'imposante gerbe des suicidaires, composée de dizaines de roses rouges et de freesias jaune vif. L'officier fit le salut militaire et déclara avec une martiale gravité :

« Au pionnier qui nous a montré la voie. »

Après la cérémonie, l'infirmière et l'assistante sociale guidèrent la mère du défunt vers l'ambulance de l'hôpital psychiatrique qui attendait derrière le muret du cimetière, mais la vieille femme tint à dire encore quelques mots au colonel. Elle lui tendit la main et déclara d'une voix chevrotante :

« Monsieur l'officier. Merci, au nom de Jari, et mes salutations aux Forces aériennes. C'est très aimable à vous d'être venu. Mon fils aurait tellement aimé être pilote de chasse. »

À la porte de l'autocar, le pasteur vient lui aussi parler au colonel et remercier le groupe pour sa présence aux obsèques. Les décès accidentels, souligna-t-il, étaient toujours tragiques. Et d'autant plus, dans le cas présent, que le défunt était jeune et promis à une grande carrière dans l'aéronautique. Le suffragant revint sur l'épitaphe lue par le colonel. La Finlande, selon lui, avait un cruel besoin de défricheurs, de hardis pionniers des airs, et la mort de Kosunen était une immense perte pour l'aviation civile nationale. Un aussi petit pays ne pouvait se permettre de gaspiller ses jeunes talents. Le ministre du culte loua tout particulièrement le cosmopolitisme du défunt – domaine que l'on ignorait dans sa ville natale. Jari Kosunen, d'après ce qu'il avait compris, avait eu d'importantes relations avec des États étrangers et avait même été en contact, à la fin de sa vie, avec des diplomates du Yémen du Sud. Mais c'en était hélas fini, pour le malheureux, des exploits aéronautiques accomplis dans les tourbillons ascendants des vents chauds de la péninsule arabique.

18.

Le transporteur Rauno Korpela, la mine grave, pressa le groupe de remonter dans l'autocar :

« Il serait temps d'y aller. La mort nous attend. »

Le luxueux pullman de la Flèche du Tourisme s'emplit, s'anima, se contorsionna un instant sur le parking du cimetière, puis se glissa dans le flot de la circulation. Le colonel Hermanni Kemppainen le suivit en voiture à travers la ville de Kotka, puis sur les ponts enjambant les bras de mer et la route de Porvoo. Korpela fila d'une traite vers Loviisa et Helsinki, qu'il contourna de loin car personne n'avait rien de particulier à y faire. Il prit ensuite la route de Pori et continua droit jusqu'à Huittinen, où il emplit son réservoir d'une demi-tonne de gazole pendant que ses passagers se ravitaillaient en café et en sandwichs au self de la station-service.

Vers dix heures du soir, l'autocar arriva à Pori. Korpela mit le cap sur la zone industrielle, franchit la grille de son entreprise de transports et gara son bus dans la cour où stationnaient six autres véhicules aux couleurs de la Flèche du Tourisme. Le dépôt était désert.

« C'est avec cette flotte que j'ai arraché ma croûte à l'asphalte des routes », expliqua Korpela dans le micro.

La visite prit fin. Le transporteur ne descendit même pas du pullman. Il regarda un moment ses autocars, laissa échapper un petit rire sans joie et regagna la route en marche arrière.

Le colonel Kemppainen prit provisoirement congé du reste de la troupe pour passer chez lui à Jyväskylä. L'on se retrouverait le surlendemain à Kuusamo. La directrice adjointe Helena Puusaari se proposa pour lui tenir compagnie.

Après que l'autocar eut quitté Pori, l'extra Seppo Sorjonen découvrit en feuilletant les classeurs une intéressante carte postale qui représentait des visons en train de jouer. Son expéditeur était un certain Sakari Piippo, de Närpiö. D'une écriture anguleuse, il avait rédigé au dos de la carte ce laconique message :

« Je dois être maudit, j'ai beau faire de mon mieux, rien ne marche, bordel. Contactez-moi si ça vous chante. Sakari Piippo. Närpiö. »

À Närpiö, tout le monde connaissait Sakari Piippo, le directeur de cirque raté. Il habitait en lisière du bourg, dans une ferme relativement récente. En bordure d'un champ s'étendait un vaste élevage d'animaux à fourrure. Mais on ne voyait dans les cages ni visons ni renards. Plus loin se dressait une vieille étable et, derrière, une haute grange. Rien n'indiquait qu'il puisse y avoir là un cirque.

Malgré l'heure déjà tardive, Sorjonen et Rellonen allèrent jeter un coup d'œil à l'intérieur de la maison. Ils y trouvèrent le maître des lieux, un quadragénaire à l'air bougon, vêtu d'un pull-over et d'une culotte de cheval. Assis dans un fauteuil à bascule, il lisait la *Gazette de l'Ostrobotnie.* Il avait la mine grave, comme la plupart des suicidaires. Sakari Piippo n'évoquait en rien un directeur de cirque.

Après les présentations, l'homme offrit du café à ses visiteurs. Il lava des tasses en s'excusant de ne pas avoir eu le courage de faire le ménage ces derniers temps, depuis qu'il était seul.

Sorjonen ne put s'empêcher de demander à leur hôte pourquoi les villageois parlaient de lui comme d'un directeur de cirque. Avait-il un jour travaillé sous un chapiteau ?

Sakari Piippo se lança avec flegme dans le récit de sa vie et de ses difficultés. Il était en fait éleveur d'animaux à fourrure, visons et renards. Ou l'avait été. Deux ans plus tôt, quand le secteur avait subi les assauts des amis des bêtes, il s'était mis à réfléchir à d'autres débouchés. Il voulait bien admettre que les conditions de vie des animaux d'élevage n'avaient rien de très brillant. Les visons étaient enfermés dans des cages étroites, ouvertes à tous vents. Ces créatures étaient charmantes, malgré leur caractère sauvage. Le plus pénible était de les écorcher après les avoir vues grandir.

À cette époque, Sakari Piippo avait participé avec sa femme à un voyage à Amsterdam organisé par l'Union des agriculteurs. Le programme comprenait la visite d'un zoo hollandais. Ils y avaient notamment vu des petits singes, des loris, ou quelque chose de ce genre, à peine aussi gros que des visons. Mais ces derniers, avec leur souplesse de carnassier et leur douce et brillante fourrure, étaient bien plus beaux, à son avis, que des singes occupés à s'épouiller. Il avait eu une idée géniale. Si les gens couraient en masse admirer ces fichus primates, pourquoi les visons n'attireraient-ils pas un public encore plus nombreux, jolis comme ils étaient ?

Piippo avait développé son idée. Il s'était rendu au parc zoologique d'Ähtäri afin d'étudier le comportement des animaux sauvages. Il en avait conclu que les visons en eux-mêmes, à l'état naturel, ne séduiraient pas grand monde. Il fallait autre chose. Et s'il leur apprenait des tours ? Il s'était rendu compte qu'il tenait là l'idée fabuleuse d'un cirque de visons. Ses cages étaient pleines d'animaux qui ne demandaient qu'à être dressés. Il ne manquait plus qu'un patient travail.

Sakari Piippo avait transféré une cinquantaine de ses visons les plus vifs dans la grange, où il leur avait installé des nids et des mangeoires. Il avait bouché toutes les issues afin qu'ils ne puissent pas s'échapper. À l'intérieur du vaste bâtiment, les animaux étaient libres de s'ébattre à leur gré, et ils en avaient aussitôt profité. On voyait qu'ils aimaient bouger, jouer et courir sur les murs et les poutres du toit. Ils étaient cent fois plus actifs que les singes du zoo hollandais.

Piippo s'était attelé au dressage de ses visons. Il avait pour projet de leur apprendre toutes sortes de tours amusants, comme toujours dans les cirques : ils devaient sauter à la queue leu leu à travers des cerceaux, danser sur de la musique, se grouper selon différentes figures, etc. Au cours de sa vie, l'éleveur avait dressé un certain nombre de chiens de chasse, et il savait que la tâche n'était pas facile ; elle exigeait une patience infinie, mais les chiens, en tout cas, apprenaient bien des choses.

Sakari Piippo avait beaucoup lu sur les arts du cirque et il était convaincu qu'un spectacle itinérant présentant des visons avait de l'avenir – il y avait là un créneau commercial évident. On voyait circuler partout en Finlande de nombreuses expositions de reptiles, qui rapportaient de toute évidence des sommes rondelettes à leurs propriétaires. Il avait vu de ces hideuses bestioles. Les visons étaient bien plus gracieux et intelligents que des serpents inertes et paresseux lovés dans leur panier, qui n'apprendraient jamais aucun tour d'adresse. L'éleveur se plaisait à imaginer ses futurs succès à la tête de son cirque.

Il projetait de voyager d'une ville à l'autre avec sa troupe dans un simple break. Les frais seraient minimes. Les cirques avec de grandes ménageries, par exemple, devaient investir lourdement dans le matériel nécessaire au transport des éléphants. Les visons, en plus, étaient bon marché à nourrir. Ils mangeaient cent fois moins que les pachydermes et, contrairement à ces derniers, n'avaient pas besoin d'être douchés, car ils nettoyaient eux-mêmes leur fourrure avec leur langue. Il s'agissait cependant avant tout d'un projet humanitaire : les animaux n'auraient plus à s'entasser dans des cages exiguës, ils mèneraient une existence passionnante et verraient du pays. Les amis des bêtes ne pourraient rien trouver à redire à cette nouvelle façon d'exploiter ces charmants mustélidés.

Piippo avait convaincu sa femme de jouer les dompteuses de visons – sa silhouette se prêtait assez bien à cet emploi. Il lui avait fait confectionner par un pelletier un costume de scène, bien entendu en vison. La tenue se composait de hautes bottes blanches, d'un bikini de fourrure et d'une cape blanche, en vison elle aussi. Et sur la tête, un Stetson agrémenté de fourrure. Quand son épouse avait revêtu le tout, il en avait d'abord été intimidé. L'ensemble était sans conteste extrêmement sexy. La fermière s'était transformée en une éblouissante beauté.

Sorjonen et Rellonen demandèrent à Sakari Piippo de présenter à la compagnie les résultats de son travail. Le directeur de cirque n'y tenait guère. Les visons s'étaient hélas révélés beaucoup plus difficiles à dresser que des chiens. Ils n'en faisaient qu'à leur tête, n'écoutaient pas les ordres de leur maître et s'empressaient d'oublier tout ce qu'ils avaient appris. Ils n'étaient en fin de compte que des carnassiers cyniques, et tout son beau projet avait capoté à cause de leur sale caractère.

À contrecœur, Piippo prit cependant le chemin de la grange où il dressait ses visons de cirque depuis bientôt un an et demi. Les suicidaires le suivirent. Il fallait se glisser en vitesse à l'intérieur du hangar par l'entrebâillement de la porte pour ne pas laisser les bêtes s'échapper. Elles étaient si rapides qu'il fallait régulièrement déplorer des évasions.

Le dompteur alluma les lumières du vaste bâtiment. Au premier abord, il semblait désert. Par terre au pied du mur béait une rangée de cages douillettement aménagées pour les rétifs animaux de cirque. Les mangeoires se trouvaient dans le fond de la grange, qui baignait tout entière dans une puissante odeur d'urine de carnivore.

Piippo somma les visons de sortir de leurs cachettes.

« En rang, et que ça saute ! »

Quelques museaux soupçonneux pointèrent de derrière les cages, du haut des poutres et d'autres recoins. Sakari Piippo continua de crier des ordres et, de mauvaise grâce, les visons se montrèrent peu à peu. Ils se groupèrent au centre du hangar en une vague formation et se mirent sans entrain à faire des cabrioles ; certains des plus agiles escaladèrent l'échelle du fenil et en redescendirent d'un pas dansant. Piippo s'empara d'un vieux pneu de bicyclette et enjoignit à ses élèves de sauter à travers. Ils découvrirent leurs petites dents pointues et refusèrent d'obéir. Le dresseur alternait menaces et cajoleries, mais les animaux répugnaient visiblement à s'approcher du cerceau. Enfin, une demi-douzaine d'entre eux se laissèrent convaincre d'obéir à leur maître, prirent leur élan et bondirent d'un air dédaigneux à travers le pneu. Quelques-uns exécutèrent le mouvement à contresens, provoquant des bisbilles. Les visons se mirent à se battre.

Ils ne se calmèrent que quand Sakari Piippo commença à leur distribuer des harengs. Le repas était à leur goût, ils furent tous là en un éclair, y compris ceux qui n'avaient pas fait la moindre démonstration de leurs talents.

L'éleveur se lamenta, le dressage avait cruellement échoué. Surtout depuis que sa femme était partie, les visons en prenaient à leur aise. Elle s'était donnée en spectacle avec deux ou trois des créatures les plus dociles en différentes occasions, pour des ventes de charité ou des inaugurations de magasins, à Pori et dans d'autres villes des alentours. Elle s'était taillé un vif succès, plus pour son fabuleux costume de scène que pour son numéro. Les hommes de la région s'étaient précipités en rangs serrés pour admirer Mme Piippo et ses Visons. Elle s'était trouvé un nouveau mari. La procédure de divorce était en cours. Elle avait abandonné les mustélidés à leur grange et vivait maintenant à Laitila avec un producteur d'œufs. Elle s'exhibait paraît-il devant lui en privé avec son slip de fourrure. C'est du moins ce que Piippo avait entendu dire.

Le directeur de cirque en était finalement arrivé à la conclusion que les petits carnassiers ne feraient tout simplement jamais de bons artistes de cirque. Il s'était lourdement endetté au cours de ces dix-huit mois d'efforts, la ferme était hypothéquée, il avait perdu son gagne-pain. La semaine précédente, il avait vendu ses récalcitrants apprentis au plus proche éleveur d'animaux à fourrure. On viendrait bientôt les chercher. Sakari Piippo était désormais sur la paille et ulcéré par les visons ; il n'osait même plus se montrer au village, car il se trouvait toujours un effronté pour discourir sur les écueils des métiers du cirque.

L'extra Seppo Sorjonen et le président Rellonen proposèrent à Piippo de se joindre à leur groupe. Le voyage vers le nord l'aiderait à oublier, ne serait-ce qu'un moment, ses ingrates boules de poils. Soulagé, Sakari Piippo rassembla ses affaires et monta dans l'autocar.

19.

Le colonel Kemppainen arriva à Jyväskylä au petit matin en compagnie de la directrice adjointe Helena Puusaari. Il lui fit visiter le vaste appartement qu'il habitait dans un immeuble du centre. Le plancher de l'entrée était encombré d'un gros tas de courrier, des journaux et quelques lettres. Kemppainen écarta les quotidiens d'un coup de pied, ramassa les enveloppes et les porta au salon. Il se demanda un moment ce qu'il devait en faire, peut-être les ouvrir et les lire. Il y avait des documents administratifs, des factures et de la publicité. Le colonel n'éprouvait aucune curiosité pour cette correspondance. Il laissa tomber les lettres dans la poubelle, sans même les décacheter.

Les meubles du salon, de style ancien, lui venaient de sa famille. Les tableaux, aux murs, représentaient des paysages réalistes. Des sculptures de petit format étaient disposées ici et là. La bibliothèque adjacente était garnie de nombreux ouvrages : traités sur l'histoire militaire et la fortification et, dans une moindre mesure, littérature.

L'un des côtés de la pièce s'ornait d'une panoplie de vieilles épées. Le colonel, un peu honteux, expliqua à Helena Puusaari qu'il n'était pas un foudre de guerre et n'éprouvait aucun amour particulier pour les armes blanches, mais que la collection, du fait de son métier d'officier, s'était constituée comme d'elle-même.

La chambre du colonel était plongée dans la pénombre, il n'y avait pas couché depuis la mort de sa femme. Il y prépara un lit pour son invitée, mais alla lui-même s'installer dans le salon. Tous deux étaient si fatigués qu'ils s'endormirent aussitôt – quoi de plus normal, après avoir roulé dans la journée de Savonlinna à Kotka par la Carélie, puis jusqu'ici par Pori, et assisté en chemin à deux enterrements.

Le lendemain, le colonel demanda à la compagnie d'électricité de couper le courant dans son appartement. Il informa également sa banque qu'il partait pour un long voyage et que les paiements nécessaires aux dépenses courantes devraient être prélevés sur son compte. Puis il débrancha le téléphone. Quant aux plantes vertes, il n'y en avait pas. Le colonel, en plus de son passeport et de ses livrets d'épargne, emporta ses jumelles, son grand uniforme et ses bottes d'officier en cuir verni.

Il tira les rideaux devant les fenêtres. Rien de plus facile, finalement, que de quitter cette maison qui avait été si longtemps la sienne. Mais on ne s'attache pas à un immeuble, en tout cas pas quand on est officier. Pour être un chez-soi, avoir une âme, un appartement doit être habité par une femme. Si elle s'en va, ou si elle meurt, l'endroit redevient un simple logement, une turne, une cambuse. C'est ce qu'expliqua le colonel à Helena Puusaari.

« Ta femme te manque toujours ? demanda la directrice adjointe quand ils furent dans l'ascenseur.

– Oui. Tyyne est morte d'un cancer il y a trois ans. Le plus dur, ç'a été la première année. J'ai même pris un chien, mais un chien, d'aussi bonne race soit-il, ne remplacera jamais une femme. »

À la sortie de Jyväskylä, le temps était couvert. À Kuopio il pleuvait déjà, et à Iisalmi le tonnerre grondait. Ils passèrent prendre dans cette ville un ancien employé des chemins de fer d'une quarantaine d'années décidé à se suicider, Tenho Utriainen. Il avait été libéré de prison au début du mois de juin, après avoir été condamné pour agression contre son supérieur hiérarchique et incendie volontaire. Utriainen ne tenait pas à s'étendre sur les détails de l'affaire, mais clamait avoir été victime d'une erreur judiciaire. Il avait, sur la foi d'un faux témoignage, été reconnu coupable d'actes qu'il n'avait pas commis. Le monde est ainsi fait, certains portent les péchés des autres.

Utriainen reconnaissait s'être battu avec son chef, et même avoir eu le dessus. Il n'aurait pas dû, car l'homme était retors. Il avait mis le feu à sa propre maison, puis l'avait accusé. Cette fiction avait été entérinée par le tribunal. Tout ce qu'Utriainen possédait était passé en dommages et intérêts, et il avait écopé en plus de dix-huit mois de prison ferme. On perdrait à moins le goût de vivre.

Après une nuit passée à Kajaani, les voyageurs arrivèrent à Kuusamo. Mme Puusaari et le colonel Kemppainen reconnurent avec émotion dans la cour de l'hôtel le familier pullman de la Flèche du Tourisme de Korpela. Ils se sentaient comme de retour chez eux.

Les retrouvailles furent chaleureuses. Le président Rellonen raconta qu'ils avaient embarqué cinq nouveaux suicidaires en Ostrobotnie et dans la province d'Oulu. On les présenta au colonel et à la directrice adjointe. Deux femmes et trois hommes : Sakari Piippo, de Närpiö, et les autres, de Vaasa, Seinäjoki, Oulu et Haukipudas. Tous traversaient de très mauvaises passes. Le cas le plus tragique était celui de l'ouvrier d'usine Vesa Heikura. À 35 ans, il était déjà invalide à cent pour cent. Depuis qu'il avait respiré des gaz toxiques échappés d'une machine en réparation, l'hiver précédent, ses poumons étaient en lambeaux. Le médecin ne lui avait accordé que quelques mois à vivre, tout au plus jusqu'à l'automne. Au pire, il mourrait dans une semaine ou deux.

« Allez savoir… mais ce sera vite vu. »

L'on présenta aussi Utriainen au groupe, qui l'accepta comme membre de plein droit. Un incendiaire innocent et ruiné avait plus que quiconque de bons motifs de s'interroger sur la durée de ses jours.

À Kuusamo, la troupe des suicidaires fut encore renforcée par le concessionnaire automobile Jaakko Lämsä, 28 ans, qui venait d'être exclu de la puissante secte puritaine des laestadiens conservateurs. Son mode de vie ayant été jugé trop matérialiste, il avait été interdit d'union mystique et de contact avec la communauté des croyants. Lämsä avait du même coup perdu toute envie de vivre. Depuis cette sentence, plus personne ne lui avait acheté de voiture. Il devait sa condamnation à la relation pécheresse qu'il avait entretenue avec une vendeuse du rayon de prêt-à-porter des *Galeries de Kuusamo.* Celle-ci, en effet, était divorcée et ne fréquentait pas l'église.

Le groupe ne pouvait s'attarder plus de vingt-quatre heures à Kuusamo, car d'autres désespérés attendaient, à Kemijärvi et Kittilä, le transport collectif vers la mort.

À Kemijärvi, l'autocar ramassa le garde-frontière Taisto Rääseikköinen, 25 ans, qui souffrait depuis quelques années déjà d'un délire de persécution et d'hallucinations. Le pire était qu'il s'imaginait être harcelé par des puissances étrangères et que la surveillance des frontières le mettait de ce fait au supplice.

À Kittilä, la Flèche du Tourisme de Korpela fit halte dans le hameau d'Alakylä afin d'y sauver un dernier suicidaire, l'agriculteur Alvari Kurkkiovuopio, un vieux garçon quadragénaire qui vivait depuis toujours sous le même toit que sa tante Lempi. Celle-ci l'avait élevé d'une poigne de fer. Résultat, à l'âge mûr, Alvari était totalement soumis à la volonté de sa parente, qui ne tolérait aucune rébellion ni pensée autonome, sans parler d'initiatives personnelles. Elle avait toujours exigé que son neveu sue sang et eau, et la ferme était ainsi devenue la plus riche du village. Deux fois seulement, Alvari avait réussi à échapper au terrible joug de sa tante. La première, quand il avait fait son service militaire à Oulu, datait déjà de vingt ans. La seconde occasion qu'il avait eue de fuir Alakylä n'était survenue que cet été quand, bravant son destin, il s'était rendu pour la seule et unique fois de sa vie à Helsinki, au symposium de suicidologie des *Vieux Chanteurs.*

Un tel homme méritait bien entendu qu'on lui offre la possibilité de s'arracher définitivement à son cocon familier.

Les villageois à qui Korpela demanda le chemin de la ferme de Kurkkiovuopio lui apprirent que de grandes funérailles s'y étaient tenues la semaine précédente. Saisis d'un sombre pressentiment, les suicidaires se rendirent chez Alvari, qu'ils trouvèrent, à la surprise générale, en vie et en pleine forme. L'enterrement avait été celui de sa tyrannique tante Lempi.

Sept jours à peine s'étaient écoulés depuis les obsèques, mais Alvari ne semblait pas miné par le chagrin. Il était rayonnant, soulagé et heureux. Il était désormais libre, et doté d'une confortable fortune. L'avenir s'annonçait serein et passionnant, toute idée de suicide envolée. Il faut que certains meurent pour que d'autres vivent.

Les désespérés souhaitèrent bonne chance à Alvari et le laissèrent à son agréable deuil dans le hameau d'Alakylä.

Le colonel Kemppainen demanda au président Rellonen de prendre le volant de sa voiture. Il voulait, pour changer, voyager avec les autres dans l'autocar. La directrice adjointe Puusaari monta elle aussi dans le bus. Le concessionnaire automobile Jaakko Lämsä vint tenir compagnie à Rellonen, dans l'espoir qu'ils pourraient, sur le chemin de la Norvège, passer un moment agréable à discuter entre hommes d'affaires des revers qu'ils avaient subis dans le monde de l'entreprise.

Korpela pensait arriver à la frontière norvégienne avant la nuit, à condition de partir tout de suite – ce que l'on fit. Derrière les vitres de l'autocar défilèrent de gris paysages lapons noyés dans la brume. Des rennes broutaient d'un air indifférent sur les bas-côtés de la route. Des meules de foin prenaient la pluie dans les champs.

La directrice adjointe Helena Puusaari fit remarquer que l'ambiance de l'expédition rappelait celle d'un roman de Pentti Haanpää, *Un touriste en hiver,* où des gens pris au hasard voyageaient vers le nord en voiture.

« Leur randonnée avait quelque chose de totalement désespéré, peut-être à cause du froid atroce que décrit ce livre. Je trouve d'ailleurs que Haanpää est en général un auteur assez sombre, » nota-t-elle.

Quelqu'un, à l'arrière de l'autocar, cria qu'*Un touriste en hiver* n'était pas de Haanpää, mais d'Ilmari Kianto. Un autre affirma que ce n'était pas un roman, mais un recueil de nouvelles de Veikko Huovinen.

L'on débattit un moment de la question, sans parvenir à se mettre d'accord. Tous furent cependant unanimes pour trouver que l'histoire n'était guère crédible. Personne ne serait assez fou pour partir vers le nord par des gelées aussi terribles que celles évoquées – avec certes un immense talent – dans l'ouvrage.

À l'auberge du mont Pallas, les voyageurs déjeunèrent d'un sauté de renne. Ils en profitèrent pour se compter, maintenant qu'ils étaient au complet. Le groupe comprenait, au total, trente-trois suicidaires – c'était beaucoup, mais l'autocar de Korpela était spacieux, prévu pour quarante passagers. En payant la note, le colonel songea avec une pointe de mélancolie que c'était là leur dernier sauté. Ils n'auraient bientôt plus besoin de personne pour leur cuisiner de la viande de renne ou leur cueillir des airelles en guise d'accompagnement.

Lorsqu'ils quittèrent le mont Pallas, le ciel s'était voilé de lourds nuages. Plus bas dans la vallée, ils furent surpris par un orage d'une terrible violence. À l'entrée du village de Raattama, la tempête était à son comble. Korpela dut arrêter son véhicule, la pluie tombait si dru que les essuie-glaces ne suffisaient plus à nettoyer le pare-brise. Un gros renne trempé qui trottait sans rien y voir au milieu de la route faillit percuter le bus. L'animal hennit et disparut dans la tourmente, son bout de queue mouillé fouettant l'air.

L'orage accompagna les voyageurs pendant tout le restant de leur trajet en Finlande. Avec une inlassable fureur, le front suivait le même itinéraire que les suicidaires, du Pallas à Enontekiö et jusqu'à la Norvège. Le spectacle était étrangement terrifiant. On aurait dit que toutes les puissances de la mort s'étaient liguées pour escorter l'autocar. Peu avant la frontière, la foudre tomba si près que les lumières s'éteignirent un instant et que la radio se tut.

Korpela remplaça les fusibles du circuit électrique et poursuivit son chemin jusqu'à la douane. La route était couverte de flaques, le talus disparaissait sous une épaisse couche de grêlons.

Uula Lismanki expliqua qu'il connaissait l'un des douaniers, un certain Topi Ollikainen. Ce dernier, debout à la barrière sous la pluie battante, faisait signe à l'autocar de passer. Uula demanda à Korpela d'ouvrir la porte avant du bus et se posta sur le marchepied. Au passage, il agita joyeusement la main en direction d'Ollikainen et cria :

« Topi ! Oublie point d'lire les journaux et d'écouter la radio, va y avoir du barouf ! J't'aurai prévenu ! Ceux qui vont mourir te saluent ! »

20.

Le soir tombait, l'orage était resté en Finlande. Korpela traversa Kautokeino en direction de l'océan Arctique. Ici en Norvège, le soleil brillait et, à près de minuit, était encore haut dans le ciel. Sorjonen expliqua qu'en Laponie, la nuit ne pouvait pas descendre sur la terre, tout simplement parce que les Lapons – les Sames, plus exactement – ne possédaient pas de terres. En hiver, bien sûr, la nuit tombait, mais c'était parce que la terre était recouverte de neige et de glace.

Korpela demanda à ses passagers s'ils étaient à ce point pressés de mourir qu'il faille continuer d'une traite jusqu'à destination. Il était fatigué, il avait de nouveau fait des centaines de kilomètres, depuis Kuusamo. Il proposa que l'on passe cette dernière nuit sans nuit sur ces hautes terres inhabitées.

Aucun des suicidaires ne s'opposa au projet du transporteur. Ils avaient bien le temps de mourir.

Korpela arrêta l'autocar à proximité d'un chapelet d'étangs. Sur ce plateau balayé par les vents, à plusieurs centaines de mètres d'altitude, les forêts étaient rares, mais les immenses tourbières d'autant plus nombreuses.

Uula alluma un feu de camp et fit du café. On dressa la tente au bord de l'eau. Une truite fit un bond, ridant la surface calme de cercles concentriques qui s'élargirent lentement.

Dans la lumière rougeoyante du soleil de minuit, la conversation glissa sur la mère patrie que l'on avait quittée. On ne la regrettait guère, elle avait malmené ses enfants.

L'on constata qu'il ne faisait pas bon vivre en Finlande, la société était dure comme le granit. Les gens étaient cruels et jaloux les uns des autres. Le goût du lucre était général, tous couraient après l'argent avec l'énergie du désespoir. Les Finlandais étaient sinistres et malveillants. S'ils riaient, c'était pour se réjouir du malheur d'autrui. Le pays grouillait de traîtres, de tricheurs, de menteurs. Les riches opprimaient les pauvres, leur faisaient payer des loyers exorbitants et leur extorquaient des intérêts prohibitifs. Les déshérités, de leur côté, se conduisaient en vandales braillards et n'élevaient pas mieux leurs enfants : ils étaient la plaie du pays, à couvrir de graffitis les maisons, les objets, les trains et les voitures. Ils cassaient les carreaux, vomissaient et faisaient leurs besoins dans les ascenseurs.

Les fonctionnaires tout-puissants passaient leur temps à imaginer de nouveaux formulaires pour humilier les gens et les faire courir d'un guichet à un autre. Commerçants et grossistes se liguaient pour racler jusqu'au dernier sou les fonds de poche des malheureux. Les promoteurs immobiliers construisaient les logements les plus chers de la planète. Si on tombait malade, des médecins revêches vous traitaient comme du bétail bon pour l'abattoir. Et si, las de supporter tout cela, on sombrait dans la dépression, des infirmiers psychiatriques brutaux vous passaient la camisole de force et vous injectaient de quoi obscurcir vos dernières pensées un tant soit peu sereines.

Dans cette chère patrie, les industriels et les sylviculteurs détruisaient sans remords l'or vert, et ce qui en restait était dévoré sur pied par les xylophages. Le ciel déversait des pluies acides qui empoisonnaient et stérilisaient le sol. Les agriculteurs répandaient sur leurs champs de telles couches d'engrais que les rivières, les lacs et le littoral pullulaient d'algues toxiques. Conduites et cheminées d'usine rejetaient des polluants dans les airs et les eaux. Les poissons mouraient et les oisillons sortaient pitoyablement de l'œuf avant terme. Les routes étaient sillonnées par des fous du volant stupidement fiers de leur conduite sportive, qui remplissaient de leurs victimes les cimetières et les unités de soins intensifs des hôpitaux.

Dans l'industrie et les bureaux, ouvriers et employés étaient forcés de travailler comme des machines et mis au rebut s'ils se fatiguaient. Les chefs exigeaient un rendement permanent, humiliaient et rabaissaient leurs subordonnés. Les femmes étaient harcelées, il se trouvait toujours un malappris pour pincer leurs fesses déjà bien assez assaillies par la cellulite. Les hommes étaient soumis à une constante obligation de réussite, à laquelle ils n'échappaient pas même pour quelques jours de vacances. Les collègues se surveillaient hargneusement les uns et les autres et accablaient les plus faibles, les conduisant au bord de la dépression nerveuse et au-delà.

Si on buvait, le foie et le pancréas se détraquaient. Si on mangeait trop bien, le taux de cholestérol grimpait. Si on fumait, un cancer mortel s'incrustait dans les poumons. Quoi qu'il arrive, chacun s'arrangeait pour culpabiliser son voisin. Certains faisaient du jogging à outrance et s'écroulaient morts d'épuisement sur la cendrée. Ceux qui ne couraient pas devenaient obèses, souffraient des articulations et du dos et mouraient pareillement, au bout du compte, d'un arrêt cardiaque.

À bavarder ainsi, les suicidaires commençaient à se dire qu'ils se trouvaient finalement en bien meilleure posture que leurs compatriotes contraints de continuer à vivre dans leur sinistre patrie. Cette constatation les emplit de joie, pour la première fois depuis longtemps.

Mais tout groupe a son empêcheur de danser en rond. L'extra Seppo Sorjonen, sans en demander la permission, se mit à évoquer ses souvenirs de Finlande. Le pire était qu'ils étaient tous positifs. Il prit l'exemple du sauna. Sa seule existence, à ses yeux, faisait qu'aucun Finlandais n'était en droit de se suicider, quelles que soient les circonstances, et en tout cas pas avant d'avoir pris un bon bain de vapeur.

Sorjonen entreprit de se remémorer d'une voix douce et tranquille le vieux sauna à fumée nord-carélien où il n'avait hélas pas eu la chance de naître mais où il avait passé quelques-uns des moments les plus agréables de sa vie. C'était un petit bâtiment en rondins tout à fait ordinaire. Il y allait avec sa mère et son père : la famille entière s'activait à le chauffer, papa débitait des bûches dans de jeunes trembles abattus l'été précédent, maman balayait les gradins et cuisinait des pirojkis, le petit Seppo était autorisé à porter de l'eau dans la cuve. Papa buvait un petit coup de gnôle, maman faisait les gros yeux pour la forme. De derrière le tas de compost, dehors, des pies regardaient, la tête penchée, l'épaisse fumée de bois de tremble qui s'échappait de la trappe du plafond pour flotter dans le ciel. Sorjonen se rappelait encore son arôme.

Dans l'étuve aux murs noircis, le petit garçon s'asseyait sur le plus haut gradin entre papa et maman, en silence, sa nuque ployée caressée par la chaleur, et on le laissait tenir tout seul la louche pour jeter de l'eau sur les pierres brûlantes du foyer. C'est bien, mon garçon, disait papa, mais vas-y doucement, ajoutait maman.

Le regard du père s'attardait sur les gros seins lourds de la mère, et Seppo comprenait qu'il était l'enfant de ces deux adultes. Maman lui confiait une gerbe de ramilles et lui demandait de lui frapper le dos, mais pas trop fort.

« Et ne pose pas tes yeux sur moi comme ça, Seppo. »

Maman était originaire d'Uuras – aujourd'hui Vyssotsk –, papa était un nomade né en Ostrobotnie.

Après une bonne suée, Seppo filait au trot au bord du lac, allant jusqu'à plonger alors qu'il ne savait même pas encore nager. Papa lui apprenait à faire la planche, maman rinçait ses sous-vêtements roses de l'autre côté du ponton. Puis on retournait vite au sauna, où papa se flagellait avec ardeur. L'air brûlant se répandait jusque dans les moindres recoins de l'étuve, mais Seppo restait stoïquement sur les gradins, oubliant la bassine que maman lui avait préparée pour se laver.

« Et pense à te savonner la quéquette », disait-elle en sortant.

Avec papa, ils se prélassaient encore longuement dans la vapeur, comme des hommes, avant de traverser la pelouse jusqu'à la maison où embaumaient les pirojkis tout juste sortis du four. Maman remplissait de lait le verre de Seppo, mais laissait vide celui de papa. L'odeur des serviettes de lin enveloppait le père et le fils, qui disparaissait tout entier dans la sienne, tandis que maman tirait de celle de papa une bouteille d'eau-de-vie, celle-là même à laquelle il avait goûté dans le bûcher. Maman lui en versait un verre et rangeait le reste. Elle se retenait de rire, et Seppo la comprenait.

Le garçon retournait dehors avec son verre de lait et son pirojki tout chaud, s'installait pour manger sur le perron. Il regardait le lac, aussi calme que cet étang inconnu, loin dans les tourbières de Norvège, des dizaines d'années plus tard. Jadis le soleil se couchait, ici il remontait déjà dans le ciel.

Attendri par ces chaleureux souvenirs, Sorjonen avoua qu'il lui arrivait aussi d'écrire des poèmes. Il récita quelques vers. Eux non plus n'étaient guère tourmentés.

« Empêcheur de déprimer en rond », grognèrent les suicidaires.

Peu à peu, la conversation s'éteignit. Un sommeil ignorant de l'avenir gagna les voyageurs. Le colonel ferma le rideau de la tente et se coucha à l'entrée. Les soldats sont comme les chiens, ils montent d'instinct la garde, même lorsque ce n'est pas nécessaire. À demi endormi, l'officier crut remarquer que la directrice adjointe Helena Puusaari se glissait à ses côtés.

21.

L'inspecteur principal de la Sûreté Ermei Rankkala feuilletait sans enthousiasme le dossier dans lequel il avait, à grand-peine, réuni des informations sur le cas le plus étrange de l'été. Le policier avait dû repousser ses vacances à cause de cette affaire complexe. Maintenant encore, il était assis par une belle et chaude après-midi dans son bureau miteux de la rue Rata, à songer que son travail, au bout du compte, n'avait vraiment rien de réjouissant. Ses enquêtes étaient toutes plus éprouvantes, sinistres, secrètes et difficiles les unes que les autres.

L'inspecteur principal aurait bientôt 60 ans. Il était las de son métier ingrat dans la police secrète. Celle-ci était méprisée ; le peuple haineux, et surtout la presse, faisait tout pour dénigrer la mission capitale et souvent indispensable des enquêteurs de la Sûreté. N'importe quel journaliste en herbe ignare pouvait écrire sans vergogne des insanités sans queue ni tête – il n'était pas dans les habitudes de la maison d'exiger des rectificatifs. Quand un travail est secret, les faux bruits se répandent à son sujet sans que l'on puisse, justement parce qu'il est secret, rétablir la vérité. C'était ce paradoxe qui avait dégoûté l'inspecteur principal Ermei Rankkala de sa profession et du monde en général. Il avait l'impression d'être une main protectrice invisible, étendue au-dessus du pays, que le peuple insoucieux mordrait faute de connaître son bienfaiteur.

Ermei Rankkala eut un petit rire cynique. Les nations commettaient au vu de tous des stupidités dont il fallait ensuite tenter en secret de corriger les effets pervers. La Sûreté pouvait être générale, mais pas publique.

L'affaire qui l'occupait avait semblé au premier abord n'être qu'une bagatelle ordinaire. Il avait vu atterrir sur son bureau une coupure de presse parlant de suicidaires. Par pure routine, il avait entrepris de creuser la question. Les suicides ne relevaient pas à proprement parler de la compétence de la Sûreté, mais la publication dans un journal d'une annonce sur le sujet exigeait une enquête. L'inspecteur principal avait facilement appris que l'auteur du message était un homme d'affaires du nom d'Onni Rellonen, déjà connu pour des faillites suspectes. On avait suivi sa trace, depuis la poste restante, jusqu'à sa villa d'été dans le Häme, et découvert qu'il avait l'intention d'organiser une réunion secrète à Helsinki. Un colonel des Forces de défense était mêlé à l'affaire.

Rankkala avait infiltré des enquêteurs à la réunion des *Vieux Chanteurs.* Cette dernière s'était révélée plus importante que prévu, mais n'avait en soi rien d'illicite puisqu'elle visait des objectifs thérapeutiques. Le symposium de suicidologie ne menaçait pas directement la sécurité du pays. L'affaire aurait pu en rester là s'il ne s'était produit après la réunion un mystérieux décès qui avait éveillé les soupçons de l'inspecteur principal. L'intéressant était que la mort avait eu lieu dans la résidence de l'ambassadeur du Yémen du Sud. Le groupe était donc intervenu de manière très concrète dans les relations entre la Finlande et un État étranger. Une enquête s'imposait, la question entrait dans le champ des préoccupations de la Sûreté. Peut-être cette bande bizarre n'était-elle pas aussi inoffensive que l'on aurait pu croire.

La machine policière avait établi que le groupe était dirigé par l'homme d'affaires susdit et par le colonel Hermanni Kemppainen, qui avaient recruté l'aide d'une jeune femme, la directrice adjointe Helena Puusaari, de Toijala. Les activités des intéressés s'étaient rapidement étendues à l'ensemble du pays. Ils avaient collecté des sommes importantes auprès de suicidaires et disposaient d'un coûteux autocar flambant neuf. De toute évidence, le groupe, qui comptait déjà plusieurs dizaines de membres, cherchait à échapper aux autorités. Il semblait avoir pour but de se donner collectivement la mort.

La Sûreté avait perdu la trace des suicidaires à la villa de Rellonen, quand celle-ci avait été mise sous séquestre par les autorités. L'inspecteur principal Rankkala s'était rendu au lac aux Grives dès le lendemain avec l'administrateur judiciaire. La maison était vide, il ne fumait plus, dans le jardin, que les cendres du pavillon de verdure incendié.

La piste se serait peut-être arrêtée là si un certain Taavitsainen, électricien à Savonlinna, n'avait pas signalé l'enlèvement de sa femme. L'homme avait d'abord tenté d'obtenir de la police locale qu'elle enquête sur l'affaire, mais il lui avait été répondu que son épouse avait bien fait de disparaître avec le groupe qu'elle avait rencontré. Après vérification, on avait établi la présence de Mme Taavitsainen au symposium des *Vieux Chanteurs* à Helsinki. Mais les suicidaires itinérants avaient eu le temps de quitter Savonlinna avant que la Sûreté leur mette la main dessus.

Le pullman de l'organisation avait ensuite été repéré à Kotka. Le groupe, qui ne manquait pas d'audace, avait assisté à l'enterrement de l'un des siens précédemment décédé. L'inspecteur principal Rankkala s'était mordu les doigts de ne pas avoir organisé de guet aux funérailles du jeune homme. Il était maintenant trop tard, l'autocar avait repris sa route.

Au vu de ces éléments, Rankkala craignait que l'organisation suspecte n'ait l'intention de quitter le pays. Il avait des doutes sur les véritables objectifs du groupe. Mais si ce dernier envisageait un suicide collectif, l'affaire était grave. Attenter à ses propres jours n'était certes pas considéré par la loi comme un crime, ni même comme un délit, mais il pouvait se dissimuler quelque chose de plus sérieux derrière une tentative d'une telle ampleur. Après avoir pris l'avis de son supérieur le commissaire Hunttinen, l'inspecteur principal Rankkala demanda l'aide des douanes. Tous les postes-frontières furent priés d'avoir l'œil sur les autocars neufs quittant le pays, et en particulier sur ceux dont les passagers avaient l'air plus sombre que la moyenne.

Les antécédents du colonel Kemppainen avaient été vérifiés sans qu'on y trouve rien à redire. L'officier était encore passé saluer ses collègues de l'état-major général après le symposium des *Vieux Chanteurs,* ce qui semblait très suspect. Il avait aussi pris des dispositions pour partir en congé et fait couper l'électricité dans son appartement de Jyväskylä. Quelque chose de réellement énorme semblait donc se préparer. Mais quoi ? C'était ce que Rankkala voulait savoir.

L'inspecteur principal s'était donné beaucoup de mal pour dénicher le numéro d'immatriculation et le nom du propriétaire de l'autocar utilisé par l'organisation. D'après les témoins, le véhicule était flambant neuf et d'un modèle destiné au tourisme de luxe. L'on obtint de l'usine de carrosserie des indications qui permirent de remonter à un transporteur de Pori, Rauno Korpela, dont on constata qu'il avait disparu avec son bus. Rankkala avait posté l'un de ses hommes à proximité du dépôt de la Flèche du Tourisme SARL, avec succès : le pullman avait bientôt fait une apparition à son port d'attache, mais avait à peine pris le temps de s'arrêter avant de repartir. L'enquêteur de la Sûreté était équipé d'une vieille Lada, le Jumbo Star de Korpela l'avait semé sitôt arrivé sur la voie express. À Närpiö, l'autocar avait définitivement disparu, sans doute en direction du nord.

Pendant tout ce temps, des gens avaient disparu aux quatre coins du pays. Le dernier cas en date était celui d'un militaire du corps des gardes-frontières, un certain Rääseikköinen, originaire de Kemijärvi. Rankkala était perplexe : trempait-il aussi des éléments chargés de la surveillance des frontières dans cette histoire qui touchait déjà à la politique étrangère et à la défense nationale ?

L'inspecteur principal était de plus en plus dégoûté par ce sac de nœuds. Il regrettait de ne pas avoir immédiatement jeté à la corbeille l'annonce d'où était partie l'enquête. Il était déjà vieux et n'avait plus la force de débrouiller d'aussi grosses affaires. La Sûreté manquait d'hommes, les jeunes enquêteurs se montraient souvent négligents, les enveloppes financières étaient chiches, le matériel ancien et inadapté. On l'avait une fois de plus constaté. Rankkala commençait à craindre que cette étrange série d'événements lui explose au nez. Tout contribuait à en faire une bombe.

L'un des plus gros coups de l'histoire de la Sûreté avait été l'affaire dite des dépôts d'armes secrets, en 1945. Ce qui ne paraissait au départ qu'un incident insignifiant avait peu à peu enflé pour atteindre des proportions gigantesques et ses suites politiques et judiciaires, qui s'étaient prolongées pendant des années, avaient ébranlé jusqu'à l'indépendance du pays. L'inspecteur principal Ermei Rankkala commençait depuis quelques jours à avoir peur que le dossier qu'il avait entre les mains cache un scandale aussi tentaculaire, mais plus nébuleux encore.

Il regarda sa montre. L'heure de la pause avait sonné depuis un moment déjà. Son estomac le brûlait, il avait sans doute bu trop de café, avec cet imbroglio. Il repoussa le dossier et sortit de son bureau. Dehors, le soleil brillait, comme il se doit en plein été. L'inspecteur principal descendit la rue Rata vers la mer et la place du Marché. Il acheta une tomate, l'essuya sur le pan de sa veste pour la débarrasser de ses pesticides et mordit dedans à pleines dents. Le jus gicla sur sa cravate. C'était toujours ainsi, rien de ce qu'il entreprenait ne lui réussissait. L'inspecteur principal Rankkala écrasa la chair rouge du légume sur le pavé de la place et s'approcha du bord du quai. Il songea, un instant, à se jeter dans l'eau graisseuse du bassin du port.

22.

Dans la matinée, les suicidaires arrivèrent à Alta. Le capitaine en cale sèche Mikko Heikkinen était fermement convaincu qu'une décision aussi importante et irrévocable que celle de se suicider ne devait pas être prise à jeun, sans le réconfort d'un petit verre. Le colonel n'émit pas d'objection, ce n'était pas en vingt-quatre heures qu'on risquait de sombrer dans l'alcool. Et, parti comme c'était, il ne restait plus au groupe qu'une journée à vivre.

Le capitaine Heikkinen trouva à un coin de rue le *Vinmonopolet* local, où il entra s'approvisionner. Il demanda trente-trois bouteilles d'eau-de-vie. Les vendeurs se retirèrent dans l'arrière-boutique pour discuter de la commande. Ils étaient certes habitués à ce que les touristes finlandais se ruent sur la boisson, mais ce type-là dépassait toutes les bornes. Ils consultèrent le gérant, pouvait-on vendre trente-trois bouteilles à un seul ivrogne ? Le chef vint voir à quoi ressemblait le capitaine en cale sèche. Quand il eut constaté que le Finlandais était un alcoolique patenté, il autorisa la vente, et conseilla même à son client quelques aquavits norvégiens. Heikkinen se laissa convaincre. Il prit au total quarante-cinq bouteilles. Le colonel Kemppainen paya et aida le capitaine à porter les boissons dans l'autocar. À ses yeux, une moindre quantité aurait suffi. Heikkinen se défendit en faisant valoir qu'on ne meurt qu'une fois.

Les suicidaires achetèrent aussi de la nourriture, mais pour un seul repas. Ils ne pensaient pas avoir besoin de plus, le but du voyage était proche.

Uula Lismanki tenait aussi à se procurer un demi-stère de bois de bouleau sec. À ceux qui s'étonnèrent de cette étrange lubie, il expliqua qu'il n'avait pas l'intention de suivre les désespérés jusqu'au bout. Il resterait à regarder, avec l'empêcheur de déprimer en rond Seppo Sorjonen, quand l'autocar se jetterait du haut des falaises du cap Nord dans les vagues de l'océan Arctique. Il avait besoin de bûches pour se réchauffer sur ces rochers balayés par les vents. La région était si aride qu'il n'y poussait pas même de bouleaux nains.

Uula demanda à des passants où il pourrait acheter des bûches, de préférence fendues. On lui indiqua un fermier, à la sortie de la ville, qui avait en général du bois de chauffage sec à vendre. Uula chargea les bûches dans la soute de l'autocar de Korpela. On en profita pour vidanger dans la fosse à purin de l'agriculteur le réservoir des W.-C. chimiques, qui s'était rempli au cours de la tournée de ramassage des suicidaires.

D'Alta, les désespérés prirent la direction du nord-est, à travers les montagnes surplombant la mer. Devant eux bringuebalait un vieux bus local que le fleuron de la Flèche du Tourisme dépassa sans mal. Dans son rétroviseur, Korpela constata que l'antique véhicule assurait la liaison Alta-Hammerfest. Il lui vint à l'esprit que son Jumbo Star flambant neuf était peut-être trop coûteux, tout compte fait, pour être jeté dans les flots de l'océan Arctique. Un autocar moins chic ferait aussi bien l'affaire, et il venait d'en doubler un. Pourquoi ne pas faire un dernier beau geste et échanger son pullman de luxe contre ce tacot branlant, en faisant don de la différence à l'économie nationale norvégienne ? Korpela prit le micro pour demander leur avis à ses passagers. Ils furent d'accord pour trouver que se suicider à bord d'un aussi bel autocar était du gâchis. Ils acceptaient volontiers de mourir moins somptueusement.

Korpela, d'une queue de poisson, obligea le lambinant transport local à se garer sur le bas-côté. Il demanda s'il y avait parmi les suicidaires quelqu'un parlant norvégien. Une bourgeoise helsinkienne de 55 ans, Mme Aulikki Granstedt, qui était restée plongée dans ses propres pensées tout au long du voyage, se secoua en constatant que l'on avait besoin de ses connaissances linguistiques et se porta volontaire comme interprète. Elle alla avec Korpela proposer l'échange de véhicules au conducteur du bus de Hammerfest.

Le chauffeur norvégien était furieux de la conduite de Korpela, mais cessa de se plaindre quand il entendit l'étrange suggestion. Changer de véhicule en plein trajet ? L'autocariste finlandais avait-il le cerveau dérangé ? Quoi qu'il en soit, il n'était pas là pour rigoler et perdre son temps au milieu de nulle part, il avait un horaire à respecter, il devait être à Hammerfest ce soir. Il avait près d'une vingtaine de passagers dans son bus, dont une partie au moins ne devait pas rater la correspondance avec l'Express Côtier Hurtigruten.

Korpela tenta de convaincre le chauffeur qu'il tenait là l'occasion de sa vie. Il pouvait prendre le volant d'un luxueux autocar de tourisme sans même avoir à payer de soulte. Les papiers étaient en règle, le véhicule avait été acheté cash. Ne comprenait-il pas qu'il avait, sur ce bord de route, une chance extraordinaire de conclure une affaire en or ?

La perspective d'un brusque enrichissement laissa le chauffeur de marbre. Korpela invita les Norvégiens à visiter son autocar. Ravis, les passagers allèrent admirer la Flèche du Tourisme. L'échange leur semblait une excellente idée. Ils reprochèrent sa pusillanimité à leur conducteur. Il fallait profiter de l'aubaine qui s'offrait. Les habitués de la ligne connaissaient bien leur homme, qu'ils traitèrent au passage d'incapable et de pinailleur.

Le Norvégien prit la mouche et se buta définitivement. Il déclara qu'il n'était pas question de troquer des autocars en pleine montagne, son véhicule ne lui appartenait pas, c'était un bien public qu'il n'était autorisé à céder à personne. Quelle que soit la merveille qu'on lui proposait en échange.

L'affaire dégénéra en querelle entre le chauffeur et ses passagers. Ces derniers rêvaient d'un nouveau bus entre

Alta et Hammerfest, mais leur idiot de conducteur refusait obstinément le marché. Il ne savait que radoter à propos de droits de propriété et d'horaires à respecter. Un parfait crétin, conclut-on unanimement. Korpela, lassé, retira sa royale proposition. Il remonta dans son autocar avec son interprète et fila pleins gaz. Le borné chauffeur local poursuivit sans mot dire son voyage minuté vers Hammerfest. Ses passagers l'injurièrent pendant tout le restant du trajet.

Au bout d'une heure de conduite rageuse, la Flèche du Tourisme parvint à nouveau en vue de la mer. On arrivait au Porsangerfjord. Les envies de conversation des voyageurs se faisaient de plus en plus rares à mesure que l'on approchait du but. Le spectacle des immenses flots plombés de l'océan Arctique les fit définitivement taire. Rien d'étonnant à cela, car ses immenses trains de houle seraient leur tombeau – le temps qu'ils parviennent à l'embouchure du fjord et, de là, après une traversée d'une dizaine de milles marins, à l'île de Magerøya, à l'extrémité de laquelle la sinistre pointe du cap Nord s'enfonçait dans l'océan Glacial.

La fin du voyage approchait presque trop vite, le haut promontoire semblait courir à la rencontre de l'autocar. Ce dernier ne tangua sur le bac qu'un fugitif instant, sembla-t-il, avant de retrouver la terre ferme. Sans perdre de temps, Korpela poursuivit tout droit de Honningsvåg au cap Nord. Tard le soir, ils atteignirent la falaise la plus septentrionale du monde.

Korpela s'arrêta à un kilomètre de la pointe et ordonna à Uula Lismanki et Seppo Sorjonen de prendre leurs bagages et leurs bûches et de faire leurs adieux au groupe. L'endroit était bien choisi pour camper. Ils pourraient aller à pied jusqu'au bord de l'à-pic et regarder le bus accélérer à fond pour fracasser les barrières de sécurité et plonger dans la mer.

« Si qu'j'avais une caméra, ça ferait un sacré film, dites donc », soupira Uula Lismanki en balançant avec Sorjonen ses bûches sur la toundra. On leur laissa aussi des vivres pour deux.

« Et la gnôle ? C'est quand même pas la peine d'la jeter à la mer ? » s'enquit encore Uula. Il est vrai que la plupart des quarante et quelque bouteilles achetées par le capitaine en cale sèche Heikkinen étaient encore intactes. Lui-même en avait vidé une et entamé une deuxième, mais ses compagnons n'avaient presque rien bu de tout le trajet. Le colonel, concédant qu'il n'y avait aucune raison de détruire la cargaison d'alcool, déposa les bouteilles dans la bruyère aux pieds d'Uula. L'œil de l'éleveur de rennes s'alluma d'une lueur de satisfaction.

Le président Rellonen et le concessionnaire automobile Jaakko Lämsä arrivèrent sur ces entrefaites dans la voiture du colonel. Ce dernier leur demanda d'en laisser les clefs à Sorjonen. Il jugeait inutile de détruire deux véhicules quand tous les candidats à la mort tenaient dans un seul. Il ajouta à l'intention de Rellonen et de Lämsä qu'il était temps d'embarquer. Avec une certaine lenteur, ils franchirent la porte du bus.

Korpela mit le contact. Le puissant moteur émit un grondement sépulcral. Devant l'autocar s'ouvrait la route étroite qui conduisait à travers le plateau rocheux jusqu'au nez du cap. Un petit bâtiment se dressait un peu plus loin. On était à 300 mètres au-dessus du niveau de la mer. Pour l'instant.

Les suicidaires étaient assis sur leur siège, raides et muets. L'heure fatidique avait sonné. Certains avaient fermé les yeux, d'autres se cachaient le visage dans les mains. Seul Heikkinen buvait son eau-de-vie.

Uula Lismanki et Seppo Sorjonen partirent vers la pointe du promontoire, passant au petit trot devant le pullman. Ils se dépêchaient pour ne pas manquer le dernier vol de leurs amis. Ce n'est pas tous les jours qu'on voit ça, haleta Uula tout en courant.

Il restait un peu de temps. Il faudrait un moment à Lismanki et Sorjonen pour arriver au bord de la falaise. Le colonel alla demander à Korpela s'il souhaitait lui révéler le motif de son suicide, maintenant que l'instant de la mort approchait. Le transporteur fixa le colonel dans les yeux d'un air déterminé et déclara :

« Nous autres, à Pori, nous n'avons jamais beaucoup aimé parler de nos affaires… laisse tomber. »

Les deux coureurs étaient suffisamment loin. Korpela se tourna pour regarder ses compagnons et annonça dans le micro qu'il était temps d'y aller.

« Eh bien adieu, et merci pour tout. Je vais arracher à ce moteur tout qu'il a dans le ventre. Cramponnez-vous à vos sièges, ça va secouer au décollage. Puis nous volerons pendant trente secondes à travers les airs. Je vous laisse deviner le reste. »

Le colonel prit ensuite le micro afin de remercier lui aussi les suicidaires pour cet agréable voyage. Il faillit paraphraser le célèbre ordre du jour du maréchal Mannerheim et dire qu'il avait combattu sur de nombreux fronts mais n'avait jamais vu de soldats lutter plus valeureusement pour la vie que les suicidaires. Il s'en abstint cependant – à l'heure du trépas, il n'était plus temps de plaisanter.

« Pour finir, je voudrais souligner encore une fois que personne n'est obligé de nous suivre dans la mort. Je vous demande à chacun, mes amis, de réfléchir une dernière fois en toute sérénité à votre destin. La porte de l'autocar est ouverte, vous pouvez vous en aller. Dehors la vie continue. »

La dernière injonction du colonel fut suivie d'un silence embarrassé. Les suicidaires échangèrent des regards indécis, certains donnaient l'impression de vouloir, peut-être, quitter l'autocar et continuer de vivre. Personne, pourtant, ne se leva. Tous restèrent à leur place.

Le colonel alla s'asseoir à côté de Mme Puusaari. La directrice adjointe lui prit la main. Elle regardait par la fenêtre, loin vers le large. On apercevait, à un kilomètre de là, au bord de la falaise venteuse, les silhouettes d'Uula Lismanki et Seppo Sorjonen. L'éleveur de rennes agita la main d'un geste d'invite.

Le transporteur Rauno Korpela appuya à fond sur l'accélérateur et vérifia le frein à main. Il enclencha une vitesse. Le compte-tours s'emballa, l'aiguille bondit dans le rouge. Korpela libéra lentement l'embrayage. L'autocar se mit à trembler sur place tel un bombardier lourdement chargé qui pousse ses moteurs au bout de la piste d'envol, prêt à décoller.

Korpela lâcha l'embrayage et desserra les freins. De toute la puissance furieuse de ses quatre cents chevaux, le pullman se rua en avant, pneus fumants.

L'aiguille du compteur de vitesse s'affola, le bitume défila sous les roues, l'à-pic se rapprocha à une vitesse vertigineuse. Korpela enfonça le klaxon, tout le cap Nord trembla et résonna, un jet de gaz d'échappement noirs fusa dans le vent. L'autocar n'avait jamais foncé à telle allure. La tombe glaciale de l'océan Arctique attendait.

Soudain, une lumière rouge s'alluma dans le haut du poste de conduite et des avertisseurs sonores suraigus retentirent. Le signal d'alarme clignotait, plusieurs mains avides de vivre s'étaient tendues pour appuyer sur le bouton d'arrêt. Korpela écrasa la pédale de frein, l'autocar fit une embardée, les passagers furent projetés de leur siège, les pneus crièrent. L'océan Arctique se rapprocha. Les silhouettes stupéfaites de Lismanki et de Sorjonen apparurent fugitivement. Le garde-fou en acier surgit devant le bus. Au bord du précipice, Korpela tourna de toutes ses forces le volant et réussit à la dernière seconde à éviter la barrière et à remettre son véhicule dans le droit chemin. Le pullman gîta dangereusement tel un navire dans la tempête et, l'espace d'un instant, le terrifiant océan gris sombre qui le guettait emplit les fenêtres. Sur cent mètres encore, l'autocar tangua sur sa lancée au bord de la falaise. Enfin il s'immobilisa. Le système hydraulique sifflait et cognait. De la vapeur montait du capot, le moteur en surrégime avait fait bouillir l'eau du circuit de refroidissement.

Korpela se tourna pour regarder les trente personnes assises derrière lui en état de choc, livides de terreur.

23.

Les suicidaires se ruèrent hors de la Flèche du Tourisme de Korpela, essuyant leur visage baigné de sueur. Le transporteur coupa le moteur et descendit le dernier de son véhicule. Uula Lismanki et Seppo Sorjonen arrivèrent en courant. L'éleveur de rennes avait l'air un peu déçu de l'échec de cette tentative pourtant lancée avec une belle ardeur. L'empêcheur de déprimer en rond, par contre, était heureux et ému du tournant positif pris par les événements. Il se précipita pour féliciter les survivants, les serra l'un après l'autre dans ses bras, leur tapa sur l'épaule et versa des larmes sincères.

Uula Lismanki voulut savoir pourquoi l'opération avait raté.

C'est aussi ce que se demandait Korpela. Qui étaient les malheureux qui avaient tiré le signal d'alarme ? Qu'est-ce que ça signifiait ? Il avait été obligé de freiner en catastrophe. Il était trop vieux pour comprendre ou admettre ce genre de plaisanteries. Quand on a décidé de se tuer, on se tue. C'est l'un ou l'autre. Ceux qui ne voulaient pas y aller n'avaient qu'à rester là.

« Sans compter que ça fatigue la mécanique, un foutoir pareil », grommela Korpela en balançant un coup de pied furieux dans le pneu le plus proche.

Tous se taisaient. Un vent froid soufflait du large. Au nord, l'infatigable soleil rouge de la nuit sans nuit flottait au-dessus de l'horizon, teintant de sang la surface de l'océan Glacial. Les lourdes vagues se brisaient dans un grondement effroyable contre la falaise abrupte. Des macareux au bec multicolore cherchaient querelle à d'insolents goélands marins. Des fientes pleuvaient de-ci de-là sur le groupe de suicidaires.

Korpela déclara qu'il n'avait pas l'intention de rester planté toute la nuit au bord de la falaise. Il grimpa dans son autocar et ordonna aux autres de le suivre. En route pour une nouvelle tentative !

Sans un mot, les désespérés remontèrent dans le pullman. Uula Lismanki leur demanda s'ils étaient vraiment sérieux, cette fois. Était-ce la peine qu'il retourne à son poste d'observation pour profiter du spectacle ?

Le colonel prit la parole. Parlant dans le micro d'une voix grave et réfléchie, il déclara avoir vu au moins dix ou quinze passagers appuyer sur le bouton d'arrêt au moment fatidique de l'accélération vers la mort. Il avoua qu'il était l'un d'eux, et qu'il avait prévu dès le départ de le faire.

Korpela s'énerva : pourquoi diantre venait-on se fourrer dans son autocar si on n'avait pas l'intention de mourir ? Le colonel répondit qu'il avait pris ce risque à des fins thérapeutiques. La proximité de la mort accroît le désir de vivre, c'est bien connu.

« Et qu'est-ce que tu aurais dit, si je n'avais pas freiné ? On serait maintenant au fond de l'eau à servir de nourriture aux morues, ronchonna Korpela.

– Il faut savoir prendre des risques, dans la vie », répéta le colonel. Il suggéra que l'on renonce pour cette fois aux plongeons suicidaires. L'expérience de tout à l'heure avait été trop éprouvante. Ils avaient tous besoin de temps et de repos pour retrouver leur équilibre. Il ordonna au groupe de retourner dresser le camp à l'emplacement où l'on avait laissé la tente et les bagages d'Uula. On pourrait déboucher quelques-unes des bouteilles d'eau-de-vie achetées à Alta et passer la nuit là. On ferait au matin un second et dernier grand saut.

La proposition de Kemppainen fut unanimement approuvée. Les désespérés revinrent au point de départ de leur ruée vers la mort. Là, ils allumèrent un feu avec les bûches de l'éleveur de rennes. Les femmes préparèrent une collation. Il fut décidé de veiller toute la nuit. On récupéra pour les redistribuer les boissons cédées à Lismanki et Sorjonen. Le soulagement était palpable. Les voyageurs étaient heureux, et comme à nouveau nés. L'empêcheur de déprimer en rond se mit à raconter de merveilleuses histoires agrémentées de considérations philosophiques optimistes.

Uula Lismanki signala qu'il avait vu au bord de la falaise deux Allemands et un Finlandais occupés à observer les oiseaux à la jumelle au moment même où l'autocar de Korpela aurait dû se précipiter dans la mer. Après l'avortement de la tentative, le trio s'était approché pour écouter la conversation des suicidaires. Le Finlandais avait traduit leurs propos à ses compagnons, qui avaient hoché la tête en silence.

Dans la joie générale, personne ne s'émut de la chose. Les Allemands s'étonnaient de toute façon toujours des manières des Finlandais, il n'y avait pas de quoi s'inquiéter.

Au matin, Korpela s'éveilla de bonne heure. Il alla chauffer le moteur de l'autocar. Il était temps de faire une nouvelle tentative.

Le bus de la Flèche de la Mort ronronnait sur la route à côté du campement. Korpela cria par la vitre ouverte qu'il était temps de se secouer et de monter à bord. Cette fois, il n'avait pas l'intention de freiner, même si tous les passagers tiraient en chœur le signal d'alarme.

Il n'y eut aucune réaction du côté de la tente, et personne n'en émergea. Quel sommeil de plomb ! Korpela éteignit le moteur et alla réveiller les suicidaires pour leur dernier voyage.

De la tente s'échappaient des ronflements d'une intensité suspecte. On aurait cru que les campeurs avaient veillé pendant des semaines d'affilée, tellement ils en écrasaient. Quand Korpela en secoua un par le pied, il se contenta de geindre dans son sommeil et de se retourner pour poursuivre plus confortablement sa sieste. Même la directrice adjointe Helena Puusaari et Mme Granstedt ronflaient à en faire trembler la toile de tente.

Le transporteur poussa un mugissement. Il avait une voix guerrière, au besoin. Les suicidaires feignirent de sursauter de peur, mais tout montrait qu'ils ne dormaient en fait que d'un œil. Ils n'étaient pas pressés de grimper dans la Flèche de la Mort de Korpela. Leur volonté de se tuer avait faibli depuis la veille. La tente respirait très nettement la soif de vivre.

Les désespérés émergèrent à contrecœur de leur abri, mais aucun ne monta dans l'autocar qui attendait sur la route. Ils s'occupèrent pour commencer de préparer le petit-déjeuner. Le capitaine en cale sèche Mikko Heikkinen fit crisser le bouchon d'une bouteille d'aquavit et avala une goulée médicinale. Il se plaignit d'avoir la gueule de bois. Les autres souffraient du même mal mais se contentèrent de thé.

Après quelques gorgées, Heikkinen retrouva sa bonne humeur. Il aborda le sujet du suicide. En ce qui le concernait, en tout cas, il n'en était plus question. Il était bien décidé à boire encore sur cette terre une certaine quantité d'alcool. Il ajouta qu'il avait, au fil de ce voyage, oublié tous les tracas que lui avait causés la carcasse rouillée du *Cormoran* et qu'il avait donc bien le temps, de ce point de vue, de se tuer plus tard.

D'autres membres du groupe étaient dans le même état d'esprit. L'ingénieur des ponts et chaussées Jarl Hautala déclara qu'il avait été un fervent partisan du suicide collectif depuis que l'idée en avait été lancée au symposium des *Vieux Chanteurs*. Le long périple à bord de la Flèche de la Mort en compagnie des autres désespérés avait été un plaisir. Il avait beaucoup apprécié le circuit à travers la Finlande, l'été et la chaleureuse camaraderie du groupe. Les enterrements qui avaient ponctué le voyage avaient été émouvants, et la découverte du Nord particulièrement enrichissante.

« Mais maintenant que nous sommes parvenus à destination, et surtout après l'échec de notre tentative d'hier, j'en suis venu à la conclusion qu'il serait sage de reporter à plus tard notre suicide collectif. Le désir de vivre commençait à palpiter dans mon cœur telle une petite flamme fragile. Au moment de notre ruée vers la mort, cette petite flamme s'est soudain transformée en brasier. Quand je me suis réveillé ce matin, j'ai songé avec répugnance à ma mort prochaine. Et quand notre ami Korpela nous a invités à monter dans son autocar, je me suis mis à ronfler comme un orgue. J'ai remarqué que les autres aussi faisaient semblant de dormir. Je pense que nous ne sommes pas mûrs pour mourir tout de suite. Je comprends parfaitement la position du capitaine Heikkinen, même si, pour ma part, je ne suis guère porté sur la boisson. »

Korpela accueillit aigrement les propos de Hautala. Il avait conduit son coûteux autocar, par pure bonté d'âme, jusqu'à l'extrême pointe de l'Europe. Et on venait lui dire que toute l'expédition avait été vaine. On se fichait de lui. Son bus avait maintenant des milliers de kilomètres au compteur, à force de ramasser des suicidaires aux quatre coins du pays, et voilà où on en était. On s'énerverait à moins.

« Alors c'est comme ça. C'est du joli. Je me donne à corps perdu, et voilà le résultat ! Plus personne n'a envie de se tuer. Je vais vous dire une chose, ce n'est pas moi qui vous ramènerai en Finlande. Débrouillez-vous tout seuls, les voyages gratuits sont terminés. »

On tenta de calmer Korpela. Il ne s'agissait pas de rester définitivement en vie. On voulait juste repousser le suicide… Il devait comprendre le changement d'humeur de ses amis. Le glacial océan Arctique ne paraissait plus aussi tentant qu'au départ de Finlande. Mais ils continuaient de soutenir et de chérir l'idée d'un suicide collectif.

Mme Granstedt, sur ces entrefaites, soumit à la réflexion du groupe une proposition qui valait que l'on s'y arrête.

« Ne pourrions-nous pas nous rendre en Suisse ? J'y ai fait mes études, dans le temps, c'est un pays merveilleux ! Ne voudriez-vous pas, cher monsieur Korpela, nous conduire là-bas ? »

Mme Granstedt vanta la beauté des Alpes suisses et l'immense profondeur de leurs précipices. Il serait extrêmement facile de s'y suicider, il suffirait de jeter l'autocar dans le premier ravin venu, et tout serait terminé.

Le colonel Kemppainen jugea la proposition intéressante. Il avait séjourné en Suisse, jadis, avec une délégation d'officiers, et se rappelait les gouffres exceptionnels de ses montagnes. La Confédération helvétique était sans conteste le pays d'Europe le mieux doté à cet égard. Les routes alpines regorgeaient d'endroits idéaux pour se précipiter dans le vide. Le colonel soutint chaleureusement l'idée de Mme Granstedt d'un voyage en Suisse.

La proposition fut adoptée. À part Uula Lismanki, tous possédaient un passeport valide. L'éleveur de rennes se rembrunit. Il aurait volontiers accompagné les autres mais, sans les papiers nécessaires, il risquait d'être condamné à rester au cap Nord.

On entreprit de se renseigner. Le colonel appela par radiotéléphone la police d'Utsjoki. Le brigadier de garde l'informa qu'ils ne délivraient pas de passeports, il fallait s'adresser au commissaire rural du district d'Inari, à Ivalo. Obtenir la pièce prendrait une huitaine de jours, d'après lui. Afin d'accélérer les formalités, on commanda à Utsjoki, toujours par radio, une copie de l'acte de naissance de l'éleveur de rennes. Le colonel promit d'emmener Uula en voiture à Ivalo afin de régler l'affaire.

On entreprit de convaincre Korpela de partir pour la Suisse. Tous promirent de lui être agréables pendant le voyage. L'adjudant hors cadre Jarmo Korvanen se déclara prêt à le relayer au volant autant que nécessaire, afin que le trajet ne soit pas trop fatiguant. Il avait son permis poids lourd, conduire épisodiquement l'autocar ne lui posait pas de problème.

Korpela pesa le pour et le contre. Il connaissait les Alpes, la région était réellement magnifique. Peut-être pourrait-on effectivement y aller. En cinglant à travers la Suède, le Danemark et l'Allemagne, on serait vite en

Suisse. Il avait souvent promené des excursionnistes en Europe, il avait l'expérience des autoroutes du continent – sur ce plan aussi, le projet était recevable.

La décision de modifier la date et le lieu du suicide collectif fut donc approuvée à l'unanimité. Une fois le petit-déjeuner avalé, le colonel Kemppainen partit pour Ivalo avec l'éleveur de rennes Uula Lismanki afin de régler la question de son passeport. L'on convint de se retrouver huit jours plus tard en Suède au *Stadshotell* de Haparanda, ou au plus tard à Malmö.

DEUXIÈME PARTIE

On peut plaisanter avec la mort, pas avec la vie. Bravo !

Arto Paasilinna.

24.

Une fois le colonel Kemppainen et l'éleveur de rennes Uula Lismanki partis pour Ivalo, le reste du groupe décida de faire un peu de tourisme dans le Finnmark norvégien. Depuis que l'on avait, à la dernière seconde et finalement à l'unanimité, renoncé au sombre trépas commun, l'ambiance était gaie et détendue. Les suicidaires avaient une semaine devant eux pour profiter de l'été dans les splendides paysages de montagne bordant l'océan Arctique. La délivrance du passeport d'Uula exigerait au moins ce temps.

Les désespérés persuadèrent le transporteur Korpela de leur faire visiter les plus beaux sites de la région. Ils passèrent encore une nuit au cap Nord mais durent ensuite retourner sur le continent pour se ravitailler, car leurs vivres étaient épuisés. Dans la presqu'île de Porsangerhalvøya, ils trouvèrent à acheter du saumon à des pêcheurs locaux, puis dévalisèrent l'épicerie du village de Svartvik. Ils dressèrent leur camp au bord d'un lac de montagne à Øvre Molvikvatn, visitèrent Seljenes et pêchèrent dans le

Cinajohka, où ils prirent des truites à foison. Les voyageurs s'arrêtèrent aussi à Lakselv, où ils purent se laver confortablement à l'hôtel et dormir pour changer dans de vrais draps. Le bruit de la base aérienne de Banak les incita cependant à repartir. Ils campèrent ensuite pendant deux jours en pleine nature sur les bords du Gakkajohka, où ils parvinrent par un étroit chemin long d'une dizaine de kilomètres qui s'écartait de la grande route de Porsanger.

La professeur d'enseignement ménager Elsa Taavitsainen prit la direction des opérations de ravitaillement. Puisqu'on était en Norvège et que saumons et truites y abondaient, le groupe eut droit aux plus délicieux plats de poisson. Mme Taavitsainen et ses aides savaient varier les menus : le saumon était préparé façon gravlax ou cuit à l'étouffée dans une marmite, les truites étaient découpées en fondants filets grillés au feu de bois. Sur les pentes des montagnes, on récoltait de la ciboulette sauvage pour assaisonner la soupe de poisson que l'on accompagnait de beurre fermier et de pommes de terre de Laponie. Afin d'éviter qu'on se lasse de trop de saumon, la professeur d'enseignement ménager fit également sur place des achats de fromage de chèvre, de viande de renne séchée et d'agneau, qui lui permirent de mitonner de savoureux ragoûts et bouillis. Elle servit aussi, sur des pierres chaudes, des croque-monsieur au renne fumé et au fromage de chèvre et, pour exalter le goût puissant des fricassées de renne, des canneberges cueillies dans les tourbières.

Le soir de ces heureux jours de vacances, les suicidaires se prélassaient dans la paix de la toundra, parlant de tout et de rien. Ils se remémoraient avec gravité leur grande ruée vers la mort du cap Nord. Le report de leur suicide collectif leur paraissait de plus en plus sage. Quelqu'un raconta avoir lu que la forme la plus atroce de la peur du trépas était la crainte d'un enfant d'être précipité loin de la planète, hors de l'utérus maternel, dans le vide infini de l'espace. Il y avait eu, dans la folle accélération de l'autocar, quelque chose d'approchant.

Les désespérés regrettaient de ne pas avoir parmi eux de véritable génie, de profond philosophe capable de leur révéler les secrets de la vie et de la mort. Peut-être en existait-il un quelque part, mais, pour l'heure, il fallait se contenter des sornettes de Sorjonen et de l'expérience de tout un chacun. Cela dit, l'expédition leur avait ouvert de nouvelles perspectives sur les problèmes fondamentaux de l'existence.

Au sortir d'une de ces conversations, quelqu'un proposa de fonder un club de suicidaires, ou plus exactement d'officialiser celui créé au lendemain de la Saint-Jean par la directrice adjointe Helena Puusaari, le président Onni Rellonen et le colonel Hermanni Kemppainen. L'objectif n'était bien sûr pas de déclarer l'association, mais de sceller un pacte qui prendrait fin au plus tard dans les Alpes suisses, quand il serait donné à Korpela une dernière occasion de précipiter son coûteux autocar et ses passagers dans un gouffre sans fond.

On donna au club le nom d'Association libre des mortels anonymes. Il ne fut pas rédigé de statuts, mais simplement convenu que les membres agiraient dans un esprit de fraternité et de solidarité. En souvenir des terribles épreuves de la guerre d'Hiver, il fut décidé de prendre exemple sur l'héroïque et désespéré combat des troupes finlandaises. Aucun camarade ne serait laissé seul, ni en vie. Les soldats, à l'époque, étaient tombés côte à côte, et les Mortels anonymes feraient de même. Ils avaient pourtant un ennemi plus impitoyable encore que l'ancien assaillant soviétique : l'humanité entière, le monde, la vie.

Les différences sociales, à ce stade, n'avaient plus d'importance. Beaucoup des membres du groupe étaient pauvres et misérables, mais il y en avait aussi de fortunés, voire de richissimes, comme Mme Granstedt, Uula Lismanki et d'autres. Les Finlandais se suicidaient donc quels que soient leurs revenus, même si le manque d'argent était pour plusieurs le principal motif de se tuer, et pour quelques-uns le seul.

La directrice adjointe Helena Puusaari eut l'occasion de visiter quelques cimetières norvégiens, dans les allées ombragées desquels le président Rellonen l'accompagna volontiers, tant que le colonel Kemppainen était retenu à Ivalo.

Enfin vint le matin où le transporteur Korpela annonça que les vacances en Norvège étaient terminées. Cela faisait maintenant une semaine que l'on se reposait dans ces contrées sauvages, il fallait partir vers le sud, à

Haparanda, où le colonel Kemppainen et Uula Lismanki devaient bientôt rejoindre le groupe. La professeur d'enseignement ménager Elsa Taavitsainen sala encore une vingtaine de kilos de saumon, puis les suicidaires démontèrent leur campement, allèrent une dernière fois se baigner et prirent la route.

Pendant ce temps, le colonel Kemppainen et Uula Lismanki étaient arrivés à Ivalo pour régler la question du passeport de l'éleveur de rennes. Ce dernier s'attabla à l'auberge locale pour bavarder avec quelques vieilles connaissances pendant que son compagnon allait au commissariat.

Le colonel eut la surprise de découvrir qu'il connaissait le commissaire rural du district d'Inari, ils avaient fréquenté ensemble l'école des officiers de réserve de Hamina. Le maigre et timide Armas Sutela de l'époque était devenu un solide quinquagénaire mais n'avait pas renoncé à sa passion pour l'ornithologie. Il se plaignit de ne pas avoir le temps de bavarder plus longtemps avec Kemppainen. Il enquêtait depuis le début de l'été sur un incroyable forfait commis à Utsjoki, et ce n'était pas fini. Il promit de délivrer son passeport à Uula Lismanki dès que l'acte de naissance demandé serait arrivé et que l'éleveur aurait eu le temps de passer chez le photographe. Lismanki devrait venir signer les documents en personne.

Le colonel avait l'intention de passer ces quelques jours d'attente à pêcher la vendace avec Uula Lismanki sur le lac Inari. Le commissaire ne pouvait-il vraiment pas se libérer un jour ou deux pour se joindre à eux ? Il pourrait observer les oiseaux aquatiques, s'il ne trouvait pas à s'occuper autrement. On parlerait du bon vieux temps, à Hamina.

Le commissaire fut désolé de devoir refuser l'invitation, mais l'affaire d'Utsjoki était vraiment délicate et exigeait tout son temps. Cette scandaleuse histoire s'était produite dans les tourbières de Pissutsuollamvárri, au nord-est de la réserve naturelle de Kevo, à une douzaine de kilomètres de la frontière norvégienne. Une équipe de tournage américaine d'une dizaine de personnes s'était installée là au début de l'été, dans l'intention de réaliser une série télévisée sur les camps de prisonniers de Vorkouta, dans le nord de la Russie occidentale, à l'époque de Staline. Les cinéastes n'ayant pas réussi, malgré la glasnost, à obtenir des visas pour leur projet, sans doute à cause des grèves de mineurs qui agitaient Vorkouta, ils avaient eu l'idée de construire en Finlande, dans un paysage du même type, une copie du sinistre goulag. L'équipe, grâce à un guide local, avait déniché le lieu idéal à Pissutsuollamvárri, dans un coin de toundra particulièrement désolé. On y avait transporté du matériel, par hélicoptère, et commencé à construire un immense camp de concentration de style soviétique. Tout se serait bien passé si le guide ne s'était avéré être un criminel sans scrupules. Il était parti avec la caisse du film, et ce n'était pas un petit budget. D'après les estimations du commissaire, près d'un demi-million de marks avait disparu. La construction du camp avait été interrompue, on n'avait eu le temps de planter que deux miradors et une centaine de mètres de barbelés. Les Américains étaient si furieux de ce contretemps qu'ils avaient quitté le pays aussitôt après avoir porté plainte. Quelques journaux, aux États-Unis, avaient publié des articles vengeurs sur la fourberie de l'escroc lapon qui avait abusé de la confiance d'innocents artistes de cinéma. Il était paraît-il prévu de poursuivre le tournage sur les camps dans les marécages de Mazurie, en Pologne. Cet endroit lugubre ferait un Vorkouta au moins aussi crédible que le triste Pissutsuollamvárri.

« Je me démène au beau milieu d'un scandale cinématographique et politique international, nom d'un chien, avec des ramifications qui vont de Vorkouta à la Californie et à la Pologne. Crois-moi, je n'ai pas le temps d'aller à la pêche, Hermanni ! »

Le lendemain, tandis qu'ils relevaient leurs filets à vendaces sur le lac Inari, le colonel Kemppainen posa sur son camarade un regard inquisiteur. Il ne put s'empêcher de lui parler du monstrueux vol commis dans les forêts d'Utsjoki par un Lapon de la région. Uula lâcha le flotteur du filet et pâlit. Il se racla plusieurs fois la gorge d'un air coupable.

Les deux hommes prirent d'énormes quantités de poisson et paressèrent sur les rives du lac, allongés près de leur feu de camp à regarder le ciel d'été. Au bout d'une semaine, Uula alla chercher son passeport au bureau du commissaire. Ce dernier était lui-même absent, parti paraît-il en mission sur le terrain du côté d'Utsjoki.

Les deux camarades prirent le chemin de Haparanda dans la voiture du colonel. Ils chargèrent dans le coffre deux tonneaux de grasses vendaces du lac Inari. D'après les estimations d'Uula, elles seraient saumurées à point à leur arrivée dans les Alpes suisses. Ce serait un mets de choix pour le dernier repas des suicidaires.

25.

En arrivant au *Stadshotell* de Haparanda, le colonel Kemppainen s'enquit à la réception d'un éventuel message à son nom, mais Korpela et son groupe n'avaient pas encore donné signe de vie. L'officier fut soudain saisi d'un terrible soupçon. Se pouvait-il qu'ils gisent à cette heure au fond de l'océan Arctique, avec un autocar de luxe pour triste cercueil ? Taraudé par le doute, le colonel prit une chambre pour deux personnes et demanda à Uula d'y porter leurs bagages.

Le soir même, les craintes de Kemppainen se révélèrent infondées. La Flèche du Tourisme de Korpela vint s'arrêter devant l'hôtel et une bande radieuse envahit le hall. Les retrouvailles furent joyeuses. Les suicidaires racontèrent avec enthousiasme leur semaine de vacances en Norvège. Ils avaient l'air reposés et en pleine forme, personne n'évoqua la mort ne serait-ce que d'un mot. La directrice adjointe Helena Puusaari se jeta devant tout le monde dans les bras du colonel. Le président Rellonen se fit discret tandis que l'officier et la belle rousse partaient se promener en ville. Ils visitèrent le modeste cimetière de Haparanda. À la différence des nécropoles finlandaises, on n'y trouvait pas de monument aux Morts.

Le lendemain, le colonel vendit sa voiture à un garagiste de Tornio, du côté finlandais de la frontière. Le prix était loin d'être satisfaisant, mais il n'avait plus besoin de son véhicule et devait s'en débarrasser.

À Haparanda, les suicidaires firent des provisions de nourriture et d'objets de première nécessité. Ils achetèrent, dans un grand magasin local, 33 serviettes, 33 peignes et miroirs, 15 blaireaux, 200 paires de collants, 70 kilos de pommes de terre, un kilo de cirage et un millier de saucisses de Francfort. Le capitaine en cale sèche trouva le chemin du *Systembolaget,* où il se procura pour son compte cent bouteilles de vin et douze caisses de bière. Le colonel paya la note.

En début d'après-midi, le groupe reprit la route du sud. La pluie s'était mise à tomber, chassant les touristes. La circulation était fluide, l'autocar roulait vite. Korpela et l'adjudant hors cadre Jarmo Korvanen se relayèrent au volant pour traverser la Suède, et l'on atteignit Malmö dans la nuit.

Pendant le trajet, l'empêcheur de déprimer en rond Seppo Sorjonen assura l'animation. Au micro, il récita des poèmes de sa composition et raconta des histoires drôles. Au sud de Stockholm, il révéla avoir écrit un conte, qu'aucun éditeur n'avait accepté de publier. Le sujet, d'après lui, était pourtant passionnant, et l'histoire était en tout point magnifique.

On autorisa l'auteur à en faire le récit. La radio suédoise, au même moment, diffusait du hard rock que personne ne voulait entendre et, sur une autre station, des commentaires sportifs.

Seppo Sorjonen expliqua qu'il avait écrit son conte quelques années plus tôt. Il avait lu par hasard un article parlant de la dégradation des conditions de vie des écureuils finlandais. Les oiseaux de proie, dont la population avait augmenté, décimaient l'espèce. Il y avait aussi de moins en moins de pommes de pin comestibles. Le pire était cependant que l'on ne trouvait plus, dans les forêts, la précieuse usnée dont les écureuils avaient besoin pour tapisser leurs nids. Cette pénurie était due à la pollution de l'air, qui avait fait disparaître le lichen de tout le Sud du pays. La situation était également préoccupante dans la région de Salla, dans l'Est de la Laponie, en raison des émanations industrielles toxiques de la péninsule de Kola. Les écureuils étaient obligés de garnir leurs nids de fibres arrachées à l'écorce des genévriers. Aux abords des zones d'habitation, ils avaient aussi eu l'idée de remplacer l'usnée par de la laine de verre trouvée sur les chantiers. Mais ces ersatz n'avaient pas la qualité du véritable lichen : les bébés écureuils souffraient du froid dans ces nouveaux nids humides et malsains. La laine de verre risquait en outre de provoquer chez ces pauvres petits des cancers du poumon. Les écureuils n'avaient pas appris à recouvrir l'isolant de papiers peints, dont ils auraient pourtant pu trouver des restes en abondance sur les chantiers.

Sorjonen s'était mis à réfléchir plus en détail aux problèmes de logement des écureuils, dans une perspective littéraire. L'idée lui était venue d'écrire sur le sujet un livre pour enfants. Au début de l'histoire, l'article en question est lu par hasard par le quinquagénaire Jaakko Lankinen, batelier de métier et pêcheur à ses heures. Veuf et père de deux enfants adultes, Lankinen dispose de revenus plutôt confortables et, surtout pendant les longs mois d'hiver, de beaucoup de temps libre. C'est un homme au grand cœur, qui vit seul au bord d'un grand lac et pratique à son échelle la protection de la nature.

Jaakko Lankinen s'inquiète pour les bébés écureuils et voudrait améliorer leur sort. Il se renseigne sur les matériaux qui pourraient éventuellement remplacer le lichen, mais les scientifiques lui expliquent que seule la véritable usnée convient à la construction des nids d'écureuil. Or il n'en pousse plus à l'état naturel dans les forêts finlandaises. Il faut donc la disséminer artificiellement dans la nature afin que les écureuils puissent s'en servir.

Le batelier Jaakko Lankinen se rend compte qu'il pousse en Sibérie autant d'usnée qu'on veut. Pas partout, bien sûr, mais dans les régions où il n'y a pas encore d'industries polluantes. Il entreprend un voyage d'études par-delà l'Oural et constate cette réalité de ses yeux. Par la même occasion, il se lie d'amitié avec les habitants d'un sovkhoze local et leur parle de son idée d'acheter de grandes quantités d'usnée en balles. Il promet de payer la marchandise en devises occidentales, objet de toutes les convoitises. Il y a en hiver, au sovkhoze et dans les autres fermes de la région appartenant à l'État, des milliers d'ouvriers agricoles oisifs disponibles pour ramasser le lichen. Mais la question est plus compliquée : il faut développer des méthodes de cueillette, surmonter les obstacles bureaucratiques et obtenir les autorisations de récolte, puis les licences d'exportation et d'importation. Jaakko Lankinen retourne en Finlande pour s'en occuper. Il doit aussi trouver des fonds pour financer le projet.

Lankinen se met au travail, négocie des prêts, obtient les permis nécessaires, noue des contacts.

Enfin l'entreprise est lancée. On commence, en Sibérie, à ramasser l'usnée, et des milliers de matrones grimpent aux arbres. Des vétérans désœuvrés de la guerre d'Afghanistan sont aussi convoqués pour participer à la cueillette du lichen. Au son d'un joyeux babil, les tas d'usnée commencent à grandir. La récolte est empilée sur des claies, puis charriée jusque dans les granges des sovkhozes pour y être mise en balles ; ces dernières sont déposées dans des entrepôts intermédiaires en bordure du Transsibérien. De là, elles sont chargées après inspection dans des wagons et transportées jusqu'au poste-frontière de Vaalimaa, où Lankinen les réceptionne en compagnie de fonctionnaires des Chemins de fer finlandais. Après avoir payé les droits de douanes, il décharge les balles dans un lieu adéquat, où elles sont à nouveau entreposées.

Lankinen loue aux Forces aériennes un hélicoptère mi-lourd qu'il fait équiper d'une machine à déchiqueter les balles conçue en coopération avec le Centre national de la recherche technique. Grâce à cet appareil, l'usnée sibérienne est dispersée dans toute la Finlande du Sud et à Salla – dans les zones où il y a, d'après les scientifiques, le plus d'écureuils souffrant du manque de matériaux de construction pour leurs nids. De la déchiqueteuse sortent des touffes de lichen idéalement dimensionnées qui pleuvent sur les forêts. Les écureuils poussés par l'instinct de nidification trouvent sans mal cette manne tombée du ciel et l'utilisent aussitôt. Le projet est un succès. Il se construit dans les arbres finlandais des milliers de nouveaux nids douillets où les dames écureuils donnent naissance à de charmants bébés. Ces derniers, en grandissant, ont l'œil vif et le poil touffu, car ils sont élevés dans des logements dignes de ce nom.

Au dire de Sorjonen, cette histoire traitait de manière complexe et imaginative de l'amélioration des conditions de vie des écureuils. En plus d'ingrédients propres aux contes, elle apportait aux enfants de nombreuses informations sur la société actuelle : la législation, la zoologie, l'Union soviétique, la politique commerciale, les chemins de fer, le secteur bancaire, les hélicoptères, l'armée, la cartographie aérienne, etc.

Seppo Sorjonen avait proposé son manuscrit à de nombreux éditeurs, mais aucun n'en avait voulu.

26.

Dans la matinée, les suicidaires passèrent la frontière allemande. Le seul passeport jamais possédé par Uula Lismanki s'orna de son premier tampon. Les douaniers fouillèrent l'autocar de fond en comble. Ils s'étonnèrent des bûches de bouleau de l'éleveur de rennes, dont il restait encore quelques brassées dans les soutes. Ils inspectèrent aussi le sac de tente et le firent renifler par leurs chiens antidrogue. Enfin, le groupe put poursuivre son voyage. Korpela tenait le volant, il choisit l'itinéraire le plus direct vers la Suisse, par la E45, une autoroute à six voies qu'il avait souvent parcourue.

Entre Hambourg et Hanovre, il se mit à pleuvoir à seaux. Un embouteillage se forma. En se branchant sur la radio locale, on apprit qu'il s'était produit des carambolages mortels. Feux de détresse clignotants, Korpela obliqua vers une route secondaire à la hauteur de Fallingbostel. Il déclara qu'il n'avait pas l'intention de mettre la vie de ses passagers en danger sous la pluie battante de l'autoroute. Mieux valait chercher un motel et attendre que les conditions météorologiques s'améliorent. Il était fatigué, il avait conduit d'une traite, à tour de rôle avec Korvanen, du Nord de la Suède à l'Allemagne. Les voyageurs aussi trouvaient qu'il était grand temps de s'arrêter pour dormir dans de vrais lits.

À dix kilomètres à peine, ils tombèrent sur la petite ville de Walsrode, en lisière de laquelle ils trouvèrent un motel. Les Mortels anonymes coururent sous la pluie jusque dans le hall. Les cheveux mouillés, fatigués, ils demandèrent des chambres. Il en restait tout juste assez pour les héberger tous.

Alors qu'ils venaient de finir de remplir leurs fiches et se préparaient à gagner les étages, un autre autocar vint s'arrêter devant le motel. Une quarantaine de jeunes gens au crâne rasé, vêtus de blousons de cuir, envahirent le hall. À grands cris d'ivrognes, ils exigèrent un asile pour la nuit. Les détestables barbares revenaient apparemment de Hambourg, où ils avaient assisté à un match de football opposant l'équipe locale aux Munichois qu'ils soutenaient. Leurs joueurs avaient perdu. La défaite leur était restée en travers de la gorge. Ils avaient bu de la bière toute la journée et étaient maintenant soûls comme des cochons.

Les propriétaires du motel, un vieil homme et sa femme, tentèrent de leur expliquer qu'ils n'avaient plus de chambres. Les dernières avaient été louées à un groupe de touristes finlandais. Rien n'y fit. Les arrivants déclarèrent crûment qu'ils n'avaient aucune envie de continuer par ce temps jusqu'à Munich. L'autoroute était bouchée.

Ils rappelèrent au couple qu'ils avaient déjà passé la nuit chez eux. Ils étaient à vrai dire de fidèles clients. Et ils n'étaient pas d'humeur à se laisser souffler leurs chambres par des étrangers. Ils étaient fils de l'Allemagne, après tout, et même de la Grande Allemagne.

Le propriétaire se rappelait parfaitement le précédent séjour de la horde dans son motel. Ils avaient tout cassé et salopé. Mais cette fois c'était impossible, la maison était pleine.

Les supporters commencèrent à porter leurs sacs dans le motel. Certains restèrent dans le hall à vider leurs canettes de bière. Un tohu-bohu indescriptible emplissait tout le rez-de-chaussée. Les arrivants se mirent à bousculer les suicidaires finlandais qui occupaient encore la réception. Uula Lismanki s'en émut. Il grogna péniblement à l'intention de l'intrus le plus proche :

« Sprehen das saami ? Ahtung ! Ausfart ! »

Il reçut en réponse un violent coup de pied à l'aine, qui l'envoya rouler à terre. Le capitaine en cale sèche Mikko Heikkinen et l'adjudant hors cadre Jarmo Korvanen se précipitèrent à son secours. Le colonel demanda au propriétaire d'appeler la police. Il était hors de question que son groupe quitte le motel. Ils avaient voyagé d'une traite depuis le Nord de la Scandinavie, ils étaient fatigués et voulaient dormir en paix. Les fauteurs de trouble devaient être empêchés de semer la pagaille dans un lieu public.

L'hôtelier téléphona au poste de police de Walsrode, où on lui expliqua qu'on ne pouvait envoyer personne pour ramener l'ordre : tous les hommes disponibles avaient été réquisitionnés pour démêler les carambolages de l'autoroute. Ils devraient se débrouiller seuls au motel, du moins pour l'instant.

Le colonel déclara d'un ton ferme que son groupe ne céderait pas le terrain de son plein gré.

Les hooligans commencèrent à s'énerver sérieusement. Ils jetèrent les bagages des Finlandais sous la pluie et tentèrent de les pousser eux aussi dehors. On en vint aux poings, une table se renversa, des verres brisés tintèrent. Les femmes se sauvèrent à l'extérieur, l'un des skinheads empoigna la directrice adjointe Helena Puusaari par les cheveux et lui botta les fesses.

Le colonel recula en bon ordre avec ses troupes. Les femmes furent emmenées à l'abri derrière le motel, où s'étendait une petite zone occupée par des usines et des entrepôts. Korpela y conduisit son autocar.

S'estimant victimes d'une sauvage agression, les Mortels anonymes tinrent un bref conciliabule. La patrie était en danger. Face à cette situation, le colonel proclama l'état de guerre. La décision fut suivie de rapides préparatifs. En guise d'armes de choc, on distribua aux hommes des bûches de bouleau. Le colonel recommanda à ses troupes de ne pas ménager l'ennemi quand elles monteraient à l'assaut du motel :

« Frappez de préférence aux épaules, et faites-moi jaillir des étincelles de vos gourdins ! »

Le colonel divisa les forces finlandaises en trois escouades d'une demi-dizaine d'hommes. La première fut placée sous le commandement de l'adjudant hors cadre Jarmo Korvanen et la deuxième sous celui du garde-frontière Taisto Rääseikköinen, la troisième revenant au transporteur Rauno Korpela. Le capitaine en cale sèche Mikko Heikkinen fut nommé chef de l'intendance. Uula Lismanki fut élevé au grade d'officier de liaison, avec l'ordre – et la ferme volonté – de participer au besoin au combat. Les femmes furent affectées à l'infirmerie que l'on établit à l'abri de l'autocar dans la zone industrielle, au cas où il y aurait des blessés ou des morts. Tout était possible, car l'ennemi était deux fois supérieur en nombre. Les opposants étaient aussi plus jeunes, alors qu'il y avait dans les troupes du colonel Kemppainen de nombreux hommes déjà âgés, uniquement mobilisables en dernier recours. Mais, sur le plan militaire, les Finlandais avaient une meilleure formation : ils étaient commandés par un officier de haut rang et plusieurs des sous-officiers avaient eux aussi l'expérience du métier.

Le terrain lui-même se prêtait à merveille aux opérations. Le motel était construit sur du plat. Le secteur industriel, derrière, constituait une zone de soutien idéale. De l'autre côté s'étendaient des vignobles où l'on pourrait se replier si nécessaire. Une route séparait le champ de bataille d'une forêt qui offrait aussi une voie de retraite.

Au moment de donner l'assaut, le temps était idéal pour les attaquants. Il pleuvait toujours à verse, et le soir tombant réduisait encore la visibilité. Le colonel regarda sa montre. Il était, à l'heure H, 18 h 35. Kemppainen déploya ses troupes : l'escouade de l'adjudant hors cadre Jarmo Korvanen se posta au coin du motel, près de la porte principale. Le détachement du garde-frontière Rääseikköinen traversa la route et se tint prêt à se ruer à l'intérieur dès que la première vague d'assaut lui aurait ouvert la voie. Korpela et ses hommes restèrent en réserve en bordure du vignoble. Le colonel lui-même dirigeait la bataille depuis le coin du motel, où l'officier de liaison Uula Lismanki prit également position, chargé d'une brassée de bûches pour le ravitaillement en armes des combattants.

À l'heure dite, le fer de lance des forces finlandaises, avec à sa tête l'adjudant Korvanen, investit le motel. Leurs solides bûches de bouleau à la main, les attaquants se mirent à rouer de coups les skinheads stupéfaits, visant les parties du corps désignées par le colonel. Ils laissèrent ouverte la porte d'entrée du hall, et bientôt le deuxième groupe chargea sur leurs talons, sous le commandement expert du garde-frontière Rääseikköinen. Ce renfort sema la panique dans les rangs de l'ennemi. Les hommes tombaient comme des mouches. Les dos des blousons de cuir résonnaient sous les horions. Des cris de détresse et des jurons en allemand retentissaient dans tout le motel. Des hooligans contusionnés et boitillants sautèrent par les fenêtres. Ils tentèrent de s'échapper en direction des vignes, mais s'y heurtèrent à des troupes fraîches. Sans états d'âme, les réserves dirigées par le transporteur Korpela battirent comme plâtre plus de vingt fuyards.

Constatant que le vignoble était trop bien gardé, quelques skinheads tentèrent une sortie par la zone industrielle. L'accueil ne fut pas plus tendre. À l'ombre de l'usine, le commando féminin conduit par la directrice adjointe Puusaari pulvérisa une bonne demi-douzaine de Teutons.

Paralysées par l'attaque surprise, les troupes ennemies ne parvenaient pas à organiser leur défense. Elles n'avaient ni chefs compétents, ni tactique concertée. La partie était donc jouée d'avance. Les Allemands furent battus à plates coutures. Ensanglantés et contusionnés, ils se rabattirent vers leur autocar, se soutenant les uns les autres. Le véhicule disparut sous la pluie. Les bagages des hooligans restèrent au motel. Le propriétaire les confisqua en dédommagement des carreaux cassés.

Le transporteur Korpela, échauffé par le combat, voulait absolument poursuivre le véhicule ennemi. Il était sûr de le rattraper facilement avec son puissant engin. On pourrait le serrer sur le bas-côté de l'autoroute et faire passer le goût du pain à ses occupants, définitivement s'il le fallait.

Le colonel considérait cependant que le but de l'offensive avait été atteint. Il interdit toute poursuite. La police allemande pourrait s'en charger, si l'affaire venait à l'intéresser.

Le colonel et ses troupes inspectèrent le champ de bataille. Quelques fenêtres avaient été démolies, une ou deux portes avaient volé de leurs gonds. Le sol du hall était par endroits maculé de sang. Les dégâts matériels étaient finalement mineurs, vu la férocité du combat. Le colonel proposa à l'hôtelier de payer les vitres brisées, à condition d'obtenir en échange une réduction de trente pour cent sur le prix des chambres. La ristourne lui semblait justifiée, car la tranquillité de l'établissement n'était pas de premier ordre. L'accord fut conclu.

Il ne fut pas jugé utile de poster des sentinelles à l'extérieur du motel. L'on apprit en effet plus tard dans la soirée, par la police de Hanovre, que cette dernière avait arrêté sur l'autoroute un bus zigzaguant dangereusement, avec à son bord quarante skinheads en charpie. Ils avaient été placés en cellule et feraient l'objet de poursuites pour avoir troublé l'ordre public à Walsrode. Aucun témoignage n'était nécessaire, l'état des hommes prouvait qu'ils s'étaient violemment battus. Six des hooligans avaient été admis à l'hôpital, en état de coma éthylique et la tête cabossée.

Reconnaissants, l'hôtelier et sa femme préparèrent un dîner de fête pour les vainqueurs. On envoya chercher en ville un cochon que l'on tua sous la pluie derrière le motel. Les cataractes d'eau rincèrent l'asphalte, emportant le sang du porc dans le caniveau avec celui des skinheads. La bête fut rôtie entière dans le grand four de la cuisine du motel, et servie avec une pomme dans la bouche.

Les propriétaires félicitèrent le colonel et ses troupes pour leur victoire, grâce à laquelle ils pensaient être enfin débarrassés des hooligans qui terrorisaient leur établissement. Ils espéraient revoir les Finlandais parmi leur clientèle.

On arrosa le dîner d'un vin rouge léger que l'hôtelier vanta comme le meilleur de la région. Sa famille le produisait depuis déjà des siècles.

Au cours du repas, le propriétaire satisfait s'enquit de l'identité de ses hôtes. Il avait été frappé par leur furieuse ardeur au combat, et se demandait ce qui la motivait.

Le colonel leva son verre et se présenta comme le chef de l'association des Mortels anonymes. Il ne pouvait en révéler plus sur son groupe.

« Bien sûr… nous sommes tous mortels », acquiesça l'hôtelier.

27.

Les Mortels anonymes ne se rassemblèrent dans la salle à manger que sur le coup de midi. Les hommes avaient le visage couvert d'écorchures et de bleus. Le colonel était marqué d'une estafilade au coin de l'œil, le capitaine en cale sèche boitait, Uula Lismanki se plaignait de douleurs au bas-ventre et Jarl Hautala souffrait du dos. Il avait aussi honte de l'enthousiasme avec lequel il avait participé à ce pugilat primitif. Lui qui avait toujours été pacifiste s'était soudain retrouvé à se battre à coups de bûches aux côtés de ses cadets. Il se rendait compte que les guerres éclataient sur le même modèle que la rixe de la veille : à l'irritation succédait la haine collective, puis la lutte armée.

On appliqua de l'eau boriquée sur les bosses et du sparadrap sur les plaies. Puis les suicidaires terminèrent les restes du cochon du dîner, burent quelques verres de la cuvée du patron et reprirent la route. Korpela leur rappela que la mort les attendait.

L'autocar, sur le chemin du sud, traversa les plus belles régions d'Allemagne. À Würtsburg, Korpela bifurqua sur des routes secondaires afin de suivre la célèbre Romantische Strasse, bordée d'innombrables châteaux historiques. Les voyageurs soupirèrent d'émerveillement à la vue des pimpants villages et de leurs coquettes maisons. Ils se dirent que s'il s'installait là ne serait-ce qu'un millier de citoyens des banlieues finlandaises, les sites touristiques de ce parcours romantique seraient couverts de graffitis en moins de vingt-quatre heures, et toutes les pittoresques constructions – pavillons ouvragés, clôtures entourant les églises, pressoirs – seraient démolies à coups de pied. Les petites vieilles éprouvées par les guerres subiraient le même sort.

Tard le soir, les suicidaires arrivèrent dans la Forêt-Noire. La nuit commençait à tomber et les sévères versants couverts de sapins leur parurent avoir, dans leur familière noirceur, quelque chose de rassurant. Les Finlandais, en effet, ne se sentent jamais plus en sécurité qu'au cœur d'une ténébreuse forêt. Ici, les hautes sapinières intouchées, avec leurs arbres séculaires, offraient un havre de paix inespéré aux randonneurs habitués aux monotones exploitations sylvicoles de leur pays natal. Les petites routes sinuaient à flanc de coteau, sous le couvert des bois ou en bordure des prés. Ici et là surgissaient des villages de conte de fées. On apercevait aussi des auberges, mais elles étaient trop petites pour héberger une troupe aussi nombreuse. L'on trouva finalement un pacage à moutons où planter la tente de section, à l'orée d'un charmant petit bourg dont l'hostellerie put accueillir les femmes du groupe. Les hommes allèrent se coucher dans la fraîcheur de la toile.

Au matin, ils se réveillèrent au chant des coqs de la vallée. Ils se lavèrent dans un torrent voisin et mangèrent des vendaces du lac Inari salées par Uula Lismanki. Elles avaient les flancs aussi noirs que les proches sapins.

Les bleus, sur le visage des hommes, avaient encore foncé. N'osant pas se montrer dans le village, ils attendirent patiemment les femmes qui prenaient leur petit-déjeuner à l'auberge. Quand elles les rejoignirent, elles durent reconnaître qu'ils avaient l'air d'une redoutable bande de brigands.

Les stigmates de l'échauffourée avaient pris de l'ampleur. Tous les visages étaient marqués de bouffissures diverses, les ecchymoses s'épanouissaient, mauves chez les uns, vert-jaune chez les autres, certains portaient de menaçants hématomes violacés. Les guerriers avaient les membres endoloris et la plupart boitaient.

Korpela, qui avait la lèvre fendue, l'œil gauche au beurre noir et le pas excessivement prudent, se regarda dans son miroir de poche et déclara qu'il se refusait à paraître en public avant une bonne semaine, et voulait rester jusque-là couché dans la pénombre de la tente à lécher ses blessures. Le capitaine en cale sèche, qui souffrait, en plus de ses bosses, d'une gueule de bois particulièrement sévère, réclama qu'on file dans les Alpes par le plus court chemin et qu'on se jette sans plus réfléchir dans un précipice. Le monde était trop cruel, la vie ne valait pas la peine d'être vécue.

Les désespérés retournèrent le problème en tous sens. Plusieurs des têtes cabossées soutenaient Heikkinen. À quoi bon prolonger leur triste errance en ce bas monde ? C'était vers la mort qu'on était en route, n'était-il pas grand temps de mettre à exécution leur projet de suicide collectif ?

Les femmes, qui avaient dormi dans une auberge accueillante et avaient échappé aux contusions, étaient fraîches et parfumées. Leur vision de la vie était nettement plus optimiste. Elles admettaient que les combattants n'étaient pas beaux à voir, mais des mâles finlandais ne pouvaient pas se laisser démoraliser par quelques ecchymoses passagères au point de vouloir mourir. Leur mine n'était certes pas pour l'instant de la première fraîcheur, mais le temps leur rendrait vite leur aspect habituel. D'ailleurs, firent-elles valoir, si l'on se tuait maintenant, il en résulterait une masse de cadavres plus laids que la moyenne. Franchement peu ragoûtants, à vrai dire, à regarder les héros de plus près.

Le groupe décida donc de séjourner pendant une semaine dans ces sombres sapinières rongées par les pluies acides, de vivre sous la tente loin du regard des hommes et de panser ses plaies.

Les femmes suggérèrent que l'on aille à la fin de cette quarantaine faire un tour en France, au moins en Alsace, puisqu'on était tout près. Selon elles, une Finlandaise ne pouvait s'approcher de la frontière française sans songer sérieusement à la franchir. Il serait toujours temps, de là-bas, de gagner les Alpes et de terminer le voyage dans un ravin, comme prévu au départ de Norvège.

Les hommes promirent, au nom de la paix des familles, de réfléchir à la question.

Les suicidaires s'installèrent donc pour camper dans la noire forêt bruissante de mort – ceux qui allaient mourir y dormiraient au pied de sapins mourants et mangeraient de noirs poissons morts.

Pour entretenir le feu de camp, ils achetèrent aux fermiers du coin des épicéas morts sur pied. Ils les payèrent un bon prix : un Finlandais ne coupe pas des arbres pour rien en pays étranger. En complément des vendaces, les femmes nourrirent les blessés de grasses saucisses trouvées à l'épicerie du village, que l'on fit griller sur la braise. On pouvait aussi se procurer facilement sur place de la choucroute et du kassler, un rôti de porc fumé à la mode locale. Les hommes commencèrent à reprendre à vue d'œil du poil de la bête et à prendre goût à leur séjour sur les pentes de la Forêt-Noire. Ils se firent vite à la vie dans les bois : les jeunes pratiquaient pour le sport une forme de lutte primitive, leurs aînés chantaient dans la nuit de vieilles marches militaires de la guerre de Trente Ans.

Le soir autour du feu, l'empêcheur de déprimer en rond Seppo Sorjonen racontait d'émouvantes histoires qui faisaient palpiter de nostalgie le cœur des suicidaires.

Une fois, le conteur ramena ses auditeurs en Finlande : au cœur de l'hiver, la nuit, sur la glace d'un lac, un homme skie sur la vaste étendue neigeuse, pour son seul plaisir, sans but précis. La lune brille, faisant étinceler l'immense surface gelée telle une nappe de soie blanche. Il fait froid, – 20°, peut-être, la neige grince sous la semelle des skis, les rondelles des bâtons crissent sur la glace, rassurants.

Illuminée de mille feux, la voûte céleste domine le skieur, qui lève les yeux vers ses vertigineuses hauteurs. L'étoile polaire scintille, il est sous elle. Il regarde les Pléiades, la constellation d'Orion, le Lion, la Petite Ourse. De l'espace surgit une étoile filante. En un éclair, l'homme souhaite instinctivement tout le bonheur possible aux siens et au monde entier. Au même instant, une seconde étoile fend le firmament, brûlante déchirure d'espoir et d'amour sur le fond noir du ciel. Comme une réponse à sa prière solitaire. Elle semble dire qu'il y a dans la vie de l'espoir, des rêves, de la bonté.

À l'horizon, du côté du nord, de timides aurores boréales entament une danse nerveuse. Le froid s'intensifie, la glace hurle, fendue par une crevasse de plusieurs kilomètres de long. Mais l'eau est gelée en profondeur, il n'y a rien à craindre, la fissure sera vite refermée. Quelque part, loin sur la rive, retentit le glapissement sauvage d'un renard solitaire : le petit animal a senti l'odeur de l'homme et ne peut s'empêcher de se manifester. Le skieur croise la piste encore fraîche des empreintes régulières du goupil, qui conduit sous la lumière de la lune vers le cri qu'il vient de pousser.

L'homme embrasse le monde entier, la vie. Il songe, émerveillé, que ce sentiment, en Finlande, est à la portée de tous, riches ou pauvres. Même un infirme cloué dans un fauteuil roulant peut, par une froide nuit d'hiver, regarder les étoiles et jouir de la vertigineuse beauté de l'univers et de sa vie. Le renard jappe un peu plus près, d'un ton joueur, cette fois. On ne le voit pas, mais il vous voit.

La lune disparaît derrière un nuage, l'obscurité descend sur le champ de glace. Les étoiles abandonnent le skieur, qui reste seul dans le froid et soudain s'affole, craint d'être perdu. La terrible dureté de la nature et du monde l'isole soudain, la panique envahit son corps et ses pensées, le forçant à bouger. La vie est précieuse, on peut mourir gelé, ici, seul dans le froid polaire, sans personne pour vous secourir. Le renard viendra déchirer vos membres refroidissants. Puis arriveront les autres charognards – ils accourront de la forêt sur le lac, descendront des airs, évideront vos orbites glacées, un corbeau s'envolera vers son nid avec dans son bec un de vos doigts.

Les rondelles des bâtons frappent la neige durcie, l'homme perdu skie à l'aveuglette dans l'obscurité, aussi vite qu'il en est capable, l'effroi trempe son dos de sueur. Où est-il ? Il fait de plus en plus froid, on dirait que le vent se lève. Son cœur bat à se rompre.

Face au skieur se dressent des rochers noirs, une langue de terre ou une île. Il ôte ses planches et, les prenant sous le bras, escalade la berge. D'abord il ne voit rien, puis ses yeux discernent la forêt murmurante, des bouleaux, des sapins, des pins contournés. Il s'appuie à un tronc et regarde derrière lui. On entend dans le lointain le cri du renard. Les arbres bruissent doucement, apaisants. Le skieur casse quelques basses branches desséchées des pins de la rive, en fait un fagot et allume un petit feu dans un creux de rocher. Il tend les mains vers les flammes pour se réchauffer, essuie la sueur de son front, et soudain la lune sort des nuages. La surface gelée brille, argentée, devant l'égaré. Les étoiles scintillent, plus claires que jamais, la peur disparaît. L'homme ajoute des branches sèches au brasier, le feu palpite dans la nuit glacée, des étincelles jaillissent telles de petites étoiles filantes. Il sort son pain de sa poche, mord dedans avec appétit et se dit que tout compte fait la vie est magnifique, passionnante, simple, digne d'être vécue. Il fixe les flammes, les caresse des yeux. C'est ce que font les Finlandais depuis des milliers d'années. Comme maintenant les suicidaires, ici, autour de leur feu de camp de la Forêt-Noire, loin de leur patrie. Si lourdement éprouvés qu'ils ont trop tôt oublié la beauté de la vie.

28.

Le colonel Hermanni Kemppainen et la directrice adjointe Helena Puusaari se tenaient main dans la main au sommet du grand bastion de la forteresse médiévale du Haut-Kœnigsbourg. Ils écoutaient la guide française relater en anglais l'histoire du vieux château, du début du XIIe siècle à nos jours. Le groupe des suicidaires finlandais était rassemblé autour de la conférencière. À mi-voix, le directeur Onni Rellonen traduisait ses explications à l'éleveur de rennes Uula Lismanki, qui n'avait pas eu l'occasion d'apprendre la langue de Shakespeare en gardant les troupeaux dans ses collines natales d'Utsjoki.

De la haute tour du château fort dressé sur un promontoire rocheux, une vue magnifique s'ouvrait sur la plaine d'Alsace. Les vignobles ondulaient sur des centaines d'hectares en une calme mer verte où villes et villages flottaient telles des îles accueillantes. Des ombres de nuages voguaient dans le léger vent matinal au-dessus de la fertile vallée. Le colonel se surprit à calculer qu'elle produisait chaque année à elle seule assez de vin blanc pour alimenter la table de tous les Finlandais jusqu'à la fin du XXe siècle, et qu'il en resterait encore des millions de bouteilles pour les beuveries du week-end.

Les suicidaires venaient de passer une semaine dans cette plaine, à parcourir ses bourgs et ses villages. À bord de la Flèche de la Mort de Korpela, ils avaient sillonné toute l'Alsace, à la recherche de trois des leurs qui avaient fugué.

Au camp de convalescence de la Forêt-Noire, ils avaient en effet constaté avec effroi que les trois plus jeunes femmes du groupe n'étaient pas revenues de leur expédition quotidienne de ravitaillement. Il s'agissait de l'employée de banque Hellevi Nikula, de Seinäjoki, de l'ouvrière postée Leena Mäki-Vaula, de Haukipudas, et de la coiffeuse pour hommes Lisbeth Korhonen, d'Espoo. Elles avaient été saisies d'un furieux désir de vivre. Tous les avaient entendues rêver tout haut d'une excursion en France, et on avait donc commencé par les chercher du côté de l'Alsace. On avait persuadé le transporteur Korpela de prêter son concours à l'entreprise en faisant appel à son patriotisme : un Finlandais n'abandonne jamais un camarade. L'empêcheur de déprimer en rond Seppo Sorjonen avait peint à l'autocariste le scandaleux tableau des trois jeunes femmes en train de se balancer au bout d'une corde dans un moulin ou un clocher de village français, le visage noirci et les chaussettes en accordéon.

Les recherches avaient été menées sans précipitation, on avait bien mangé et bien bu, logé dans d'accueillantes auberges et profité de la vie. Le colonel se remémora les villes traversées : Thannenkirch, Rorschwihr, Bergheim, Mittelwihr, Ribeauvillé, Guémar, Zellenberg. On était près de la frontière allemande, de nombreuses localités portaient des noms germaniques. Le soir précédent, ils avaient fait étape à Saint-Hippolyte, à proximité du château d'où il regardait maintenant la vallée. La main du colonel effleura discrètement les fesses de la directrice adjointe Helena Puusaari, qui lui rappelaient les hémisphères de Magdeburg.

Dans la plus grande ville de la région, Colmar, l'officier avait contacté la police et déclaré la disparition des trois Finlandaises, précisant qu'elles se trouvaient probablement en Alsace. Les autorités ne s'étaient pas, tout d'abord, beaucoup intéressées aux fugueuses, car celles-ci étaient majeures. Mais quand le colonel avait expliqué que toutes trois avaient des tendances dépressives et des pulsions suicidaires dont la réalité avait été constatée dans leur pays d'origine, la police de Colmar avait promis de procéder à quelques vérifications. Kemppainen téléphonait tous les jours pour avoir des nouvelles de l'enquête mais, pour l'instant, aucune des disparues n'avait été retrouvée. Trois femmes seules du même âge avaient certes circulé dans la région au cours de la semaine passée, mais elles étaient suédoises et rien dans leur comportement n'indiquait qu'elles puissent souffrir de dépression, et encore moins envisager de se suicider.

Les Suédoises s'étaient déplacées d'un lieu à un autre dans une atmosphère de liesse générale. Elles avaient été suivies par une foule d'hommes des alentours, viticulteurs et autres. Le travail de la population mâle s'était trouvé totalement désorganisé partout où elles étaient passées. La police avait dû se résoudre à arrêter les trois perturbatrices, qui étaient en cellule à Colmar. Maintenant que l'offensive suédoise avait été contrée, les autorités disposaient à nouveau d'un peu plus de temps et avaient promis de se concentrer sur la recherche des Finlandaises.

Le colonel tendit soudain l'oreille aux explications de la guide sur l'histoire du château. Elle racontait qu'au fil des siècles, de nombreuses personnes s'étaient, du sommet de ce bastion haut de plusieurs dizaines de mètres, spectaculairement suicidées en se jetant sur les rochers en contrebas. Curieux, les Mortels anonymes se pressèrent pour regarder par les meurtrières. L'adjudant hors cadre Jarmo Korvanen montait cependant bonne garde : il aboya un ordre d'une voix martiale, interdisant à quiconque de sauter de la tour sous les yeux de troupeaux de touristes étrangers. Le groupe se rassembla docilement autour de la guide afin d'écouter la suite de l'histoire, qui en était arrivée à l'époque où le Haut-Kœnigsbourg appartenait à l'Autriche.

La conférencière expliqua que l'on disposait, à partir du XVe siècle, d'informations relativement précises sur la vie de la forteresse et sur les événements qui l'avaient marquée. Les intendants locaux envoyaient en effet à la puissance tutélaire autrichienne des rapports sur l'administration de la place. Les inventaires du mobilier établis à partir de 1527 montraient la richesse du château, doté en abondance d'armes, d'outils, de meubles et d'autres biens. Vu sa taille, la forteresse avait aussi fait l'objet d'incessants travaux de rénovation, mais s'était malgré tout détériorée au fil des ans. À cause des trous de la toiture, on avait été obligé, dans les chambres humides, de déplacer les lits hors d'atteinte des fuites d'eau. Il y avait eu des infiltrations jusque dans les magasins à poudre, et les intendants avaient souvent prié pour que toute la baraque s'écroule et qu'il n'en reste pas plus de « deux hampes de lance de haut ».

Avec une certaine véhémence, la guide française évoqua la période la plus noire du Haut-Kœnigsbourg, à l'époque de la guerre de Trente Ans. Les Suédois avaient écumé l'Alsace, pillant et violant tant et plus. En juin 1633, ces barbares avaient assiégé le château lui-même, avec l'aide de leur artillerie. La garnison, malgré le renfort de troupes de réserve, avait finalement dû fuir. Le 7 septembre, la forteresse s'était rendue.

Le colonel fit remarquer à la conférencière que selon toute vraisemblance les assiégeants en question étaient en réalité des Finlandais – certes sous commandement suédois, puisque la Finlande appartenait alors à la Suède. Kemppainen se déclara désolé des agissements de ses compatriotes du XVIIe siècle. En tant que militaire de carrière, il comprenait toutefois la situation. Les Finlandais n'étaient pas foncièrement mal intentionnés, mais la prise d'une aussi solide place forte était inévitable, pour des raisons stratégiques, si l'on voulait poursuivre une guerre en terre étrangère.

La Française le remercia d'avoir comblé cette lacune dans ses connaissances historiques, mais n'en fut guère attendrie. Elle poursuivit :

« En septembre 1633, les "Finlandais" incendièrent le château, massacrèrent ses derniers défenseurs et violèrent les femmes qui y avaient cherché refuge. »

Le colonel Kemppainen n'eut rien à ajouter. Du Haut-Kœnigsbourg, le groupe regagna en autocar Saint-Hippolyte, d'où l'officier et la directrice adjointe Helena Puusaari appelèrent une fois de plus la police. On les pria de venir immédiatement à Colmar. Les trois fugueuses avaient été retrouvées. Elles étaient en vie, bien que très fatiguées. Elles avaient en fait été arrêtées deux jours plutôt. On les avait d'abord prises pour des Suédoises – c'est ainsi qu'elles s'étaient elles-mêmes présentées – mais, au fil des interrogatoires, il était apparu qu'il s'agissait de Finlandaises, et qui plus est des personnes que le colonel et ses compagnons recherchaient.

La directrice adjointe Puusaari vint au téléphone et demanda si ses consœurs s'étaient rendues coupables de délits. D'après la police de Colmar, rien de bien grave ne pouvait être retenu contre elles, à moins de juger criminel le fait d'avoir mis sens dessus dessous l'existence de toute une vallée viticole.

Les Mortels anonymes prirent le chemin de Colmar. Tandis que le reste du groupe visitait la ville et réservait des chambres d'hôtel pour la nuit, le colonel et la directrice adjointe se rendirent au commissariat afin de régler le cas de leurs compatriotes. Le commissaire reçut en personne l'officier et sa compagne. Il leur offrit, dans son bureau, un verre d'un excellent vin local et leur demanda des nouvelles de leur pays. Il se considérait comme un grand ami de la Finlande, car son père avait été, avant-guerre, en vacances au Gotland – c'était bien là-bas, n'est-ce pas, ou du moins tout à côté ?

Le commissaire en vint ensuite à l'affairc elle-même. Il expliqua que les trois femmes avaient, au cours de leur séjour d'une semaine en France, attenté aux bonnes mœurs. Elles avaient sillonné la région sans but précis et semé la pagaille partout sur leur passage. Le policier ne tenait pas à évoquer plus précisément leurs faits et gestes. Il espérait que le colonel et la directrice adjointe comprendraient que la question était délicate. Même si les fugueuses n'avaient pas à proprement parler commis d'actes contraires à la loi française, il avait été décidé de les expulser du pays, au nom de l'ordre public. Elles devaient quitter Colmar dans les vingt-quatre heures.

La directrice adjointe Helena Puusaari présenta à l'État français, par l'intermédiaire du commissaire, des excuses officielles pour le comportement des Finlandaises. Le colonel Kemppainen se joignit à ces excuses et se déclara prêt à prendre les intéressées sous son aile et à veiller à ce qu'elles franchissent la frontière franco-helvétique dans le délai imparti. Il laissa entendre que son groupe avait une mission importante à accomplir dans les Alpes suisses.

On amena les femmes perdues dans le bureau du commissaire. Elles semblaient exténuées et mal remises d'un excès de libations. Leurs vêtements étaient froissés et leurs collants filés. Leur maquillage s'était écaillé en cours de route et elles avaient perdu leurs bagages. Le commissaire de police remit leurs passeports à la directrice adjointe Puusaari et pria les expulsées de signer le procès verbal de reconduite à la frontière. Il souligna qu'aucune d'elles n'avait intérêt à revenir en France avant cinq ans.

La pénible visite était terminée. Le colonel Kemppainen et la directrice adjointe Puusaari conduisirent les brebis égarées à leur hôtel afin qu'elles puissent se rafraîchir et se reposer. Les suicidaires allèrent ensuite dîner et, pendant le repas, Lisbeth Korhonen, Hellevi Nikula et Leena Mäki-Vaula firent le récit de leur escapade.

De la Forêt-Noire, elles avaient sans problème réussi à gagner la France en auto-stop. Dès la première petite ville – Ostheim, si leurs souvenirs étaient bons –, l'accueil avait été plus que chaleureux. De galants chevaliers servants s'étaient empressés autour d'elles dans les winstubs locales, où on les avait abreuvées de torrents de champagne. Elles s'étaient liées d'amitié avec bon nombre de sympathiques vignerons qui les avaient traitées comme des reines. Elles avaient visité quantité de villes et de villages. Leurs cavaliers leur avaient expliqué qu'ils avaient par le plus grand des hasards le loisir de prendre du bon temps, car c'était la fête des vendanges.

Les filles du Nord avaient immédiatement été couronnées déesses de la vigne, et les réjouissances avaient été à la hauteur de l'événement. Les hommes tournoyaient autour d'elles et le vin coulait à flots. C'était divin, bien qu'épuisant. Après avoir, plusieurs jours de suite, fêté les vendanges et célébré des rites de fécondité, les Finlandaises avaient remarqué, à leur grande surprise, que les femmes de la région commençaient à les regarder avec réprobation, quand ce n'était pas avec une franche hostilité. La réaction leur avait paru exagérée, car tous les hommes auxquels elles avaient eu affaire avaient assuré être célibataires. Il semblait d'ailleurs y avoir en Alsace un nombre alarmant de vieux garçons.

Les trois filles s'étaient aussi trouvées dans quelques situations embarrassantes, mais avaient toujours, dans ce cas, prétendu être suédoises. Elles avaient été jusqu'à se donner des prénoms scandinaves. Lisbeth avait dit s'appeler Ingrid, les autres avaient choisi pour pseudonymes Synnöve et Beata. Tout s'était déroulé pour le mieux jusqu'à ce que la police les arrête soudain à Ribeauvillé, au beau milieu d'une folle célébration de la vigne. Elles avaient été forcées d'abandonner leurs verres de champagne et conduites à Colmar dans un ignoble panier à salade.

Les prisonnières avaient été interrogées à plusieurs reprises. On leur avait expliqué que les fêtes des vendanges ne se tenaient, selon les coutumes locales, qu'une fois la récolte achevée, ce qui n'aurait pas lieu avant deux mois au moins. Les trois femmes se plaignirent d'avoir été abusées, tout au long de leur escapade, sur bien d'autres points. Elles avaient compris que les hommes qu'elles avaient fréquentés étaient en fait mariés. Elles avaient en outre été considérées comme des putains de bas étage qui racolaient leurs partenaires sans souci de leur âge ou de leur apparence, et sans même se faire payer pour leurs services. Elles cassaient les prix. Se faire entretenir, même somptueusement, n'était pas considéré en France comme une juste rétribution pour la vente de son corps, mais comme une pratique tout à fait ordinaire.

En conclusion, les fugueuses se déclarèrent profondément contrites et demandèrent l'autorisation de réintégrer la communauté familière et rassurante de leurs compatriotes. Leur envie de vivre s'était dissoute dans les détestables cellules en béton du commissariat de Colmar, et elles assurèrent qu'elles participeraient sans se faire prier au suicide collectif, dont elles espéraient qu'il aurait lieu le plus vite possible. Elles admettaient s'être conduites en têtes de linotte stupides et avaient terriblement honte de leur aventure.

La directrice adjointe Helena Puusaari consola ses sœurs déchues et les invita à cesser de se lamenter. Rien d'irréparable ne s'était produit, et elles avaient, pendant une semaine, profité jusqu'à plus soif de leur séjour à l'étranger. Mieux valait s'en réjouir. Le dîner se poursuivit pendant près de trois heures dans une atmosphère détendue.

Le lendemain matin, le transporteur Korpela se présenta à l'hôtel pour annoncer qu'il avait fait le plein d'essence et vérifié les niveaux, l'autocar était prêt à partir. Il étala une carte routière sur la table et traça du doigt l'itinéraire de Colmar à la frontière et de là à Zurich. Le trajet prendrait deux ou trois heures.

Les voyageurs se regroupèrent sur le parvis de la cathédrale de Colmar où les attendait le pullman de la Flèche de la Mort de Korpela. De l'intérieur de l'église montait un viril chant de repentir. Une messe matinale était en cours. Le colonel Kemppainen suggéra que la directrice adjointe emmène les brebis égarées écouter un moment l'office, ce ne serait peut-être pas inutile après leurs récents exploits.

Les femmes entrèrent dans l'édifice gothique, mais en ressortirent en courant quelques minutes plus tard, le visage écarlate, pour se précipiter dans la Flèche de la Mort.

Quand l'autocar eut démarré, Helena Puusaari expliqua que l'église était pleine de paysannes à la mine sévère et de leurs maris honteux. Les hommes étaient réunis là pour expier les péchés qu'ils avaient commis au cours de la semaine qu'ils avaient passée à se vautrer dans la vallée de Colmar avec des Suédoises de mauvaise vie.

29.

La Flèche de la Mort et ses passagers arrivèrent dans la matinée du 1er août à Zurich, où se tenait justement la foire à la pomme de terre. Des agriculteurs venus de tous les cantons suisses fêtaient la récolte. Cette dernière s'annonçait excellente, l'été avait été calme et ensoleillé, le mildiou avait épargné les cultures et tous étaient satisfaits. Certains considèrent les Suisses comme des représentants un peu simplets des peuplades alpines mais, quoi qu'on en dise, ils s'y connaissent en pommes de terre.

À cause de la foire, Zurich débordait de cultivateurs en liesse, les hôtels affichaient complet depuis des semaines, des voitures s'alignaient partout le long des trottoirs, il y avait foule dans les tavernes et les rues piétonnes. Korpela gara son autocar sur la rive est de la rivière traversant la ville, la Limmat, près de la colline de l'université. Les Mortels anonymes se divisèrent en petits groupes et partirent à pied visiter cette riche et belle cité où des fortunes colossales reposaient sur des comptes secrets dans les coffres des banquiers suisses. Avant de se disperser, les suicidaires convinrent de se retrouver à l'autocar vers sept heures du soir.

Le colonel Kemppainen et la directrice adjointe Puusaari confièrent les trois fugueuses qui avaient ravagé l'Alsace au service de dermato-vénérologie de la faculté de médecine de l'université, afin qu'elles y subissent des examens complets. Ils leur recommandèrent de se trouver à 19 heures auprès du bus si elles voulaient être hébergées pour la nuit avec les autres.

Le petit groupe dirigé par le colonel alla visiter le Musée des beaux-arts, qui présentait par hasard une rétrospective de Salvador Dali, avec des centaines de toiles de grand format. Ces œuvres firent une profonde impression sur les suicidaires. Ils furent unanimement d'avis que Dali était un génie, mais qu'il était fou depuis son plus jeune âge. Et sa folie s'était aggravée avec la vieillesse.

La directrice adjointe et le colonel passèrent le reste de la journée à se promener dans les rues de Zurich et, assis à des terrasses de café, à contempler les flots ininterrompus d'arracheurs de pommes de terre. Pour échapper un moment à la foule, ils se rendirent en taxi à Fluntern, à quelques kilomètres de là, au cimetière bien entretenu de la ville. Helena Puusaari, qui avait visité dans sa vie de nombreuses nécropoles – c'était sa passion –, déclara qu'elle n'en avait jamais vu d'aussi impeccable. Le lieu était à l'image de la méticulosité suisse, pas une aiguille de pin ne traînait dans les allées parfaitement balayées, les bordures de fleurs étaient taillées avec plus de rigueur que les poils de barbe d'un gigolo, dalles et pierres tombales étaient alignées au cordeau et à l'équerre, au millimètre près. Même les écureuils paraissaient endimanchés et se comportaient avec une digne retenue.

Dans un coin verdoyant se dressait la statue du célèbre écrivain James Joyce, qui était enterré là. Helena Puusaari se rappelait avait lu un ouvrage de lui, traduit en finnois par Pentti Saarikoski.

« Si seulement nous avions en Finlande d'aussi merveilleux auteurs, soupira-t-elle.

– Nous avons bien Aleksis Kivi », tenta de répliquer le colonel avant de se souvenir de la série télévisée que Jouko Turkka avait tirée des *Sept Frères*. Le metteur en scène, avec la participation active des sept pires excités du conservatoire d'art dramatique, avait ruiné de fond en comble ce trésor de la littérature nationale.

Dans l'après-midi, le colonel Kemppainen et la directrice adjointe Helena Puusaari tombèrent à l'improviste sur le groupe conduit par le président Rellonen, qui ouvrait des yeux ronds devant l'opulence de la ville et l'omniprésence de la publicité sur ses murs. Ils s'arrêtèrent boire une bière à la terrasse d'un café. La conversation se porta sur le spectacle qu'offraient les rues de la cité. Le forgeron de village Taisto Laamanen se souvenait du bon vieux temps où personne ne vantait aucun produit et où l'on s'en passait très bien. Il ne lui serait jamais venu à l'esprit d'annoncer dans le journal qu'il ferrait des chevaux et martelait des lames de faux. L'employé des chemins de fer Tenho Utriainen fit remarquer que la pauvreté était toujours relative. Les déshérités d'aujourd'hui avaient plus d'argent qu'un bourgeois moyennement fortuné d'il y a cent ans. Et pourtant ils souffraient de leur dénuement, car ils voyaient autour d'eux des gens mieux lotis et, bien pire, des publicités plus alléchantes les unes que les autres. Utriainen se déclara convaincu que c'était précisément la publicité qui était la cause principale du suicide des Finlandais. À quoi bon vivre quand on n'avait de toute façon pas les moyens de s'offrir toutes les merveilles que l'on tentait à chaque instant de vous faire acheter ? D'après les estimations d'Utriainen, au moins cinq cents déprimés se tuaient chaque année en Finlande à cause de cet incessant matraquage.

Il était partisan d'interdire la publicité dans le monde entier, car elle était aussi coûteuse que la course aux armements, et bien plus dévastatrice. Il espérait que la Finlande se porterait à l'avant-garde du mouvement.

Le colonel alla déjeuner avec la directrice adjointe Puusaari à l'*Affelkammer*, un petit restaurant traditionnel niché dans la vieille ville. Le maréchal Mannerheim était souvent venu y boire quelques verres quand il se trouvait à Zurich, leur raconta le patron quand il apprit qu'ils étaient finlandais. Mannerheim était bon acrobate. Après quelques godets, il se laissait volontiers aller à démontrer sa force en bondissant de sa chaise pour se suspendre à la plus haute poutre de l'auberge – et ce n'était pas tout : le maréchal pivotait ensuite autour de la poutre, se glissant dans l'espace d'à peine cinquante centimètres qui la séparait du plafond, pour se laisser retomber de l'autre côté. C'était un tour que peu de Suisses étaient capables de faire, ils manquaient de muscles et leur gros ventre les gênait pour passer.

Le colonel but quelques bocks de Feldschlosschen, une excellente bière du pays. Enhardi par la boisson, il décida de tenter l'épreuve de la poutre de Mannerheim. Ce n'était pas une mince affaire. Gêné aux entournures par son uniforme, il dut bander toute son énergie pour se tirer honorablement de la pirouette du maréchal. Mais, en homme déterminé, il y parvint. De retour à sa table sous les applaudissements des clients du restaurant, il se sentit balayé par une vague de bonheur viril, mêlé d'un brin de fierté militaire. Le patron de l'*Affelkammer,* en récompense de son exploit, lui offrit une chope aux frais de la maison.

À sept heures du soir, les suicidaires se regroupèrent. Il fallait maintenant trouver une solution pour la nuit. Comme tous les hôtels et auberges, à des kilomètres à la ronde, étaient envahis par les cultivateurs de pommes de terre, il leur vint l'idée de planter leur tente dans le parc de la Platzpromenade, au confluent de la Limmat et de la Sihl, en plein centre de la cité, du côté nord de la gare et du Musée national suisse. Le colonel s'enquit de la possibilité d'y camper auprès d'un policier de garde, qui répondit qu'il n'avait rien contre, si toutefois les Finlandais osaient s'aventurer en pleine nuit dans cet endroit mal famé. Le parc servait de lieu de rendez-vous aux drogués de la ville, qui l'envahissaient dans l'après-midi pour l'occuper jusqu'au matin. Le policier conseilla au colonel d'emmener son groupe ailleurs.

Faute d'autre choix, les suicidaires portèrent à dos d'homme la tente de section, le matériel de couchage et les bûches rescapées de la rixe de Walsrode, par un pont piétonnier, jusqu'à l'extrême pointe nord de la Platzpromenade, où les deux rivières s'unissaient en un vaste plan d'eau. Ils y établirent leur camp et allumèrent un petit feu devant la tente.

Une bonne centaine de jeunes drogués vacillant pitoyablement, garçons et filles, vinrent observer le bivouac étranger et clamer qu'aucun mortel ordinaire n'avait le droit d'empiéter sur le territoire qu'ils avaient conquis. Ils menacèrent de piller et de tuer le groupe du colonel. La police et la voirie ramasseraient leurs cadavres, comme elles le faisaient tous les matins des morts d'overdose.

Les campeurs répondirent qu'ils avaient traversé toute l'Europe depuis son extrême pointe septentrionale et qu'ils n'avaient pas l'intention de dormir dans les rues de Zurich, d'autant plus qu'il y avait de la place dans ce parc. Ils promirent de rester dans leur coin sans déranger les toxicomanes. Le langage de la raison ne semblant pas suffire, Kemppainen et les autres hommes du groupe prirent l'air méchant et firent savoir qu'ils étaient finlandais. Les rangs des junkies s'éclaircirent quelque peu. Ceux qui restaient commencèrent également à reconsidérer leur position quand ils eurent entendu de la bouche des voyageurs le récit de l'échauffourée allemande de Walsrode.

Uula Lismanki distribua aux troupes du colonel des bûches de bouleau tachées de sang.

Ce simple geste convainquit les meneurs des toxicomanes de transformer leurs menaces en excuses et de promettre aux Finlandais qu'ils les laisseraient passer à la pointe du parc autant de nuits qu'il leur chantait. Les drogués expliquèrent leur animosité par le fait qu'ils étaient habitués à se procurer par la force l'argent nécessaire à l'achat de leurs doses et qu'ils n'avaient, par ailleurs, rien à perdre en ce monde. Promis à la mort, ils n'avaient pas d'avenir, uniquement ce triste présent.

Les Finlandais leur révélèrent que leur situation n'était guère meilleure. Eux non plus n'avaient pas d'avenir. Ils avaient décidé de se suicider ensemble dans les Alpes suisses. Il était donc inutile d'essayer de les émouvoir avec des histoires de mort, c'était eux les spécialistes, ici.

À l'issue des négociations, on traça au milieu de la Platzpromenade une ligne de démarcation derrière laquelle les drogués se retirèrent, laissant de l'autre côté les trente-trois Mortels anonymes finlandais. Les junkies s'engagèrent à rester au sud de la frontière, mais le colonel décida malgré tout de poster des sentinelles. L'éleveur de rennes Uula Lismanki se porta volontaire pour monter la garde avec le capitaine en cale sèche Mikko Heikkinen, qui se munit pour étancher toute soif nocturne de deux bouteilles de vin blanc. Uula sortit de ses bagages un jeu de cartes pour tuer le temps, et des vendaces salées au cas où la faim les surprendrait.

Dans la nuit, un brouillard humide monta de la Limmat, formant de romantiques halos autour des réverbères et du feu de camp. Derrière la ligne de démarcation retentissait le sinistre raffut des drogués, mais personne n'osa pénétrer dans le camp des Finlandais.

Uula Lismanki et Mikko Heikkinen entamèrent une partie de stud-poker. Ils commencèrent par jouer de l'argent. Quand le capitaine en cale sèche eut perdu toutes ses liquidités, il proposa de corser le jeu. Il était soûl, comme d'habitude, et comme Uula n'était pas à jeun non plus, ils brûlaient de poursuivre leur partie. Heikkinen proposa de miser toute la compagnie qui ronflait sous la tente, ou au moins ses membres les moins essentiels. Fini les enjeux de pacotille.

« On va jouer leurs âmes ! »

Il fut décidé que Heikkinen disposerait des suicidaires du Sud de la Finlande, jusqu'à la hauteur d'Iisalmi. Uula pourrait caver ceux du Nord.

Le capitaine en cale sèche et l'éleveur de rennes tapèrent le carton toute la nuit dans la lueur ouatée des flammes tremblotantes, assis tels deux démons, les yeux brillants, au bord du fleuve aux eaux noires. De la tente s'échappaient les ronflements confiants de leurs enjeux. Plus loin, du côté du Musée national, retentissaient des échos étouffés de bagarres entre drogués, des cris de malheureux saisis de folie et des hurlements d'agonie.

Mais la partie se poursuivit. Uula Lismanki dut d'abord céder au capitaine en cale sèche l'âme de l'ouvrière postée de Haukipudas, puis le garde-frontière

Rääseikköinen de Kemijärvi et enfin le concessionnaire automobile Lämsä ainsi que cinq autres habitants du Nord de la Finlande. Plus tard dans la nuit, cependant, la chance tourna et le capitaine en cale sèche dut mettre ses âmes en jeu les unes après les autres. Il perdit le forgeron de village Laamanen de Parikkala, l'adjudant hors cadre Korvanen, la professeur d'enseignement ménager Taavitsainen et jusqu'à l'ingénieur des ponts et chaussées Hautala. Il réussit à récupérer ce dernier en relançant avec le mécanicien Häkkinen de Joutseno, mais, en un peu plus d'une heure, le retors éleveur de rennes lui rafla la quasi-totalité de ses âmes.

La donne favorisa pourtant au dernier instant le capitaine en cale sèche, avec un début de quinte : six, huit, neuf… confiant, il mit en jeu le président Rellonen, mais, face à la relance d'Uula qui rajouta au pot Lämsä et Aulikki Granstedt, qu'il avait gagnée peu avant, il doubla la mise en envoyant au feu l'âme du colonel Kemppainen lui-même. Uula Lismanki avait une main de bric et de broc, une paire de dix et un as en prime. Chacun reçut son avant-dernière carte.

« Ce n'est pas un châtreur de rennes qui m'aura au bluff », grogna le capitaine en cale sèche en découvrant dans l'étrange clarté de la nuit sa carte décisive. Il tenait sa chance, c'était le sept de pique ! Heikkinen misa son âme la plus chère, la directrice adjointe Helena Puusaari, et fixa son adversaire d'un air conquérant.

Uula Lismanki suivit sans sourciller en mettant sur le tapis Tenho Utriainen et Taisto Rääseikköinen, ainsi que quelques citoyennes du Sud de la Finlande dont il avait remporté les âmes après minuit.

Le capitaine en cale sèche était à sec d'enjeux, mais certain de sa victoire. Il offrit à Uula de se sacrifier en personne, son âme valait bien toutes les relances, non ? L'éleveur de rennes accepta la proposition, l'âme du joueur lui-même était bien sûr ce qu'il y avait de plus précieux, aucun jeu ne la valait.

Ils abattirent leurs dernières cartes. Sidéré, le capitaine en cale sèche contempla le dix de carreau de son adversaire. Pour finir, l'éleveur de rennes retourna le dix de pique, la carte du destin, la quatrième du carré. Sa main était la plus forte. Toutes les âmes, y compris celle du capitaine en cale sèche, passèrent en possession d'Uula Lismanki et de là directement en enfer.

Privée d'enjeux, la partie prit fin. Il en va toujours ainsi dans la vie. Mais le jour se levait déjà : les brumes de la nuit se dissipèrent, le soleil surgit de derrière les montagnes, baignant le parc d'une pâle lumière.

La police, la voirie et les services sanitaires de Zurich investirent la Platzpromenade avec leurs véhicules et leurs hommes. Ils chassèrent sans ménagement les drogués encore sur pieds, jetèrent les seringues souillées de sang et les autres ordures accumulées pendant la nuit dans de grands sacs de plastique noir et brancardèrent vers un fourgon mortuaire deux malheureux morts d'overdose.

Le vainqueur de poker de la nuit fit chauffer du café sur les braises du feu de camp et réveilla les femmes afin qu'elles beurrent des tartines. Les suicidaires invitèrent les forces de l'ordre, les employés de la voirie et les infirmiers qui avaient fini de vider et de nettoyer le parc à partager leur collation. La journée serait belle, pronostiquèrent les policiers en se régalant de pain et de vendaces salées.

30.

Les Mortels anonymes, désormais dépossédés de leur âme, démontèrent la tente et portèrent leurs bagages dans l'autocar. Le fleuron de la Flèche de la Mort de Korpela put ainsi partir de bon matin pour la dernière étape de son voyage, les Alpes.

Moins d'une heure plus tard, les suicidaires arrivèrent à Lucerne, une belle ville ancienne entourée de hautes montagnes, construite sur les bords de la Reuss. Des ponts de bois du XIVe siècle enjambaient la rivière. Les Mortels anonymes parcoururent en silence les vieilles passerelles au toit orné de panneaux peints représentant des scènes de la vie de l'époque, regardant pensivement les bouillonnantes eaux turquoise. La directrice adjointe Helena Puusaari fit observer au colonel Kemppainen que plus on approchait des Alpes, plus le groupe semblait taciturne. Chacun ruminait seul ses lourds problèmes, la proximité du suicide rendait les mines graves.

Le colonel aussi avait remarqué l'abattement de ses troupes. Mais c'était sans doute naturel, qui donc trouverait particulièrement riant un monde qu'il s'apprête à quitter ?

« Ce n'est pas ça. Je veux dire qu'il y en a pas mal qui commencent à regretter toute cette histoire. Moi-même, je ne suis pas certaine de vouloir mourir, en fin de compte », avoua la directrice adjointe d'un ton mélancolique. La fraternité du groupe, ajouta-t-elle, lui avait apporté de nouvelles raisons de vivre.

Le colonel invita Helena Puusaari à se remémorer son existence à Toijala. S'était-elle soudain transformée en conte de fées ?

La directrice adjointe ne répondit pas. Vue de Lucerne, cette étape de sa vie lui paraissait bien lointaine. Ses problèmes de l'époque lui semblaient maintenant anodins.

Korpela battit le rappel de ses ouailles :

« En route, les mortels ! »

Par les vitres panoramiques de l'autocar, les voyageurs regardaient la campagne suisse – les verts alpages escarpés où broutaient des vaches aux jarrets solides, les sommets enneigés et le ciel bleu d'août. L'autoroute s'engouffrait par moments dans les entrailles de tunnels longs de plus de dix kilomètres. Korpela fonçait comme un damné, à croire qu'il était particulièrement pressé de rendre le dernier soupir. La route commençait à grimper, de plus en plus étroite et sinueuse. La beauté des paysages augmentait avec l'altitude. Bientôt, l'on fut si haut dans la montagne que pâturages et forêts disparurent.

Au pied d'une montée, une barrière bloquait le passage, gardée par deux soldats. Ces derniers expliquèrent qu'une tempête de neige faisait rage au col de la Furka, le plus haut point du secteur. L'accès était défendu aux touristes. Korpela s'adressa aux soldats par le truchement du colonel, déclarant qu'il avait la ferme intention, interdiction ou pas, d'aller jusqu'au col, et plus loin si ça lui chantait. Son autocar était neuf et la conduite en montagne ne l'effrayait pas, qu'il neige ou qu'il grêle. Le colonel traduisit.

Les soldats répliquèrent que la route serait totalement fermée dans une demi-heure, compte tenu de la météo et du règlement. Ils ouvrirent à contrecœur la barrière. La Flèche de la Mort de Korpela poursuivit son chemin, toujours plus haut vers les cimes. On aurait cru monter au ciel. Ce qui était d'ailleurs le cas, à supposer que certains des suicidaires y soient admis après leur mort.

Le lourd autocar parvint enfin avec ses passagers muets au col de la Furka, où se dressaient quelques bâtiments glacés battus par les vents. L'un d'eux abritait un lugubre café à l'intérieur duquel ne se trouvaient que deux touristes, de vieilles Américaines ridées. Elles se plaignirent d'être retenues prisonnières par la tempête au sommet de cette route de montagne. Les soldats leur avaient interdit de poursuivre leur voyage.

Korpela fut bientôt rejoint dans le café par deux militaires essoufflés qui exigèrent à grands cris de savoir pourquoi le chauffeur de l'autocar avait bravé les éléments pour monter jusqu'au col. La route était censée être fermée, pourquoi les gardes du bas ne l'avait-il pas empêché de passer ? Le colonel expliqua qu'ils étaient venus à leurs risques et périls et que, maintenant qu'ils étaient là, il ne servait à rien de hurler.

Les soldats firent remarquer que la vitesse du vent atteignait 18 mètres par seconde. Ce n'était pas difficile à croire, on tenait à peine debout dehors, la neige vous fouettait le visage et il ne devait pas faire plus de –10°. Le col était situé à haute altitude, à plus de 2 400 mètres au-dessus du niveau de la mer. Avec le blizzard, on ne voyait plus la vallée. C'était ici que le Rhône prenait sa source : la masse de ses eaux, au sortir du glacier, se jetait dans l'abîme avec un grondement si puissant que même le hurlement de la tempête ne parvenait pas à le couvrir.

Le but du voyage était atteint, déclara Korpela. Il ordonna aux Mortels anonymes réfugiés dans le café de monter dans l'autocar et pria le colonel d'informer les militaires qu'il poursuivrait encore sa route sur quelques kilomètres. Les soldats déclarèrent qu'il était cinglé. Le transporteur admit qu'ils avaient raison, mais ajouta qu'il n'était pas le seul de son espèce. Tous les Finlandais ici présents étaient fous à lier. Les militaires le crurent sur parole.

Quand ils furent tous assis dans le bus, l'ingénieur retraité des ponts et chaussées Jarl Hautala prit la parole. Il expliqua qu'il était atteint d'un cancer incurable dont les métastases tentaculaires avaient envahi tout son corps. C'était pour cette raison qu'il avait décidé, au début de l'été, de se joindre aux Mortels anonymes. Il avait cependant changé d'avis. Les charmants villages des Alpes suisses l'avaient conquis. Il s'était aussi lié d'amitié, au cours du voyage, avec une jeune femme originaire d'Espoo, Tarja Halttunen, qui souffrait elle aussi d'un mal incurable. L'ingénieur des ponts et chaussées annonça à ses compagnons qu'il n'avait pas l'intention de les suivre dans la mort à bord de l'autocar, mais de passer les derniers jours qui lui restaient à vivre dans une petite auberge montagnarde, à contempler les pics couronnés de neige.

Le reste du groupe tourna un regard incrédule vers Tarja, qui était jusque-là restée en retrait, enfermée dans sa solitude, sans rien dire à personne. Elle avoua en rougissant qu'elle avait le sida et que sa maladie était si avancée qu'elle pouvait aussi bien rester avec Jarl Hautala à attendre la fin dans une auberge. Ils pourraient se soigner l'un l'autre.

La révélation soudaine de cette dangereuse maladie mortelle sema le trouble parmi les suicidaires. Certains reprochèrent à Tarja de ne pas les avoir mis en garde contre une éventuelle contagion. Il n'était pas impossible, après tout, qu'elle ait contaminé ses compagnons. Ils avaient voyagé ensemble et passé sous la même tente qui sait combien de nuits. Elle était irresponsable d'avoir caché son état.

La directrice adjointe Helena Puusaari éleva la voix pour faire remarquer qu'il importait assez peu, au bout du compte, que les suicidaires aient ou non attrapé le HIV, puisqu'ils étaient là pour mourir.

Les fugueuses d'Alsace déclarèrent qu'elles n'avaient, pour leur part, aucune intention de mourir et voulaient simplement accompagner les autres jusqu'au bord du précipice puis rentrer en Finlande. Mais si elles avaient été contaminées par Tarja...

Le colonel Kemppainen rétorqua froidement qu'elles s'étaient certainement plus exposées à la contagion par leur propre comportement en France qu'en voyageant avec Tarja, et qu'elles feraient donc mieux de se taire. Il n'y avait aucune raison de paniquer.

Uula Lismanki rappela qu'il n'entrait pas non plus dans ses projets de participer au suicide. À la surprise générale, plusieurs autres voyageurs annoncèrent qu'ils ne souhaitaient pas non plus mourir. On exigea de Korpela qu'il conduise les candidats à la survie jusqu'au plus proche village, car il n'y avait aucune possibilité de passer la nuit sur ces hauteurs abandonnées de Dieu.

On étudia la carte. Mille mètres plus bas et à une petite vingtaine de kilomètres plus au sud se trouvait un village du nom de Münster. Korpela, furieux, s'engagea dans la descente. À folle allure, l'autocar dévala la route en lacets verglacée. Les voyageurs, hurlant de terreur, supplièrent le chauffeur de conduire plus prudemment, mais il ne voulut rien savoir. Il cria dans le micro :

« C'est pour mourir qu'on est là ! »

En un vertigineux slalom, l'autocar entier faisait de la luge. Dans les virages les plus serrés, son nez décrivait une courbe au-dessus du vide ; la gueule béante, des gouffres profonds de plusieurs kilomètres guettaient leur proie.

Pour détendre l'atmosphère, l'empêcheur de déprimer en rond Seppo Sorjonen voulut raconter quelque chose d'amusant à ses compagnons, mais ceux-ci n'étaient pas d'humeur à écouter des histoires tendres et gaies. À ce train d'enfer, ils avaient déjà bien assez soif de vivre. La moutarde monta au nez de Sorjonen, en ces heures d'angoisse, son honneur de conteur avait été bafoué. Il déversa de force dans le micro une triste et sordide histoire. Elle était brève, mais même lui aurait été incapable, dans la frénésie de cette course à tombeau ouvert, de discourir bien longtemps.

Sorjonen évoqua le destin d'une mignonne petite fille allemande qui avait été kidnappée quand elle avait dix ans. Ses ravisseurs l'avaient élevée jusqu'à l'âge de quinze ans dans un chalet de montagne isolé puis avaient organisé d'ignobles orgies sexuelles, qu'ils avaient en même temps photographiées et filmées. Ces odieuses images avaient été vendues au prix fort à l'industrie pornographique. L'horreur avait culminé en une sanglante débauche au cours de laquelle la fille avait été violée à plusieurs reprises, et finalement tuée. Tout était supposé être enregistré comme d'habitude. Après avoir enterré derrière le chalet la victime de leur crime atroce, les assassins s'étaient cependant aperçus qu'il n'y avait pas de film dans la caméra. Ulcérés, ils avaient aussi massacré le preneur de vues, mais s'étaient fait pincer pour ce meurtre.

En entendant cette abominable histoire, le transporteur Korpela manqua précipiter l'autocar dans un ravin. Au dernier instant, il réussit à reprendre le contrôle du véhicule et à débarquer ses passagers hors d'haleine devant l'Hôtel de la Poste du village alpestre de Münster.

Les Mortels anonymes se précipitèrent tout flageolants hors du bus, le capitaine en cale sèche se rua à l'avant-garde du groupe jusqu'au bar de l'hôtel et commanda un alcool fort. Cette fois, tous les autres Finlandais suivirent son exemple. Les mains tremblantes, ils levèrent leur verre. Personne ne voulait plus entendre parler de mort.

31.

L'ingénieur retraité des ponts et chaussées Jarl Hautala et la sidéenne d'Espoo Tarja Halttunen furent si enchantés par l'Hôtel de la Poste de Münster qu'ils décidèrent d'y prendre une chambre, au dernier étage, afin d'y passer le restant de leurs jours. Ils y portèrent leurs maigres bagages. Puis ils redescendirent au bar faire leurs adieux à la compagnie.

Hautala remercia les Mortels anonymes pour l'amitié et l'attention qu'ils lui avaient portées pendant leur long voyage. Sa voix se brisa d'émotion quand il évoqua la dureté de son sort et la brièveté de la vie. L'instant était poignant. Plusieurs des suicidaires essuyèrent une larme.

Le petit village alpestre ne possédait pas suffisamment de lits pour héberger tous les Finlandais, qui dressèrent donc encore une fois leur camp. Ils trouvèrent, derrière le cimetière de Münster, un petit pré suffisamment plat pour accueillir leur tente.

La directrice adjointe Puusaari et le colonel Kemppainen en profitèrent pour visiter le cimetière. Il était en pente raide et offrait une vue grandiose sur la haute vallée du Rhône. Il y reposait une foule de Bacher décédés : Josef, Maria, Adolf, Frida, Ottmar... Il ne semblait guère y avoir d'autre famille dans le village, à en croire les tombes.

Helena Puusaari trouvait le petit cimetière de Münster idyllique. Elle aurait aimé être enterrée dans un lieu comme celui-ci. Mais les Suisses accepteraient-ils d'accueillir dans leur terre consacrée un groupe entier de touristes ? Peut-être Jarl Hautala pourrait-il s'occuper de faire inhumer ici les suicidés ? Il faudrait lui en toucher un mot.

Korpela vint demander si le groupe pensait passer encore une nuit dans le village ou s'il pouvait rassembler son monde dans l'autocar et le précipiter enfin dans un ravin comme convenu. Le colonel décida qu'on prendrait encore le temps d'une journée de réflexion et qu'on verrait le lendemain matin. Le transporteur annonça que dans ce cas il retournait au bar se soûler une bonne fois.

À l'Hôtel de la Poste, le capitaine en cale sèche, déjà bien éméché, s'était vanté devant les habitués d'appartenir à un groupe qui resterait à coup sûr dans les annales de la Suisse. Il avait dévoilé le projet des Mortels anonymes. Les habitants du village avaient d'abord pris les rodomontades de Heikkinen pour un délire d'ivrogne mais, quand les autres Finlandais avaient confirmé ses propos, ils avaient quitté les lieux en toute hâte.

Dans l'après-midi, les suicidaires s'installèrent au restaurant de l'Hôtel de la Poste pour manger des truites grillées et boire un peu de vin. La nourriture était excellente, et il n'y avait rien à reprocher non plus à la boisson, mais l'ambiance demeurait lugubre.

On entendit dehors le son d'un accordéon. Curieux de savoir qui pouvait bien en jouer, le colonel et la directrice adjointe sortirent sur la terrasse de l'hôtel pour trouver le capitaine en cale sèche occupé à mettre des pièces dans la fente d'un bonhomme en bois qui tenait sur ses genoux un accordéon mécanique et balançait la tête au rythme de sa musique. Mikko Heikkinen était si soûl qu'il se confiait à l'automate musicien, affirmant avoir perdu son âme au poker et se flattant de mourir bientôt. Il semblait inconsolable. Kemppainen lui suggéra d'arrêter de boire et d'aller se reposer un peu sous la tente. Le capitaine en cale sèche tenta de se ressaisir, fixa le colonel d'un regard vitreux et partit d'un pas chancelant en direction du campement dressé derrière le mur du cimetière.

Des martinets gazouillaient, un chat indolent se prélassait sur la pelouse de l'hôtel alpin. Le temps s'était éclairci depuis la descente du col de la Furka. Le ciel d'été était pur. Le colonel Kemppainen avoua à la directrice adjointe Helena Puusaari qu'il n'avait aucune envie de se jeter le lendemain dans un précipice avec l'autocar de Korpela. Il lui prit la main, se mit à genoux devant elle sur le terrain pentu et s'éclaircit la gorge. Il s'apprêtait à la demander en mariage. À cet instant précis, la cloche de l'église catholique de Münster sonna six coups. Le colonel s'embrouilla dans sa phrase. Il se releva, décontenancé, et déclara qu'il allait inspecter le campement. La directrice adjointe soupira d'un air excédé en le regardant s'éloigner.

Le soir, devant la tente, les suicidaires brûlèrent leurs dernières bûches de bouleau ensanglantées. Ils ne pensaient plus en avoir besoin. Les flammes les dévorèrent avec entrain. L'hémoglobine séchée des hooligans allemands disparut dans le feu de camp nocturne avec un sinistre et familier sifflement. L'atmosphère était étrange, à bien d'autres égards aussi. Uula tira du fond du tonneau les dernières vendaces salées du lac Inari et les distribua à la ronde. On rompit pour les accompagner du pain d'avoine suisse. Quelqu'un fit remarquer que le repas évoquait la Cène, si ce n'est qu'à la place de Jésus de Nazareth c'était l'éleveur de rennes Uula Lismanki qui distribuait le pain, avec pour disciples les Mortels anonymes.

Les femmes commencèrent à chanter à voix basse. Tous reprirent en cœur des airs mélancoliques des plaines d'Ostrobotnie. Le colonel lui-même s'aperçut qu'il en connaissait encore. « Le vent faisait ployer la cime des bouleaux… »

Alors que le soleil se couchait, on vit arriver au campement cinq robustes Suisses qui déclarèrent être des représentants du canton du Valais. Ils avaient la mine grave, une affaire sérieuse les amenait. Le colonel les invita à s'asseoir auprès du feu afin de partager leur modeste repas et leur offrit des vendaces, du pain et du vin.

Le conseil du canton s'était réuni d'urgence en fin d'après-midi et avait chargé ses émissaires de parlementer avec les Finlandais. Le fait était que les Valaisans ne pouvaient tout simplement pas accepter le projet du groupe de commettre un suicide collectif sur leurs terres. Aux yeux de la délégation, le suicide en général était une abomination, et le suicide collectif encore plus. Dieu n'avait pas créé les hommes afin qu'ils mettent fin à leurs jours. Son intention était au contraire qu'ils croissent et se multiplient, pas qu'ils quittent ce monde prématurément et de leur propre main. D'ailleurs la loi suisse interdisait les suicides de masse.

Le colonel Kemppainen remercia les délégués du canton pour leur sollicitude, mais les prévint que les Finlandais n'avaient pas pour habitude de prendre conseil auprès d'inconnus, surtout dans des affaires aussi graves. Il leur demanda comment ils avaient eu vent des intentions de son groupe. Les Valaisans déclarèrent que des informations crédibles sur le suicide prévu leur avaient été communiquées par l'un des compagnons du colonel, qui s'était également vanté d'avoir perdu son âme, la nuit précédente à Zurich, en jouant à des jeux de hasard avec le diable. Ils n'avaient jamais rien entendu d'aussi effroyable de leur vie. Ils interdirent formellement aux suicidaires de provoquer d'autres troubles à Münster et les invitèrent à quitter le canton au plus tard le lendemain matin.

Les propos des caciques commençaient à agacer sérieusement le colonel. C'était quand même incroyable qu'un Finlandais en voyage à l'étranger ne puisse pas se tuer sans qu'on se mêle de ses affaires. Il remercia la délégation pour ses mises en garde mais ne promit pas d'obéir à ses desiderata. Ses compatriotes avaient de la suite dans les idées, ils allaient toujours au bout de leurs choix. Ils avaient la tête dure et ne se laissaient pas influencer. La Finlande était un État souverain, ses citoyens avaient le droit constitutionnel de décider eux-mêmes de leur sort, où qu'ils soient dans le monde.

Les représentants du canton du Valais déclarèrent qu'ils avaient le droit d'interdire les suicides collectifs sur leur territoire, le colonel devait le comprendre. Ils ajoutèrent que les Finlandais étaient à leur avis une nation de cinglés.

Le colonel leur rappela un épisode de l'histoire helvétique. Il y avait quelque deux mille ans, tous les habitants de la Suisse de l'époque avaient mis le feu à leurs maisons et étaient descendus d'un commun accord de leurs montagnes pour marcher vers le sud. Ils étaient alors 370 000. Leur intention était de trouver de nouvelles terres plus hospitalières où s'établir. Les Helvètes étaient arrivés sur le territoire de l'actuelle Italie. Les légions romaines avaient cependant brutalement contraint les masses en mouvement à rebrousser chemin. Le retour avait dû être difficile, si l'on songeait que toutes les constructions habitables avaient été détruites avant le départ. Dans ce contexte, le colonel trouvait assez déplacé que les délégués du canton viennent faire la leçon aux Finlandais sur ce qui était raisonnable ou non.

Une querelle faillit éclater, mais elle n'en eut pas le temps car un terrible cri d'agonie déchira soudain le soir paisible du village alpestre. L'écho fit rebondir l'épouvantable hurlement de versants en ravins. Il y avait de quoi glacer le sang, et les Suisses tombèrent à genoux pour prier. Pour eux, c'était le dernier signe. L'horreur avait aussi saisi les Finlandais.

Un messager arriva bientôt en courant pour annoncer au groupe que l'un des siens était tombé dans le précipice du Rhône d'une hauteur de plusieurs centaines de mètres. On avait besoin d'hommes pour remonter le corps.

Les Finlandais trouvèrent une civière à l'Hôtel de la Poste. On leur indiqua le sentier qui descendait au fond de la gorge. Ils s'y engagèrent avec des torches électriques. D'en haut, les témoins du drame criaient pour les guider vers la victime. Au bout d'un moment, le malheureux fut retrouvé. C'était le capitaine en cale sèche Mikko Heikkinen. Plus mort qu'un corps-mort. Il avait la colonne vertébrale brisée, mais la bouteille de vin qu'il tenait à la main était par extraordinaire intacte. Le temps des miracles n'était pas révolu.

On hissa le corps sur la civière pour le porter jusqu'à la terrasse de l'Hôtel de la Poste. Il n'y avait pas de docteur au village – mais qu'aurait-il pu faire de plus ? Ce qui est mort est mort.

L'ingénieur retraité des ponts et chaussées Jarl Hautala descendit de sa chambre afin de voir le corps de son ami défunt. Il lui croisa les mains sur la poitrine et lui ferma les yeux. La directrice adjointe Helena Puusaari retira la bouteille de la poigne du mort. C'était un riesling de 1987, une bonne année, qui venait d'être ouvert. Une première – et, dans le cas présent, dernière – gorgée avait été bue.

Le colonel annonça aux représentants du canton que, face à la surprenante et bouleversante tournure prise par les événements, il considérait qu'il était de son devoir de modifier le programme de son groupe. Le suicide collectif ne se commettrait pas à Münster, ces messieurs pouvaient dormir tranquilles sur leurs deux oreilles. En Finlande en tout cas, en cas de décès, on annulait les festivités, quelles qu'elles soient.

L'ingénieur des ponts et chaussées suggéra que les Mortels anonymes s'embarquent à bord de la Flèche de la Mort de Korpela pour le Portugal, à travers la France et l'Espagne.

« Et pourquoi jusque-là ? », grogna le transporteur. Le projet impliquait encore des jours et des jours de conduite sans trêve.

Jarl Hautala expliqua qu'il venait de penser qu'il y avait au Portugal, aux confins de la province de l'Algarve, un cap surnommé « la fin du monde » parce que le monde connu s'arrêtait jadis là, à l'extrême pointe sud-ouest de l'Europe. Il avait vu des cartes postales de ce promontoire vertigineux. Si l'autocar se précipitait de là dans l'océan, la mort serait certaine, assura Hautala.

L'ingénieur retraité des ponts et chaussées promit aussi de prendre soin du corps du capitaine en cale sèche si le reste du groupe quittait cette région de malheur pour le Portugal et la côte ensoleillée de l'Atlantique.

Le colonel prit la décision de partir.

« Demain matin à six heures, tout de suite après le petit-déjeuner, on lève le camp et on s'en va. »

Les Valaisans s'agenouillèrent auprès du corps du capitaine en cale sèche, joignirent les mains et levèrent leurs yeux pleins de larmes vers le firmament étoilé. Ils remercièrent Dieu miséricordieux pour la décision des Finlandais de quitter leur village et leur canton. Ils promirent même d'acheter aux frais de ce dernier un cercueil en zinc destiné à rapatrier le corps du malheureux dans son pays natal.

32.

Au matin, la Flèche de la Mort dévala rageusement des hauteurs de Münster pour atteindre Genève avant neuf heures. Là, Korpela fit le plein de gazole. Le colonel abandonna l'autocar, avec la directrice adjointe Helena Puusaari, afin de prendre l'avion pour Lisbonne. Il avait à ce choix des motifs tout personnels – il voulait rester seul en tête à tête avec la belle rousse.

L'on convint de se retrouver la semaine suivante au cap de la Fin du monde. Korpela s'enquit de l'endroit exact où le colonel et la directrice adjointe attendraient les Mortels anonymes. Kemppainen répondit qu'ils logeraient à l'hôtel le plus en pointe du continent européen, il y en aurait bien un.

C'est ainsi que le colonel Hermanni Kemppainen et la directrice adjointe Helena Puusaari se rendirent en avion à Lisbonne, avec un crochet par Londres, puis en autocar de tourisme à Sagres, à trois cents kilomètres environ au sud de la capitale. Le couple prit une chambre à l'hôtel Riomar, sans conteste le plus avancé du continent dans cette direction.

Quatre jours plus tard, dans l'après-midi, la Flèche de la Mort de Korpela s'arrêta devant l'hôtel. Les retrouvailles furent un plaisir. Le colonel fit servir dans le patio du Riomar un dîner de bienvenue composé de poissons et de fruits de mer, accompagnés de vinho verde de la région.

Les voyageurs étaient frais et dispos, malgré leur trajet de trois mille cinq cents kilomètres. Le transporteur Korpela et l'adjudant hors cadre Jarmo Korvanen avaient tenu le volant à tour de rôle. Ils avaient rallié Barcelone par Lyon, puis Madrid, Lisbonne et enfin Sagres, dans la matinée. À Madrid, ils s'étaient procuré des quotidiens finlandais à l'ambassade. On y parlait d'Uula Lismanki, contre qui un mandat d'arrêt avait été lancé. La police avait en effet découvert qu'il avait escroqué des centaines de milliers de dollars à une équipe de cinéastes américains. Après avoir lu les journaux, l'éleveur de rennes avait annoncé qu'il se tuerait avec les autres.

Le reste du groupe, par contre, commençait à douter de l'utilité d'un suicide collectif. Les uns après les autres, plusieurs des désespérés s'étaient aperçus que le monde était tout compte fait un endroit agréable et que les problèmes qui leur avaient paru insurmontables dans leur mère patrie paraissaient minimes vus de l'autre extrémité de l'Europe. Le long voyage en compagnie de camarades d'infortune leur avait redonné envie de vivre. Le sentiment d'une même appartenance avait consolidé leur confiance en soi et sortir de leur univers étriqué leur avait ouvert de nouveaux horizons. Ils avaient pris goût à la vie. L'avenir s'annonçait bien plus radieux qu'on n'aurait pu l'imaginer au début de l'été.

L'empêcheur de déprimer en rond Seppo Sorjonen avait sa part de responsabilité dans l'amélioration de l'humeur du groupe. Tout au long du parcours, il avait à son habitude régalé les Mortels anonymes de savoureuses histoires. Tandis qu'ils traversaient les vastes oliveraies espagnoles, il leur avait parlé des plats de fête qu'il avait goûtés aussi bien quand il travaillait comme extra qu'au cours de son enfance en Carélie.

Sorjonen avait évoqué un certain Suhonen, un gros fermier du canton de Nurmes qui, pour son malheur, n'avait qu'un enfant – qui plus est une fille – à qui léguer son domaine. Pour ne rien arranger, l'héritière était maigrelette, pas très belle, affligée de jambes torses et d'un caractère acariâtre, comme souvent les filles de riches maisons. Elle avait fait fuir les gendres potentiels les uns après les autres, jusqu'à ce qu'à la fin des années cinquante un journalier réussisse à la mettre enceinte. Suhonen, plutôt que de rester à pleurer sur les pots cassés, avait organisé les noces du siècle pour sa fille et son séducteur. Les invités étaient venus de toute la Carélie du Nord et l'on avait parlé dans le pays entier de cette fête qui avait duré trois jours.

Sur les grandes tables de banquet, dehors à l'ombre des bouleaux, on avait servi les mets finlandais les plus fins. Il y avait là des poissons de toutes sortes : suprêmes de lavaret, loche, saumon salé, vendaces à la moutarde ou façon rollmops, corégones fumés, sandre au four, quenelles de brochet et gratin de tacon. À côté, de grandes jattes débordaient d'œufs de poisson et de crème aigre, de cornichons à la russe, de miel, d'oignons grelots et de betteraves au vinaigre, de bouillie d'orge, de purée de chardons des prés, de champignons marinés, de tomates, de navets râpés et de salade de pommes de terre aux harengs.

On avait compté que près de trois cents personnes s'étaient succédé au buffet pendant les trois journées de bombance. Mais rien n'avait manqué !

En plus du poisson, les tables croulaient sous une incroyable variété de plats de viande ancestraux : gigots entiers ou navarins lentement cuits au four dans de grands plats en bois, renne fumé, jambons, sauté de lièvre, ragoût d'élan, gibier à plumes accommodé de mille façons. Porc en gelée, mouton aux choux, fromage de colostrum, gratin de rutabagas, blinis… et bien sûr d'imposantes pyramides de pirojkis caréliens accompagnés de beurre et d'œufs brouillés.

Toutes sortes de biscuits, gâteaux et pains d'épice, confitures de framboise et kissels avait naturellement été servis avec le café, le cognac et les liqueurs. Derrière l'étable, un tonneau de cinq cents litres de bière était à la disposition des convives.

Pendant trois jours, les invités avaient mangé, bu et fêté le jeune couple. Jamais on n'avait vu de noces aussi grandioses. Le père avait tout financé le sourire aux lèvres, proclamant qu'à l'arrivée d'un gendre dans une grande et belle ferme, ce n'était pas le moment de regarder à la dépense. Que le marié sache bien ce qui l'attendait : plus on savait faire ripaille, plus on savait travailler dur les autres jours. Le journalier avait acquiescé aux propos du fermier. C'était la responsabilité du domaine qu'on lui transmettait là devant toute la province assemblée.

À la suite de ces noces, plus de trente nouveaux couples s'étaient formés à Nurmes et dans les cantons voisins. C'est ce qui arrive, quand trois cents personnes mangent, boivent et dansent pendant la moitié d'une semaine. Sorjonen se rappelait qu'il n'y avait pas eu un seul suicide cette année-là dans toute la Carélie du Nord, tellement les noces avaient été réussies.

L'empêcheur de déprimer en rond avait distribué aux Mortels anonymes des recettes de mets de fête finlandais, au cas où ils en auraient un jour l'emploi. Tous les avaient acceptées avec plaisir, sauf Uula Lismanki, qui avait déclaré avoir déjà croqué à trop belles dents dans les biens de ce monde, ces temps-ci.

Au cours du long trajet entre la Suisse et le Portugal, des relations amoureuses s'étaient nouées entre plusieurs suicidaires. C'est dans le besoin que l'on reconnaît ses amis, et un destin commun peut aussi rapprocher hommes et femmes. Le président Rellonen et Aulikki Granstedt s'asseyaient désormais côte à côte. Ils avaient l'intention de se marier, une fois que l'homme d'affaires aurait divorcé de sa précédente épouse. Le garde-frontière Rääseikköinen et l'ouvrière postée Leena Mäki-Vaula ainsi que le directeur de cirque Sakari Piippo et l'employée de banque Hellevi Nikula s'étaient fiancés à Madrid. Le mécanicien Ensio Häkkinen, le concessionnaire automobile Lämsä, l'adjudant hors cadre Korvanen et l'employé des chemins de fer Utriainen avaient également posé des jalons, et d'autres en avaient le projet.

La directrice adjointe Helena Puusaari avait une nouvelle à annoncer : elle avait décidé d'accepter d'épouser le colonel Hermanni Kemppainen. L'annonce prit l'intéressé lui-même par surprise : il n'avait pas encore trouvé le temps de faire sa demande à l'élue de son cœur, sa tentative avait malencontreusement été interrompue par les cloches de l'église de Münster. Il se troubla et rougit jusqu'aux cheveux, ce qui ne lui était pas arrivé depuis des décennies. Tout à son bonheur, il se mit à distribuer des courbettes de droite et de gauche, jusqu'à ce que Helena Puusaari le prenne par la main pour le calmer.

33.

Dans l'allégresse générale, les suicidaires partirent visiter la fin du monde et l'ancienne forteresse de Henri le Navigateur. Le paysage était magnifique. La falaise, haute de soixante mètres, plongeait droit dans les eaux turquoise de l'Atlantique, dont les lourdes vagues couronnées d'écume se brisaient avec fracas sur les rochers. La mer était chaude, ici, contrairement au cap Nord, et son haleine ne semblait pas aussi cruelle que celle du glacial océan Arctique. Mais toutes les mers sont de la même eau.

Le transporteur Korpela avoua au colonel Kemppainen que ce voyage de Pori au cap Nord, en passant par toutes les régions de Finlande, puis à travers l'Europe jusqu'à ce cap Saint-Vincent, avait été la plus folle et la plus incroyable équipée de sa vie.

« Tu dis ça parce que nous sommes encore en vie, ou parce que nous n'avons toujours pas réussi à nous tuer ? », demanda le colonel.

Tandis que les autres batifolaient sur la falaise, l'éleveur de rennes Uula Lismanki se retira d'un air pensif dans le bus de la Flèche de la Mort. Il s'empara du manuel du conducteur et s'assit au volant pour l'étudier. Il avait l'intention d'apprendre à piloter l'autocar. C'était exactement le genre de chose dont il pensait avoir besoin dans l'immédiat.

Le manuel faisait cinquante pages. Uula n'avait jamais rien conduit d'autre qu'une motoneige et un sérieux apprentissage s'imposait s'il voulait réussir à mettre en marche la mécanique compliquée du pullman de luxe.

Le tableau de bord comportait près de trente cadrans. Uula mit un certain temps à comprendre à quoi servait, par exemple, la commande de relevage d'essieu. Il dut aussi s'intéresser aux manomètres de frein des circuits avant et arrière. La clef de contact était en place, mais démarrer n'était pas si simple. Il fallait d'abord étudier le système de freinage et les changements de vitesse. L'autocar était équipé d'une boîte automatique à dix rapports.

Deux heures durant, le front plissé, Uula Lismanki lut le manuel. Des ruines de la forteresse, à l'extérieur, lui parvenaient les rires et les chants des suicidaires. Certains étaient si gais qu'ils dansaient sur la grande rose des vents pavée, vestige de l'époque de Henri le Navigateur. Uula trouvait cette liesse écœurante. Il continua de s'instruire.

Enfin l'éleveur de rennes en sut suffisamment pour essayer de mettre l'autocar en route. Il appliqua les consignes à la lettre : vérifier que le frein de stationnement était serré, mettre le sélecteur de vitesse en position N et appuyer sur l'accélérateur à main. Puis il plaça la commande d'alimentation en position 1 et actionna l'interrupteur d'allumage. Il vérifia que les voyants de pression d'huile et de charge étaient bien allumés, de même que le témoin du frein de stationnement. Il ne restait plus qu'à tourner la clef de contact pour réveiller les quatre cents chevaux de l'engin. Les voyants s'éteignirent. Le moteur s'ébroua.

Uula Lismanki tourna le volant assisté, accéléra à fond et embraya. L'autocar démarra sur les chapeaux de roue. Le moteur monta en régime, l'aiguille du compteur de vitesse bondit. Le pullman se rua en avant, frôlant les mortels en train de danser. Ils fixèrent pétrifiés le bus en folie et l'éleveur de rennes au regard halluciné qui le conduisait. Uula agita la main en signe d'adieu et dépassa pleins gaz l'antique forteresse en ruine, en direction de la falaise et, droit à travers le garde-fou en acier, de l'ouest et de l'Atlantique. L'autocar de luxe de la Flèche de la Mort balaya la barrière de son chemin et, moteur hurlant, fendit les airs sur plus de cent mètres avant de heurter les flots dans un bruit d'explosion. Il bascula sur le flanc, ses lumières s'éteignirent, il commença à couler tel un cuirassé touché par une torpille.

Les Mortels anonymes galopèrent jusqu'au bord de l'à-pic pour constater les dégâts. Ils eurent tout juste le temps d'apercevoir le côté de l'autocar orné du logo de la Flèche du Tourisme de Korpela. Puis la houle crêtée d'écume, venue d'outre-Atlantique, lui ouvrit son sein et le recouvrit. Il sombra, emportant l'éleveur de rennes Uula Lismanki.

L'océan bouillonna longtemps à l'endroit où l'enfant de la toundra d'Utsjoki avait été englouti avec le pullman. Les suicidaires désemparés quittèrent les lieux. Muets, ils parcoururent à pied les quelques kilomètres qui les séparaient de Sagres, où le colonel Kemppainen et le transporteur Korpela allèrent déclarer l'accident à la police. L'autocariste expliqua que son véhicule, à première vue, s'était mis pour une raison ou une autre à rouler tout seul vers la mer. Le colonel ajouta que l'un des touristes du groupe, l'éleveur de rennes Uula Lismanki, s'était selon toute vraisemblance noyé avec le bus.

La police alerta la surveillance maritime, qui dépêcha un navire dans la zone de l'accident. Il ne trouva en mer aucun reste du naufrage, pas même une tache d'huile.

Le suicide collectif des Mortels anonymes fut annulé, pour d'évidents motifs. L'instrument du trépas avait coulé au fond de l'océan et le transporteur Korpela n'avait pas l'intention de le remplacer. C'était déjà beau d'avoir réussi à se débarrasser sans déchoir d'un investissement aussi coûteux. Sans bons outils, pas de bon travail. Pour se pendre à une poutre, mieux vaut avoir une corde.

Les suicidaires conclurent d'une seule voix que si le plus grave dans la vie c'était bien la mort, ce n'était quand même pas si grave.

34.

L'été n'avait pas été facile pour l'inspecteur principal Ermei Rankkala. Il s'était empêtré dans une histoire étrange et compliquée qui lui prenait tout son temps et toute son énergie. Elle lui avait gâché ses vacances, car il n'avait cessé de réfléchir à ses multiples méandres, et il avait même été contraint de renoncer à la fin de son congé pour poursuivre l'enquête.

Il avait été rappelé au travail en raison d'une information fournie par le douanier Topi Ollikainen, du poste-frontière situé entre Enontekiö et Kautokeino. Le fonctionnaire avait signalé que l'autocar de tourisme recherché par la Sûreté avait quitté le pays. Le véhicule correspondait à la description donnée, de même que le numéro d'immatriculation, qu'il avait noté selon la procédure habituelle. Ollikainen avait également rapporté avoir reconnu sur le marchepied du bus un éleveur de rennes d'Utsjoki, Uula Lismanki, qui lui avait crié par la portière ouverte quelque chose en rapport avec la mort. Connaissant Lismanki, il supposait qu'il s'agissait d'une de ces mauvaises plaisanteries dont l'éleveur de rennes avait le secret.

Le commissaire rural du district d'Inari avait par ailleurs fait savoir que le colonel Hermanni Kemppainen s'était présenté à son bureau et lui avait raconté avoir séjourné au cap Nord en compagnie d'un groupe de touristes. Il était à Ivalo pour s'occuper du passeport de l'un de ses amis, l'éleveur de rennes Uula Lismanki.

L'inspecteur principal Rankkala avait pris l'avion pour la Norvège et s'était rendu au cap Nord. Il avait retrouvé la trace de l'autocar disparu : deux ornithologues allemands accompagnés d'un collègue finlandais avaient parlé aux habitants du coin d'une scène étrange à laquelle ils avaient assisté sur les falaises. D'après la rumeur, un bus finlandais avait tenté de plonger dans l'océan Arctique du haut du cap Nord. Au dernier instant, le chauffeur avait changé d'avis et détourné son véhicule du vide. Les témoins directs avaient hélas quitté la région. Rankkala parcourut malgré tout en long et en large la Norvège septentrionale, où le groupe avait été aperçu dans plusieurs localités. La piste le conduisit finalement vers le sud, à Haparanda, où elle se perdait de nouveau.

Rankkala retourna en hâte à Helsinki. Son enquête l'avait convaincu qu'il avait affaire à une dangereuse organisation qui, selon toute apparence, s'apprêtait à commettre un suicide collectif de grande envergure. Une trentaine de Finlandais étaient en danger de mort. Ce que pouvaient être les autres intentions répréhensibles de cette société secrète, Rankkala l'ignorait encore. Quoi qu'il en soit, l'histoire avait maintenant pris de telles proportions qu'il devait en avertir ses supérieurs.

Le commissaire Hunttinen étudia le dossier constitué tout au long de l'été par son subordonné. Il conclut aussitôt que l'affaire était d'importance et présentait de nombreux aspects pour le moins curieux. D'après les renseignements recueillis par l'inspecteur principal, il vadrouillait à travers le monde un autocar de tourisme finlandais dont les voyageurs risquaient la mort. Certains membres de cette mystérieuse association de suicidaires, voire tous, étaient sans doute mêlés à de louches complots diplomatiques et militaires. Hunttinen décida de réunir un comité informel, au sein duquel il convia des représentants de différentes administrations : ministère des Affaires étrangères, police judiciaire centrale, hôpital de jour psychiatrique du centre hospitalier universitaire de Helsinki, Office national du tourisme et bien entendu Sûreté, en charge du dossier.

Le comité prit l'habitude de se retrouver à l'*Ateljee,* le bar de l'hôtel *Torni.* Le commissaire se serait volontiers contenté d'un endroit plus modeste, mais le délégué de l'Office du tourisme déclara ne fréquenter que des lieux de conférence de grand standing. Il promit en outre de régler les consommations, aux frais de l'organisme qu'il représentait.

Dès la première réunion, le comité conclut qu'il fallait stopper l'autocar au plus vite. Il était à craindre que trente ressortissants nationaux perdent la vie. L'image de la Finlande à l'étranger risquait d'être sérieusement écornée, souligna le spécialiste du tourisme. Si l'on apprenait qu'un groupe dirigé par un colonel et un homme d'affaires avait volontairement mis fin à ses jours, cela nuirait non seulement gravement à la fréquentation touristique, mais aussi au commerce et aux industries exportatrices. Que penserait-on d'un pays dont les citoyens, non contents de se tuer en masse, se rendaient spécialement à l'étranger dans ce but ?

Aux yeux de la police, il ne s'était jusque-là rien produit d'illicite. La Sûreté ne pouvait donc pas demander l'aide d'Interpol. En vertu de la loi, on ne pouvait rechercher que les auteurs de délits, pas les individus bizarres.

Les regards se tournèrent vers le psychiatre. Pouvait-il intervenir ? Les disparus étaient de toute évidence fous à lier et dangereux, non seulement pour l'État mais aussi pour eux-mêmes. Si un médecin ordonnait leur internement collectif dans le plus proche asile, l'affaire serait réglée. Le psychiatre en convint, mais il craignait qu'il soit impossible de déclarer d'un seul coup aliénés des autocars entiers de touristes.

« Au nom de la réputation de notre patrie », firent valoir le commissaire Hunttinen et l'inspecteur principal Rankkala. Le médecin ne se laissa pas fléchir par l'argument. Il grommela que l'on avait invoqué le même genre de motifs, dans l'Allemagne nazie, pour enfermer des gens dans des camps de concentration.

Le pire était que personne ne savait où bourlinguait actuellement l'autocar de l'organisation suicidaire secrète.

Les membres du comité profitaient en général des réunions pour déjeuner ou dîner légèrement. L'inspecteur principal Rankkala se contentait de potages ou de légumes et ne buvait pas de vin. Il se plaignit au médecin assis face à lui de souffrir de l'estomac depuis qu'il avait été chargé, cet été, de cette histoire de suicide. Le commissaire Hunttinen nota que de tels symptômes étaient fréquents parmi les fonctionnaires de la Sûreté. Le travail était ingrat et stressant. Ses enquêteurs présentaient un taux de douleurs stomacales supérieur de cinquante pour cent à celui des policiers ordinaires. Le psychiatre admit que le métier provoquait souvent des maladies psychosomatiques.

Le comité décida de recommander au ministère des Affaires étrangères d'alerter les ambassades et consulats de Finlande de tous les pays européens afin qu'ils surveillent les groupes de ressortissants nationaux qui auraient des comportements inhabituels. Le signalement de l'autocar fut aussi communiqué aux représentations diplomatiques.

À la troisième réunion du comité, l'inspecteur principal Ermei Rankkala apporta des nouvelles alarmantes. L'organisation suicidaire avait déclenché une bataille rangée dans la petite ville de Walsrode, en République fédérale d'Allemagne. L'incident avait été rapporté par la délégation commerciale de Hambourg, auprès de qui la police allemande avait cherché à obtenir des renseignements sur les Finlandais. La Sûreté avait enquêté sur la rixe et plus elle en avait appris, plus elle était persuadée qu'il ne s'agissait pas d'une simple échauffourée. D'après l'attaché militaire de l'ambassade de Bonn, appelé sur place, on pouvait parler d'une miniguerre, sous le commandement, côté finlandais, d'un colonel et de plusieurs sous-officiers. La bataille s'était soldée par la victoire des forces nationales.

Le comité se réunit à partir de là deux fois par semaine. L'inspecteur principal Rankkala commença à souffrir d'hémorragies digestives.

Le pire était à venir. En France, les autorités alsaciennes avaient pris contact avec l'ambassade de Finlande à Paris pour l'informer qu'elles avaient expulsé du pays trois de ses ressortissantes. Ces femmes faisaient de toute évidence partie de l'organisation secrète recherchée. Elles avaient mis sens dessus dessous toute une vallée viticole. De France, l'autocar avait pris la direction de la Suisse. Le comité resta à attendre avec effroi de nouvelles informations sur les mouvements du bus – et en reçut bientôt.

Le message suivant fut envoyé par l'ambassadeur de Finlande en Suisse. Des touristes s'étaient comportés de manière étrange, et dangereuse pour leur propre sécurité, lors d'un séjour dans le Valais. Sous la conduite d'un officier de haut rang, ils avaient tenté de se tuer en groupe dans le village alpestre de Münster. Grâce à l'action déterminée des autorités du canton, le projet avait été contrecarré. L'un des Finlandais avait cependant perdu la vie dans des circonstances obscures. Le mort avait été identifié : il s'agissait de l'armateur alcoolique d'un bateau de navigation intérieure de Savonlinna. Le corps avait été rapatrié dans la ville natale du défunt dans un cercueil en zinc et enterré là-bas. D'après l'autopsie pratiquée en Suisse, le décès était dû à une intoxication éthylique doublée d'une rupture brutale de la colonne vertébrale.

Après avoir quitté Münster, l'organisation secrète avait à nouveau réussi à se fondre dans la nature. On pouvait supposer qu'elle avait tenté de gagner l'Italie ou l'Espagne.

La police judiciaire, entre-temps, avait éclairci une grosse affaire de détournement de fonds qui s'était produite au début de l'été à Utsjoki. Elle soupçonnait au premier chef un éleveur de rennes du nom d'Uula Lismanki. L'inspecteur principal de la Sûreté Ermei Rankkala avait déjà entendu ce nom. L'homme avait dérobé des centaines de milliers de dollars à une société de production cinématographique américaine. Au moment des faits, on avait notamment construit dans la toundra lapone un véritable camp de concentration. Ce projet de prison avait été lancé sans qu'aucune des autorisations nécessaires ait été demandée aux autorités nationales. Il avait cependant été abandonné, et aucun détenu n'avait été enfermé dans le camp. Le rôle de Lismanki dans l'édification de ce goulag privé n'avait pas encore été élucidé, mais la police judiciaire et la Sûreté nourrissaient de lourds soupçons sur ce point.

L'estomac de l'inspecteur principal Ermei Rankkala ne résista pas à ces dernières nouvelles. Au fil de l'été, sa charge de travail n'avait cessé d'augmenter. Il dormait mal, n'avait plus d'appétit pour la nourriture et encore moins pour la boisson. Sa chevelure grisonnait. Un samedi, alors qu'il était assis devant ses dossiers dans son bureau, Ermei Rankkala regarda sa montre : il était déjà onze heures du soir. Il alluma une énième cigarette, but une gorgée d'eau oubliée au fond d'un gobelet en plastique. Il se sentait oppressé – comme quelqu'un qui est soupçonné d'un crime et attend d'être interrogé.

L'inspecteur principal songea avec lassitude que les suspects étaient comme des oignons, et les interrogatoires comme de l'épluchage. Sous le mensonge, la vérité nue apparaît. Et sous la pelure de l'oignon, sa saine et délicieuse chair blanche. Dans les deux cas, l'éplucheur a les larmes aux yeux… ainsi va la vie. Pour finir, on émince l'oignon et on le fait frire dans du beurre.

Une violente nausée tordit les entrailles de l'inspecteur principal. Il fut pris de vertige.

Le zélé serviteur de la Sûreté s'écroula sur le plancher, sa cigarette lui brûla les doigts, du sang jailli de sa bouche. Il se dit que c'était la fin. En un sens, c'était un soulagement. Inutile de se suicider. La mort faisait seule sa besogne.

35.

Épilogue

La mort subite de l'inspecteur principal de la Sûreté Ermei Rankkala fut officiellement regrettée à la réunion suivante du comité de l'hôtel *Torni*. La tablée se leva et observa une minute de silence en hommage à sa mémoire. Les participants se demandèrent aussi s'ils devaient assister à ses obsèques, mais le commissaire Hunttinen ne pensait pas que ce soit nécessaire. Il déclara qu'il s'en chargerait personnellement. Il était habitué à ce que ses subordonnés ne vivent pas éternellement. Rankkala, sauf erreur de sa part, ne laissait pas de veuve.

Machinalement, les membres du comité feuilletèrent le dernier rapport de l'inspecteur principal. Il ne contenait rien de nouveau. Comment l'aurait-il pu, d'ailleurs, puisque le rapporteur était mort ?

Les participants commandèrent comme à l'accoutumée un dîner léger et discutèrent des travaux du comité et des résultats obtenus. Beaucoup avait été fait. L'itinéraire de l'autocar de l'organisation suicidaire secrète avait été retracé, à travers toute l'Europe. De nombreux télégrammes avaient été envoyés. L'on s'était préparé à tout. Les ambassades, les consulats, les correspondants de l'Office du tourisme avaient été tenus informés. Des contacts avaient été pris, autant que nécessaire, avec la police, les ministères, les chancelleries, les médecins, les ambassadeurs, etc.

Le comité décida de poursuivre sans désemparer la recherche de l'autocar disparu. Il se réunirait dorénavant une fois par semaine, toujours au même endroit et selon les mêmes modalités. La piste de la société suicidaire secrète se perdait quelque part en Europe. C'était un facteur qui interdisait de suspendre ces réunions essentielles pour la sécurité et la réputation de la nation. Aucun élément nouveau n'apparut jamais. Cela dura ainsi pendant des années, et dure encore aujourd'hui.

Les Mortels anonymes quittèrent un à un le cap de la Fin du monde. Presque tous étaient vivants et entendaient le rester. Peu après le plongeon d'Uula Lismanki dans l'océan, le président Rellonen et Mme Aulikki Granstedt se rendirent à Lisbonne, où ils passèrent quelques mois. Ils firent le voyage en compagnie du directeur de cirque Sakari Piippo, qui trouva un emploi de roi de l'évasion dans une troupe de forains lisboète. Revenu en Finlande, le couple créa coup sur coup à Oulu deux petites entreprises, un atelier de peinture automobile et un commerce de fourrures.

Le garde-frontière Rääseikköinen et l'ouvrière postée Leena Mäki-Vaula se marièrent et s'installèrent à Muonio, où le jeune homme obtint un poste de douanier. Le concessionnaire automobile Lämsä retourna avec sa jeune épouse à Kuusamo, où il continue comme avant de vendre des voitures, mais d'une autre marque. Le forgeron de village Laamanen se retira pour ses vieux jours au Portugal après avoir constaté à quel point la vie et la mort y étaient bon marché. Le pays séduisit aussi l'employé des chemins de fer Tenho Utriainen, qui trouva du travail comme surveillant d'un toboggan aquatique dans la station balnéaire d'Albufeira.

Elsa Taavitsainen entama une correspondance avec l'agriculteur de Kittilä Alvari Kurkkiovuopio, au terme de laquelle elle vint tenir sa ferme à ses côtés. L'adjudant hors cadre Jarmo Korvanen se fit embaucher comme observateur militaire de l'ONU au Proche-Orient. Son premier geste fut de s'acheter, hors taxes, un quatre-quatre de la marque la plus chère disponible sur le marché, et du modèle le plus coûteux. On parle encore aujourd'hui de l'adjudant Jarmo Korvanen comme d'un soldat hors pair ne craignant pas la mort, et allant même au-devant d'elle.

L'ingénieur retraité des ponts et chaussées Jarl Hautala et sa jeune compagne condamnée par la maladie Tarja Halttunen s'accrochèrent à la vie, si surprenant que cela puisse paraître, mois après mois. L'on constata finalement que le cancer de Hautala avait cessé de proliférer et que le HIV de la jeune femme était entré dans une phase de latence. L'ingénieur rédigea même, dans le village alpestre de Münster, un mémoire scientifique sur les enjeux de la gestion de l'équipement routier finlandais du XXIe siècle, soulignant notamment les bienfaits du salage en matière de prévention des accidents hivernaux. L'ouvrage fut publié par le Centre national de la recherche technique, qui salua son caractère novateur. Il se murmure que Hautala serait toutefois récemment décédé.

Le peintre en bâtiment Hannes Jokinen et Lisbeth Korhonen rentrèrent chez eux, tout comme les autres survivants. Ils sont toujours en vie et se voient de temps en temps. Ils mènent une existence paisible, sans problèmes majeurs. Mais s'il s'en présente, ces voyageurs revenus de loin savent comment les régler.

Le transporteur Korpela fut totalement indemnisé par sa compagnie d'assurances pour le naufrage de son pullman de luxe. Son bonus, loin de sombrer, surnagea. Avec l'argent, Korpela couvrit ses pertes d'exploitation de l'année précédente et en profita pour vendre son entreprise. Quand le montant de son impôt sur la fortune fut connu de la ville entière, il fut convié à adhérer au Rotary Club de Pori.

La directrice adjointe Helena Puusaari et le colonel Hermanni Kemppainen convolèrent en justes noces, et la mariée quitta Toijala pour Jyväskylä. À l'occasion de son départ, elle reçut la médaille de l'Éducation populaire, qui lui fut remise par la section locale de l'Association des femmes d'action du Häme – les mêmes harpies qui avaient fait courir sur elle des rumeurs malveillantes. Les temps changent. L'expérience enrichit.

Le colonel Kemppainen présenta sa démission aux Forces de défense et fit valoir ses droits à la retraite. Ses deux demandes lui furent accordées, de même que le bonheur d'avoir plus tard une fille, que la directrice adjointe Helena Puusaari lui donna sans plus de formalités.

L'empêcheur de déprimer en rond Seppo Sorjonen publia à compte d'auteur son conte sur la crise du logement chez les écureuils, que la critique ne sut cependant pas reconnaître à sa juste valeur. On lui reprocha d'être trop éloigné des réalités de la vie, inutilement amusant et puéril. Aujourd'hui, Sorjonen est serveur au restaurant *Savanna,* à la satisfaction de tous. Il rassemble de la documentation pour un grand roman alimentaire finlandais.

L'éleveur de rennes Uula Lismanki ne savait pas nager, mais l'océan a le pouvoir d'apprendre à vivre aux enfants des hommes. Sans trop savoir comment, Uula se glissa dehors par l'issue de secours du fleuron sombrant de la Flèche de la Mort de Korpela et jaillit tel un bouchon parmi les vagues. Il dériva vers le large, toussant et crachant de l'eau salée. Quelques requins tueurs curieux vinrent lui renifler les fesses, mais ils n'étaient pas d'humeur à mordre. Le poisson ne mord pas tous les jours – Uula, en habile pêcheur, le savait mieux que personne. Et il fut démontré qu'à l'épreuve de l'eau, les sorciers flottent aussi bien que les sorcières.

Le vieil éleveur exténué fut repêché quelques heures plus tard par un vétuste chalutier portugais parti taquiner la morue à Terre-Neuve. En attendant qu'il parvienne dans sa zone de pêche, Uula eut tout le loisir de faire sécher ses centaines de milliers de dollars, la nuit, sur le pont avant du bateau. En deux mois, il apprit à parler portugais – ce qui n'a rien d'étonnant, car sa prononciation est étonnamment proche de celle du same. Le portugais dérive du bas latin, le same du brame des rennes.

Au cours de leur voyage de noces à Sagres, Helena Puusaari et le colonel Hermanni Kemppainen tombèrent par hasard, dans une taverne, sur un loup de mer basané qui bavardait en same avec d'autres marins à la peau tout aussi tannée. Ils reconnurent Uula, qui leur assura se plaire beaucoup dans son nouveau métier de pêcheur de l'Atlantique. Il portait maintenant le nom d'Ulvao São Lismanque.

« Autrement dit Uula Saint Lismanki. »

Cet ouvrage
a été transcodé
et achevé d'imprimer
sur Roto-Page
en septembre 2003
par l'Imprimerie Floch
à Mayenne.

D.L., septembre 2003.
Éditeur, n° 127602.
Imprimeur, n° 58232.
Imprimé en France.